Jean-Marie Biette

Rhum amer

Éditions ouest france

À ma tribu

I

Il est déjà si tard que les bières transforment l'amertume et les grains du dehors en bonheur aux reflets d'or. Accoudés au bar en bois verni de *L'Univers*, temple sacré de la Jérusalem marine qu'est Saint-Malo, quatre jeunes bénévoles de la Route du Rhum fêtent une soirée tempétueuse passée à aider les voiliers de la course à sortir du bassin Vauban.

Les trois garçons et la fille sont là à écluser moult verres dans l'ambiance chaude du bar de *L'Univers*. La marée des chants et des cris y monte à la vitesse d'un cheval d'orgueil au galop.

« On est morts, on rigole, sans effort, on déconne [...] On boit des coups, plus de malaise [...] Et on file à l'anglaise, avec une Cancalaise. » À tue-tête, ils beuglent ce refrain un peu arrangé à la façon d'un bon rhum antillais de la rue de la Soif, champs alizés malouins chantés par Bernard Lavilliers.

Dans la chambre de l'hôtel, lui aussi de *L'Univers*, Malo Belloiseaux — quel prénom prédestiné — ne s'agace pas de ce joyeux bordel peu propice à une dernière nuit de concentration. Trop stressé à l'idée de prendre le départ de la course en solitaire de ses rêves, il n'arrive pas à trouver le sommeil.

Il est toutefois soulagé d'avoir réussi la manœuvre de l'écluse sans dommage, malgré les violentes rafales de la nuit. Son bateau, un monocoque de la Class40, est désormais au mouillage, en face de l'élégante tour Solidor. Il est entre de bonnes mains. Celles de son père, à qui aucun coup de tabac n'a jamais fait peur.

Les bruits et les chants sourds qui parviennent jusqu'à sa chambre le font sourire. Il se sent même bercé en entendant la joyeuse troupe du bar entonner le traditionnel : *Emmenez-moi au bout de la terre, emmenez-moi aux pays des merveilles* d'Aznavour. Pour lui, il n'y a jamais eu de misère qui soit moins pénible à vivre au soleil. Il est né et a grandi en Guadeloupe.

Il attrape un magazine de voile sur sa table de chevet. Et relit, pour la énième fois, l'encadré consacré au duel antillais de cette Route du Rhum. Médélice Lenclume, jeune et très jolie métisse, est, elle aussi, engagée en Class40 dans la célèbre course. Ces deux-là se connaissent par cœur, ont fréquenté la même école de voile avant de régater à maintes reprises autour de la Guadeloupe. Ce sont les deux meilleurs espoirs de l'île antillaise. Mais on les oppose depuis toujours : Malo est blanc, d'une vieille famille de békés, propriétaire de la fameuse rhumerie Belloiseaux, aujourd'hui dirigée par son père. On dit qu'il est le lointain descendant d'un solide corsaire malouin ayant autrefois sévi dans les Caraïbes et en Guadeloupe.

Médélice est une métisse aux yeux bleu-vert, *glaz* comme on dit en Bretagne. Les quelques reflets blonds de sa longue chevelure bouclée brune se marient à merveille avec sa peau mate, foncée et cuivrée. Aux Saintes, de nombreux enfants de l'île ont les yeux clairs ou les cheveux blonds. Ils descendent de familles bretonnes, normandes, poitevines ou alsaciennes. Certains sont métissés, comme la navigatrice.

Ses aïeux ont été esclaves en Guadeloupe. Sa grand-mère lui raconte souvent les brimades et les sévices subis, accrochés aux redoutables et épineux arbres à fromage avec des liens de cuir. Des punitions qui tombaient pour une vague rébellion ou un mauvais regard sur un des maîtres.

Au PC course, l'ambiance est beaucoup plus studieuse. Ici, ni ti-punch ni mousse dorée. L'équipe de Yann Sarcot, le directeur de l'épreuve, carbure au café. Les traits sont tirés, car la soirée a été rude et s'éternise.

— Max, finalement, y'a pas eu trop de dégâts dans l'écluse pendant les rafales ?

Max, le responsable de la manœuvre, lève les yeux au ciel en souriant.

— Non, Yann. À part quelques éclats de gelcoat et des défenses éventrées, pas trop de bobos. Y a vraiment un dieu qui nous protège, car on n'en menait pas large dans les grains, pas vrai les enfants ?

À ses côtés, les jeunes bénévoles responsables des canots pneumatiques chargés de remorquer les voiliers acquiescent, les yeux rincés et rougis par la fatigue et le stress des manœuvres en pleines bourrasques.

Yann Sarcot tourne le regard vers Sylvie, la patronne du team météo.

— Et pour demain, les derniers fichiers disent quoi ? On va pouvoir donner le départ, tu penses ?

— Écoute Yann, ce matin je t'aurais certainement répondu « pas question d'envoyer les concurrents à l'abattoir ». Mais ce soir, le dieu dont parle Max a l'air de vouloir débarbouiller le ciel des vilains cumulonimbus. En clair, le front passe plus vite que prévu et le temps sera un peu plus maniable, avec un vent de force 5 environ, montant à 7 dans les grains.

— Et la mer va redevenir « moins cabossée » selon toi ? s'inquiète Yann Sarcot.

— C'est un peu le hic, Yann. Ça risque d'être mal pavé pour les bateaux suiveurs et spectateurs. Y aura de gros nids-de-poule avec une mer dans tous les sens, vu que le vent a viré de 100 degrés.

— Ouais, on ferait mieux de livrer des sacs anti-vomi que des plateaux-repas dans les vedettes affrétées par les sponsors, rigole Max.

— Je verrai ça avec le préfet demain matin. Bon, premier briefing à 6 h ici, et que je ne trouve personne traîner rue de la Soif, compris !

La grosse vingtaine de jeunes bénévoles garde le regard baissé. Mais il y a fort à parier que l'ordre de Yann ne sera pas majoritairement respecté. Au petit sourire en coin de certains jeunes, on comprend que la tradition du « Rhum » sera honorée. Un départ, ça se fête et ça s'arrose ! Au diable les lendemains difficiles.

Ceux qui n'oublient pas de célébrer le départ de la Route du Rhum, ce sont ces journalistes ayant l'âge d'avoir connu la première édition, en 1978. On les surnomme la « bande des quatre ». Ils n'engendrent généralement pas la mélancolie et ont gardé l'esprit de la voile française de l'époque, avec une envie irrépressible de tout fêter de manière exubérante et la curieuse manie de faire des phrases de marins jusqu'au bout de la nuit.

Autour d'une des tables bondées de *L'Univers*, Tony, maître es calambours et jeux de mots dont il faut parfois un décodeur pour en comprendre la signification ; Marc, connu pour s'intéresser bien plus aux filles qu'aux bateaux ; Léo l'intello, dont les papiers sont la risée des uns ou la bible des autres, et la toujours belle Raphaella, qui s'est éloignée du journalisme pour diriger une des plus grandes agences de presse de course au large.

— Dites, les garçons, moi je vais me coucher, y a école demain. Finalement, qui j'inscris sur le bateau presse ? J'ai plein de demandes, alors c'est le moment de se décider, insiste Raphaella.

— Taratata, lance Tony, sérieusement éméché. Pas question d'aller se geler les miches en mer. Et puis les départs, c'est toujours pareil. Ils coupent la ligne, ils partent, et après on ne les voit plus.

— C'est profond, ça, Tony, rigole Marc. Y aura qui à bord ?

— Si tu veux savoir s'il y aura des filles que tu n'as pas déjà draguées, il doit bien en rester une ou deux, oui, lui répond Raphaella, amusée.

— Alors banco, rétorque Marc, les yeux déjà en chasse.

— Et toi Léo ?

L'intello de la bande fronce les sourcils et lance, sentencieux :

— Évidemment que je vais en mer. Comment écrire sans ressentir l'atmosphère du départ, sans sentir l'odeur de l'océan, voir ses nuances de bleu ou de vert, traduire les premiers gestes de solitaire des marins, trahissant souvent leurs angoisses ?

Tony le coupe bruyamment :

— Taratata, t'as qu'à recopier ton papier d'il y a quatre ans. De toute façon, personne ne comprend rien à ton charabia. Et puis qui lit encore ton canard de soixante-huitard ?

— T'es trop con, répond Léo, l'air désespéré.

Trois heures du mat', Saint-Malo a des frissons sous les violentes rafales. Sur la piste de danse de la discothèque *Manureva*, l'ambiance est surchauffée. Y a d'la pression au bar pour se servir en gin-to, la boisson des marins nyctalopes. Le tube d'Alain Chamfort, en hommage au bateau d'Alain Colas, disparu pendant la première édition de la Route du Rhum, passe en boucle.

Où es-tu Manu Manureva
Porté disparu Manureva
Des jours et des jours tu dérivas
Mais jamais, jamais tu n'arrivas
Là-bas, là-bas.

Le souvenir est triste, mais la piste de danse est joyeuse et en transe sur la musique lancinante et explosive de Serge Gainsbourg. Ce tube, longtemps disque d'or, n'aurait d'ailleurs jamais dû s'appeler *Manureva*.

C'était *Adieu California* dans sa version originale. Mais ça ne plaisait pas au chanteur. En fait, Gainsbourg a eu le déclic après un dîner chez Eugène Riguidel, dont Jane Birkin était marraine du trimaran. Eugène avait couru l'édition de la Route du Rhum où Alain Colas a disparu. En fin de repas, le refrain *Manu Manureva* a commencé à trotter dans la tête du papa de *Melody Nelson*. La chanson était née, participant elle aussi à la légende de la Route du Rhum.

Six heures du mat', les videurs du *Manureva* ont toutes les peines du monde à sortir les derniers irréductibles de la boîte. Sur le trottoir, l'inévitable Tony, une Craven A au bec, chante à tue-tête : « Où es-tu, Tara Tara Tata »... À ses côtés, son pote Marc est écroulé de rire.

— Putain, il est où notre hôtel ? se demande-t-il, affolé.

— Comment qu'il s'appelle, nom de Dieu ? s'interroge Tony.

Marc prend une bonne minute de réflexion et lance, en grand vainqueur :

— Le *Britannia* !

Et Tony de remettre une pièce dans son juke-box de fin de nuit.

— Où es-tu, Brita, Brita, nia....

Et les deux compères de repartir à pied, bras dessus, bras dessous, vers la ville close et leur hôtel. Il ne fait pas bon avoir le sommeil léger une nuit de Route du Rhum à Saint-Malo. D'autant plus que des jeunes bénévoles de la course, tout juste sortis du *Manureva*, sonorisent la rue avec un remix de *Alexandrie, Alexandra,* balancé à fond dans leur bagnole.

Entre deux grains, les premières lueurs d'une aurore éclairent le ciel dans l'Est, du côté de la pointe du Grouin.

Vers 7 h 30, les équipages des canots pneumatiques arrivent au compte-gouttes vers le petit ponton situé à l'extérieur du bassin Vauban. Le directeur de course repère sans mal ceux et celles qui ont respecté ses consignes de sommeil et les autres, arrivant juste des gin-to du *Manureva* et des mousses de la rue de la Soif. Il distribue les tâches selon l'état des troupes.

Le temps d'un dernier briefing en extérieur, dans un vent faiblissant et des éclaircies gagnant enfin du terrain, les équipages se mettent en route.

Romain et Laura font partie des bénévoles *a priori* les plus sérieux. Ils doivent donc passer en revue tous les monocoques Class40 et les trimarans Ocean Fifty, au mouillage du côté de la tour Solidor. Ils ont aussi à vérifier que les bateaux sont bien amarrés au corps-mort et, plus tard, s'assurer qu'il y a bien quelqu'un à bord, skipper ou équipiers, pour quitter tour à tour les bouées, envoyer les voiles et gagner le large pour rejoindre la zone de départ.

À la manette des gaz, Laura se laisse griser par l'éclaircie, faisant éclater de lumière le vert intense de la mer.

— Mollo, Laura, s'inquiète Romain, accroché au bout d'amarrage, tant le semi-rigide de l'organisation tape et saute dans le clapot de noroît.

Sous le fanion de la Route du Rhum, claquant parfois violemment au vent, Laura n'a cure des craintes de Romain, son compagnon à la ville et à l'océan.

Ils passent en revue les Ocean Fifty, qui se dandinent dans des creux de près d'un mètre. Puis viennent les Class40, dont les étraves se soulèvent dans les vagues, avant de retomber bruyamment.

— Laura, ralentis s'il te plaît, lance soudain Romain.

— Mais Romain, y a zéro risque voyons. Tu deviens lourd là, profite du spectacle au lieu de gémir.

— Mais non Laura, coupe le moteur. Regarde, en tête de mât de ce bateau.

Devant l'air inhabituellement anxieux de son amoureux, d'habitude enjoué et gai, Laura s'exécute et réduit les gaz des deux gros moteurs hors-bord de 80 CV, jusqu'au ralenti.

— Qu'est-ce que ça peut bien être ? demande Romain.

— Aucune idée, mais c'est étrange. De loin on dirait une sorte de bête. Passe-moi les jumelles, s'il te plaît.

Laura règle les focales et blêmit. Ça ressemble à une poule, noire, attachée par les pattes, avec des taches rouges. Du sang peut-être ?

Romain prend la barre pendant que Laura continue de scruter la tête de mât du Class40 *Rhumerie Belloiseaux*. Il s'approche doucement du voilier, jusqu'à s'amarrer à couple.

Laura, souple et tonique, se hisse à bord d'un trait.

— Merde, Romain, le pont est plein de sang. C'est quoi ce délire ?

Romain monte, file vers le cockpit et regarde les nombreuses drisses sur le piano. Il en essaie plusieurs pour tenter de faire bouger la poule ensanglantée. Après deux ou trois tentatives, il trouve la bonne, celle du J1.

Alors que le sang continue de s'égoutter sur le pont, Laura pousse un nouveau cri d'angoisse.

— Romain, viens voir !

Aux pieds de Laura, juste avant la descente dans la cabine du bateau, Romain découvre, effaré, un petit cercueil noir, entouré d'un gros crapaud mort.

— C'est un cauchemar, je vais prévenir la direction de course en VHF.

— Attends Laura, je vais inspecter l'intérieur avant.

Romain descend trois marches dans l'obscurité de la cabine.

— Putain, ça pue là-dedans ! On dirait du camphre, comme celui qu'on se met sur les jambes à l'échauffement, au foot. Laura, passe-moi ta lampe torche, s'il te plaît.

Romain éclaire l'intérieur du Class40. Le faisceau lumineux balaie de gros sacs à voile, des écrans, des instruments de navigation, des caisses de bouffe lyophilisée, des jerricans et, tout d'un coup, une forme allongée sur une sorte de couchette en toile.

— Viens voir Laura, je commence à vraiment flipper là.

Blanc comme un linge, Romain pointe la banette avec la lumière de sa lampe torche. Laura s'en approche craintivement. Elle soulève le coin de la toile qui recouvre la couchette, un sac de couchage.

Laura pousse un cri d'épouvante, strident et puissant.

Le visage d'un homme d'une soixantaine d'années apparaît dans le faisceau blafard de la torche. Ses yeux sont ensanglantés et des signes étranges sont dessinés sur son visage, au charbon de bois sans doute.

Romain, titulaire d'un brevet de secouriste, prend le pouls à la base du cou de l'homme.

— Il est mort, putain ! Ce coup-ci, on appelle la direction de course !

Dix longues minutes plus tard, une petite armada de canots pneumatiques puissamment motorisés fonce vers le Class40 *Rhumerie Belloiseaux*. Deux d'entre eux ajoutent à la tension anxiogène ambiante, avec leurs gyrophares bleus. Ce sont ceux de la gendarmerie maritime.

Alors que Yann Sarcot s'emploie à réconforter et entourer Laura et Romain, profondément marqués par leur macabre découverte, les gendarmes font les premières constatations d'usage.

Leur commandant a déjà composé le numéro de portable du procureur, à n'utiliser qu'en cas d'urgence. Mais avec un mort sur un bateau de la Route du Rhum et ce décor de magie noire, le gendarme n'hésite pas une seconde. D'autant plus que l'affaire fera rapidement la Une de tous les médias dès qu'elle aura fuité. Et ça ne tardera pas...

Averti, le procureur décide de confier l'enquête au commissaire Rochard, muté l'an passé à Rennes, où il a retrouvé la capitaine Vézin.

— Monsieur le procureur, permettez-moi d'insister, lâche le commandant de gendarmerie de Saint-Malo, en haussant le ton. Nous sommes sur place et, croyez-moi, la Route du Rhum n'a aucun secret pour nous. Cette enquête devrait être la nôtre.

— Non, commandant, et n'y revenez pas. Le commissaire Rochard est celui qui est venu à bout de l'enquête de ce jeune navigateur, Erwan Sauzon, retrouvé mort à sa table à cartes après avoir coupé en vainqueur la ligne d'arrivée de la Globe Race aux Sables-d'Olonne. Il connaît parfaitement les acteurs de la course au large, tout comme la capitaine Vézin qui l'avait secondé. Je vous demande donc de vous mettre à sa disposition pour faire avancer l'enquête.

— Et on le trouve où votre Rochard ?

— Je m'occupe de le localiser et je vous l'envoie au plus vite, commandant.

Dans sa petite chambre de l'hôtel des Remparts, donnant rue de la Soif, le commissaire Rochard n'entend pas la sonnerie du téléphone. Dans sa tête, elle se mélange aux chants de la veille à la gloire des corsaires de Saint-Malo avant que ne résonnent les biguines languissantes des joyeux Guadeloupéens venus préparer le staff de la course et les accompagnateurs à l'ambiance caraïbe de l'arrivée.

Inutile de préciser que le rhum d'une marque sponsor de la course a coulé à flots pour les couche-tard, dont Rochard fait évidemment partie. Surtout qu'il est là en congé, « à titre privé », invité par une société partenaire rencontrée sur la Globe Race.

La sonnerie du téléphone retentit à nouveau, en vain. Puis encore et encore.

Le commissaire a le visage froissé, voire même cabossé par une nuit d'ivresse. « Putain ! c'est plus de mon âge ces conneries », se dit-il en tendant un bras hésitant vers le portable posé sur la table de chevet.

Avant de regarder l'objet de malheur qui vient de le réveiller, Rochard se frotte les yeux, collés de sommeil. « Merde, j'ai une armée de pics-verts dans la tête », constate-t-il, amer.

Son seul neurone de veille l'alerte soudain. Le nom « procureur » s'affiche sur la liste des appels manqués.

Rochard puise dans ce qui lui reste de réserves pour trouver la force de rappeler le procureur.

— Ah ! enfin, Rochard, je vous réveille ou quoi ?

— Pire, vous me prenez au saut du lit d'une soirée de fête. Et après la fête, c'est la défaite. Surtout ici à Saint-Malo, rue de la Soif. C'est la déroute du rhum, monsieur le procureur.

— Vous êtes à Saint-Malo, s'exclame avec une joie communicative le procureur. Et qu'y faites-vous ?

— Cette nuit, j'ai fait la cour à des murènes et j'ai volé des amphores au fond des criques.

— C'est quoi votre charabia, Rochard ?

— Rien, ne vous inquiétez pas, la nuit, je mens.

Visiblement hermétique à l'œuvre d'Alain Bashung, le procureur préfère passer par pertes et profits les délires du commissaire. Et le commissaire ne se sent pas de dénoncer ce qu'il considère être un bashing anti Bashung, même si l'allitération le séduit.

— Rochard, appelez tout de suite le commandant de gendarmerie, il y a eu un meurtre pas banal cette nuit sur un des bateaux de la Route du Rhum.

— Comment ça pas banal ?

— Le père d'un des concurrents, qui gardait le bateau au mouillage, a été retrouvé par de jeunes bénévoles de la course dans un décor de magie noire.

— Magie noire ? répète Rochard.

— Oui, avec une poule ensanglantée en tête de mât, un crapaud, un petit cercueil, des marques au charbon sur le visage.

— Ah ! oui quand même, répond Rochard en se raclant la gorge, d'une voix inhabituellement grave. « Celle de Barry White des lendemains de cuite », a-t-il l'habitude de préciser.

— Bon, vous appelez le commandant et la capitaine Vézin, et surtout, je veux des nouvelles, vite et régulièrement, presse le procureur avant de raccrocher.

Le commissaire Rochard retrouve la capitaine Agnès Vézin, qu'il a fait inviter à ce départ de la Route du Rhum, dans la salle du petit-déjeuner de l'hôtel des Remparts.

Tout en répondant d'un grognement au bonjour de la capitaine, Rochard prend un appel sur son portable.

— Non, je ne serai pas dans cinq minutes au ponton, commandant. Laissez-moi le temps de prendre un café, bordel ! Votre macchabée a l'éternité devant lui, non ? Nous ne sommes ni à Pâques ni à La Trinité, mais à Saint-Malo au mois de novembre. Pas le lieu et pas la saison pour ressusciter d'entre les morts, rassurez-vous. Alors, laissez-moi une demi-heure pour rejoindre le ponton ou ce ne sera jamais !

Plus belle que jamais dans son pull marin sur un simple jean, Agnès Vézin observe son supérieur hiérarchique d'un petit sourire, presque maternel.

— Commissaire, je vous sens chafouin. Est-ce la pleine lune, ou bien un réveil compliqué consécutif à une dégustation généreuse du rhum de Guadeloupe ?

— Agnès, cessez vos sarcasmes. J'ai fait honneur aux produits de nos amis, avec la modération qu'il sied à un gentleman comme moi.

Agnès Vézin éclate de rire.

— Modération ? Alors, comment dire, vous avez invité quatre fois la vice-présidente du conseil régional de Guadeloupe à danser *Le Bal masqué*, en lui marchant sur les pieds, j'avais mal pour elle. Et, pompon sur le gâteau breton, vous avez engueulé le préfet et le directeur départemental de la sécurité publique.

— Ah ! bon, et qu'aurais-je dit ?

— Rien de spécial, juste, je cite, que « leur visioconférence à la con pour améliorer le co-construire et le vivre-ensemble dans la police et la gendarmerie sont la preuve de la décadence irréversible de la France ». Vous avez même ajouté, hurlé devrais-je dire, que « leur post-it numérique à remplir, ils pouvaient se les carrer bien profond tant ils illustrent le niveau zéro d'une civilisation proche de l'apocalypse » !

Rochard se gratte nerveusement sa barbe de trois jours, avant de lancer à sa jeune coéquipière :

— Je ne sais pas comment vous faites : juste un thé vert et des fruits au petit-déjeuner, rien qui cale. Bon, je vais chercher du café, des œufs et de la cochonnaille.

Revenant vers la table de petit-déjeuner, Rochard a cette phrase définitive :

— Vous voyez Agnès, le drame de cette époque tient dans mon assiette. Des œufs brouillés ratés, on dirait une vulgaire omelette. Ils sont aux œufs ce qu'est un tableau Excel à l'intelligence, c'est-à-dire une insulte.

Agnès Vézin soupire.

— Rochard, c'est bientôt fini votre numéro de vieux con ronchon revenu de tout ? Vous êtes capable de tellement plus d'intelligence et de pertinence.

Rochard la regarde d'un sourire affectueux, presque paternel.

— N'empêche que mes œufs brouillés, c'est Versailles à côté de cette bouillie.

Retrouvant peu à peu ses esprits, Rochard s'apprête à rappeler le commandant de gendarmerie. Mais Agnès Vézin lui suggère une piste.

— Commissaire, j'ai rencontré un dirigeant du comité du tourisme de Guadeloupe, hier soir. Pendant que vous zoukiez sur la piste de danse, il m'a parlé de l'histoire de son île et un peu du vaudou local. Il pourrait nous être utile sur la scène du crime, non ?

Rochard marque un temps d'arrêt. Sans doute pour que l'information donnée par la capitaine Vézin remonte à son cerveau « enrhumé ».

— Et en plus, il vous arrive d'avoir d'excellentes idées. C'est plus agréable à entendre que vos leçons de bonne conduite ou de morale, lance-t-il dans un premier sourire ironique de la journée. Et comment s'appelle l'heureux élu ?

— Louis Tarukera.

Et le commissaire Rochard d'entonner un « Où es-tu, taru… Taru… keva, disparu Taru… Taru… Kera ».

— Lamentable, lâche Agnès Vézin en levant les yeux au ciel.

Les deux enquêteurs et le directeur adjoint du comité du tourisme guadeloupéen embarquent sur un bateau de la gendarmerie pour rejoindre le voilier du crime.

À une dizaine de mètres du Class40 *Rhumerie Belloiseaux*, Rochard demande au barreur de ralentir.

— Regardez Vézin, la poule noire est toujours en tête de mât.

Louis Tarukera regarde le volatile sacrifié se balancer et heurter le mât au rythme du clapot. Son air incrédule fait réagir le commissaire.

— Qu'en dites-vous, cher ami ? Vous n'avez pas l'air inspiré par cette poule ? Si vous préférez les coqs et leurs combats, chut, la capitaine vous accuserait de sexisme.

— Commissaire, vous comptez battre des records de blagues lourdingues aujourd'hui ?

Le Guadeloupéen interrompt ce début de scène de ménage policière.

— Non, mais c'est très étrange et peu commun, ce genre de mise en scène.

Le commandant de gendarmerie les accueille assez fraîchement.

— Bonjour commissaire, j'espère que le café vous aura un peu calmé.

Se retournant vers la jeune capitaine Vézin, il ajoute en faux aparté sarcastique :

— Il est toujours comme ça quand il répond aux gendarmes, ou c'est juste un traitement personnel ?

— Je crois que c'est surtout un effet secondaire des ti-punchs de la nuit, chuchote, souriante, la capitaine.

— Et alors, ça ne vous arrive jamais de vous lever du pied gauche, interrompt Rochard.

Puis, s'adressant au commandant de gendarmerie :

— Bon, c'est vrai que j'y suis allé un peu fort. Je m'en excuse, mais j'avais un « rhum de cerveau ».

— Tournons la page, sourit le commandant à ce mauvais jeu de mots.

Les enquêteurs passent ensuite en revue le cockpit, avec le cercueil miniature, le crapaud, puis le carré du bateau où se trouve le corps.

— J'ai eu confirmation de l'identité, précise le commandant de gendarmerie malouin. Il s'agit de Jean-François Belloiseaux, propriétaire de la rhumerie du même nom en Guadeloupe. Et le bateau est celui de son fils, concurrent de la Route du Rhum. L'origine du décès semble assez claire, avec des traces de strangulation. On pense à un lacet en cuir, mais la scientifique et le légiste seront plus précis. Autre chose, commissaire, la direction de course me demande s'il est possible de nettoyer la scène de crime et d'enlever le corps avant midi, car son fils, Malo, a décidé de prendre le départ malgré le drame qui le touche.

— Pas d'inconvénient pour ma part, commandant, mais je souhaite pouvoir l'interroger avant son départ, avertit Rochard, avant de se tourner vers l'historien guadeloupéen, l'air toujours aussi dubitatif.

— Approchez-vous s'il vous plaît, monsieur Tarukera, invite le commissaire Rochard. Que signifient ces motifs dessinés au charbon noir sur le visage de la victime ?

Louis Tarukera laisse tomber un premier verdict.

— Tous les signes du kenbwa, le vaudou guadeloupéen, sont présents. Mais c'est presque trop. Je n'ai jamais vu ni lu ça dans les livres spécialisés. On dirait un peu le Wikipédia de notre magie noire. Rien n'y manque et c'est ça qui me semble un peu bizarre.

— Vous avez dit bizarre, relance Rochard. Bizarre ou un peu suspect, comme si on avait voulu maquiller un crime en vengeance kenbwa ?

— Vous allez trop vite pour moi, commissaire. Donc je reste sur le bizarre au sens « inhabituel » du terme.

Pendant ce temps, les gendarmes terminent de passer le Class40 au peigne fin, de relever tous les indices et de photographier le bateau sous tous les angles.

— Commissaire, nous nous occupons de ramener le corps à terre et de nettoyer le bateau.

Rochard acquiesce, en descendant dans le canot semi-rigide de la direction de course.

— Quelle souplesse, admire la capitaine Vézin, mi-sincère, mi-railleuse ! Vous avez maigri, commissaire ?

— Oui, chère amie, je préfère désormais les poissons aux viandes et la patate douce aux frites, rigole Rochard.

Dans la salle du bar de *L'Univers* redevenue calme après une nuit de folie, Rochard commande un énième café, invitant le jeune Malo Belloiseaux à s'asseoir à sa table avec la capitaine Vézin.

Malo Belloiseaux est de ces gens que tout le monde regarde lorsqu'ils pénètrent dans une pièce. Son charisme discret et une classe naturelle le font distinguer des autres. Fin, élancé, brun de peau et de cheveux, légèrement bouclés.

— Je viens de voir le corps de mon père, c'est horrible. Qui a pu faire ces choses abominables ?

— Croyez bien que nous allons tout faire pour retrouver l'auteur de ce crime abject, lui dit doucement la capitaine Vézin.

— Vous lui connaissiez des ennemis ? l'interpelle Rochard.

Malo Belloiseaux le fixe de son regard vert et profond, comme l'océan.

— Des ennemis, non ! Il était aimé de tous, de ses employés, de nos voisins, de sa famille. C'était un être généreux, bienveillant et sensible. Ça a toujours été mon héros. J'ai voulu tout abandonner pour le pleurer en famille, mais ma mère et ma sœur m'ont convaincu que papa, d'où il est, voudrait que je prenne le départ de la Route du Rhum. Il a tellement travaillé sur ce projet, m'a tellement soutenu dans la préparation du bateau. Ce « Rhum », je vais le finir et tout faire pour le gagner, pour lui, en sa mémoire.

— C'était un marin lui aussi ? demande la capitaine.

— Mieux que ça, madame. Il paraissait en harmonie, en fusion avec la mer. Je suis certain que son âme sera avec moi à bord. Il aimait tellement l'océan. Il pouvait le regarder avec la même passion curieuse, quel que soit le temps, le vent, la lumière. Il le contemplait, le respectait, le pressentait même. Le voir en mer était déjà tout un spectacle en soi. Il sera là, avec moi, pour rentrer chez lui, en Guadeloupe et aux Saintes.

La capitaine Agnès Vézin en a les yeux rougis. Est-ce la force tranquille de ce témoignage, l'amour si émouvant et impressionnant de Malo pour son père, pour sa « vieille âme et la mer » ? « À moins qu'elle ne soit pas non plus insensible au charme de ce jeune navigateur », se dit intérieurement le commissaire Rochard.

Le commissaire Rochard souhaite bon vent à Malo Belloiseaux, imaginant la tempête de sentiments contradictoires soufflant dans le crâne de ce jeune navigateur, la peine et l'horreur liées à la disparition criminelle de son père, mais aussi la fierté et la joie de prendre le départ de la Route du Rhum, le rêve de sa vie.

La rue de la Soif, les remparts, tout Saint-Malo grouille de monde à un peu plus de trois heures du départ. Les uns pour rejoindre les vedettes de spectateurs ou celles affrétées par des sponsors, d'autres pour monter à bord de leur propre bateau afin de suivre l'événement, et ceux, les plus nombreux, pour aller sur la côte assister au spectacle. Les plus courageux sont partis beaucoup plus tôt vers la pointe du Grouin à l'est, Dinard et Saint-Lunaire à l'ouest et surtout le cap Fréhel. Déjà amassés en grappes, des milliers de gens bravent le vent frais de noroît et les grains musclés, en attendant au pied du phare de voir tous les concurrents défiler en contrebas de cette imposante falaise, cap sur l'Atlantique.

Les marins quittent peu à peu leurs mouillages, entre la tour Solidor et les belles villas de Dinard. Aidés de leurs coéquipiers, ils envoient leurs grands-voiles, en réduisant la surface d'un ou plus souvent de deux ris compte tenu de la brise fraîche et surtout des rafales sous les grains.

Les étraves des voiliers cognent dans le fort clapot levé par le vent. Les marins sont prévenus : la sortie de la Manche sera tout sauf une partie de plaisir. Les estomacs seront barbouillés et les muscles endoloris par les incessantes manœuvres dans ce temps à grains si changeant.

À bord de la vedette *Armor Innov*, le commissaire Rochard ne perd pas une miette du spectacle de l'avant-course. Lui d'habitude, si blasé et retors, s'enthousiasme à la vue du ballet des voiliers et des bateaux suiveurs. Il savoure les splendides lumières que seul un temps passant de l'ombre foncée des nuages noirs et des rideaux de pluie barrant l'horizon au soleil éclatant des éclaircies, peut offrir.

— Je ne vous ai jamais vu aussi joyeux, commissaire, note Agnès Vézin. Sauf peut-être à table, devant votre fameux THB, le tartare de thon rouge que vous aimez déguster accompagné d'huîtres et de vin blanc.

— C'est vrai, capitaine ! Il y a des jours où il faut se lâcher, ne pas se retenir d'être tout simplement heureux et de le crier un peu bêtement à la face du monde.

— Si vous pouviez être plus souvent dans cet état, soupire la capitaine Vézin.

— Impossible, coupe Rochard. Ici, tout est réuni pour être heureux. On assiste au départ de cœurs purs, d'aventuriers prêts à affronter l'océan et ses dangers pour un salaire qui atteindra au mieux celui d'un joueur de Ligue 2 en fin de carrière. Ils sont acclamés par des gens ne hurlant pas sur un arbitre. Ici, les spectateurs sont simplement heureux de partager la même passion. Le tout dans un stade nautique où l'entrée est gratuite, tout au long de la côte malouine, du Grouin à Fréhel. Avec ces couleurs de la mer, passant du gris, au vert sombre puis au bleu, selon les nuages et le soleil. Tout ici est pur, capitaine.

— Hé bé ! j'ignorais qu'un départ de course à la voile pouvait faire de vous un tribun et un poète, commissaire. Mais êtes-vous si sûr qu'il n'y a que des cœurs purs chez les voileux ? Étant donné que chaque groupe humain reproduit à peu près les mêmes errements, il n'y a aucune raison pour que certains de ces cœurs marins ne soient pas secs, hargneux, méchants, non ?

— Sans doute, capitaine, même si je pense que les âmes qui naviguent sont plus belles. Et moi, j'ai envie de m'enthousiasmer devant ce que je considère être de la pureté, de la noblesse, de l'élégance, du courage, quand on subit à longueur de journée la petitesse, la mesquinerie et la bêtise crasse de nos « clients » au commissariat. Et s'il n'y avait que notre boutique, Agnès. Mais le monde est désespérant de connerie, alors des moments de bonheur comme ce départ de la Route du Rhum, il faut savoir les saisir et ne pas les laisser passer.

La capitaine Vézin a les yeux qui brillent. Elle n'aime rien de plus que voir le côté lumineux de Rochard, d'habitude si rare.

— Commissaire, je ne voudrais pas troubler votre plénitude, mais les plateaux-repas vont bientôt disparaître du buffet. Et mieux vaut casser la croûte maintenant, un peu à l'abri de la houle, que plus tard près de la ligne de départ, au large de Saint-Malo.

Rochard éclate de rire.

— C'est le monde à l'envers, capitaine ! C'est vous qui me rappelez aux plaisirs de la table. Mais vous avez raison, il faut lutter contre le mal de mer et la terrible loi des cinq F !

— Les cinq F ?

— Oui Vézin : le froid, la fatigue, la faim, la frousse.

— Et ? interroge Vézin.

— Et la foif! clame dans un éclat de rire Rochard en attrapant une bouteille de vin de Loire.

À peine le temps de goûter le sancerre rouge que la sonnerie du portable de Rochard se fait entendre. Une nouvelle fois, le nom du procureur barre l'écran du smartphone.

— Ah ! Rochard, où en êtes-vous ?

— À déguster du sancerre rouge à bord d'une vedette près de la ligne de départ de la Route du Rhum, monsieur le procureur.

— Et c'est ainsi que vous pensez faire avancer l'enquête, commissaire ?

— Non, mais nous n'avons aucune piste pour le moment, alors laissons les gendarmes lancer les premiers filets à l'eau.

— Eh bien précisément, nous avons des premières prises.

— C'est-à-dire ?

— Celle de Mélina Mornée, une drôle d'indépendantiste guadeloupéenne très zélée. On me l'a présentée comme « illuminée et exaltée ». Mélina Mornée est sur écoute quand elle est en France dans sa famille en banlieue parisienne. Elle a eu de nombreux contacts avec des portables géolocalisés à Saint-Malo ces derniers jours. Elle a aussi multiplié sur les réseaux sociaux des messages haineux contre la Route du Rhum, qu'elle juge « colonialiste et impérialiste ». Dans son combat, elle est soutenue par des réseaux indigénistes, dont certains sont connus pour faits de violence. Je vous envoie sa fiche par mail. Creusez-moi rapidement cette histoire, Rochard.

— Vos désirs sont des ordres, monsieur le procureur, persifle Rochard. Mais ces éléments sont un peu généraux, un peu courts. Il faudrait, *a minima*, un rapport, même éloigné, avec la victime, si je puis me permettre.

— C'est bien, Rochard, je vois que vous commencez à émerger des effluves du rhum. Je vous gardais le meilleur pour la fin. La passion de Mélina Mornée pour la Guadeloupe et son indépendance est toute récente. Elle est née et a grandi en France, de parents antillais. Son arrogance l'a fait virer de nombreux établissements scolaires, mais c'est une surdouée en informatique. C'est ce qui l'a amenée, via une cousine, à répondre positivement à l'offre d'emploi de la rhumerie Belloiseaux, il y a un an de ça. Mais son attitude détestable et quelques malversations ont fait le reste. Elle a été virée avec perte et fracas. Ce qui ne l'a pas empêchée de crier au racisme et à l'esclavagisme.

— Quel rapport avec l'indépendance ?

— J'y viens, Rochard, j'y viens. Très douée et très suivie sur les réseaux sociaux, elle a embrigadé de nombreux jeunes des quartiers populaires de Pointe-à-Pitre, en ajoutant le drapeau de l'indépendance pour que le tableau contestataire soit complet. Les leaders syndicalistes de l'île et deux maires indépendantistes ont eu beau prendre clairement leurs distances, rien n'y a fait. C'est devenu une icône de la jeunesse en rupture avec la société et une ennemie jurée du patron de la rhumerie Belloiseaux. Ça vous suffit comme éléments pour débuter une enquête, commissaire ?

— Tout à fait, monsieur le procureur. On y travaille d'arrache-pied dès le coup de canon de départ de la Route du Rhum.

II

— Capitaine, regardez !

Le commissaire Rochard montre du doigt le trimaran Ultim d'Erwan Béniguet lancé à toute vitesse pour rejoindre la ligne de départ. Tel un immense rapace gris et noir, il fond sur la proie des bateaux suiveurs.

Au micro de la vedette *Armor Innov*, Yannick Mervent, une ancienne gloire de la course au large, explique les manœuvres des différents voiliers.

— Le trimaran d'Erwan Béniguet est lancé à plus de 40 nœuds avec pourtant peu de toile puisqu'il a réduit la surface de sa grand-voile en prenant deux ris et a déroulé son seul J3, l'équivalent d'un petit foc comme voile d'avant. Il va nous passer par l'arrière-bâbord. Je vous conseille de ne pas rater le spectacle, car il va être très bref. *ACX*, le bateau de Béniguet, va quatre fois plus vite que nous !

Rochard admire la scène. Avec son ciré jaune, il a l'air d'un grand gosse émerveillé.

— Vézin, sortez donc le nez de votre maudit smartphone.

— Commissaire, je suis heureuse de vous voir si enthousiaste, mais nous avons une enquête sur les bras. Et je trouve des informations très intéressantes sur Mélina Mornée et ses amis indépendantistes. Il n'y a qu'à se baisser, tant ils sont bavards sur les réseaux sociaux. Vous m'écoutez, Rochard ?

Le commissaire n'a visiblement cure de ce début d'enquête. Le cheveu au vent, il ne perd pas une miette du spectacle des centaines de bateaux croisant entre Saint-Malo et la ligne de départ de la Route du Rhum, mouillée à l'est du plan d'eau, au large de la pointe du Grouin.

— Je sais que vous ne m'écoutez pas, commissaire, mais le téléphone d'un des contacts de cette Mélina Mornée a été géolocalisé vers 4 h ce matin dans la zone où était mouillé le voilier de Malo Belloiseaux. C'est pour le moins étrange, non ? Il s'agit de Lionel Michaud, un étudiant en médecine en rupture de ban avec la faculté et sa famille de bons bourgeois nantais. Il est de toutes les manifs, opposé à tout ce qui se présente, pass vaccinal, réforme des retraites, etc.

Rochard, l'air chafouin, consent à détourner son regard des voiliers pour fixer plus rudement qu'à l'accoutumée la capitaine Agnès Vézin.

— Capitaine, dans quelques heures, nous serons à terre et nous apporterons des réponses à ces premières pistes. En attendant, faites-moi le plaisir de profiter du spectacle et d'envoyer le fruit de vos recherches aux gendarmes. C'est bien compris ?

À la grande surprise du commissaire, Agnès Vézin obéit sans broncher, lâchant son smartphone pour admirer l'océan.

Tout d'abord incrédule, Rochard comprend vite l'objet de cette soudaine passion pour un départ de course à la voile.

Le Class40 de Malo Belloiseaux, suivi d'une meute de vedettes presse, approche de la poupe de leur bateau suiveur.

— Vous voyez commissaire, en temps normal, les journalistes n'ont d'yeux que pour les favoris en multicoque Ultim ou en monocoque Imoca, ceux du Vendée Globe, explique Yannick Mervent. Les Class40 ont beau être les plus nombreux de la flotte des concurrents, plus de cinquante, ils n'intéressent pas assez le grand public. C'est dommage. Mais avec le meurtre du père de ce pauvre Malo, c'est devenu LE sujet de ce départ.

— Que signifie Class40, monsieur Mervent ?

— Des monocoques de 40 pieds, c'est-à-dire de 12,19 m maximum. Ils ont été lancés pour permettre à de jeunes talents ou de plus anciens de participer à des épreuves sans être obligés de trouver les financements toujours plus importants, voire déraisonnables, des multicoques ou des monocoques Imoca.

— Et c'est combien le prix « raisonnable » d'un Class40 ?

— Neuf et très bien équipé, on monte à 700 000 €.

Le commissaire Rochard manque de s'étouffer.

— Qu'est-ce que ça doit être pour les financements « déraisonnables » ?

— Pour un monocoque Imoca neuf, on est approximativement huit fois plus cher, entre 4,5 et 6 millions d'euros.

— Et pour vos Ultim ?

— Pas moins de 10 à 15 millions d'euros, sans parler du budget annuel pour toute l'équipe technique et les équipiers. Ça se compte, là encore, en millions.

Devant l'air effaré du commissaire, Yannick Mervent sourit et ajoute :

— C'est de toute façon beaucoup moins cher qu'un bon footballeur ou une équipe cycliste. De plus, les bateaux se revendent très bien d'occasion, notamment les Class40, ce qui réduit le prix d'un programme de course, attirant du coup les «petits» sponsors. Et croyez-moi, peu de marins gagnent bien et régulièrement leur vie. Ils font tous ça, sans exception, pour l'amour de la course et la passion de la mer.

— Je crois que c'est pour ça que je les aime de plus en plus, confie Rochard. Et le bateau de Malo Belloiseaux, il a coûté combien?

— Ah! celui-là, c'est l'ancien *Électronique du Sud.* Tout dépend de l'état des voiles, de l'accastillage, de l'électronique et de l'informatique embarquée, mais je dirais entre 3 et 400 000 €. C'est le sister-ship, c'est-à-dire le frère jumeau, de celui de Médélice Lenclume, l'autre Antillaise régatant en Class40. C'est un match dans le match, et avec le meurtre du père de Malo Belloiseaux, tous les regards sont pointés sur eux.

Une qui ne perd pas une miette du spectacle du passage du Class40 *Rhumerie Belloiseaux*, c'est bien Agnès Vézin.

— Il vous a tapé dans l'œil ce Malo Belloiseaux, non? s'amuse le commissaire Rochard, avec sa bonne bouille de vieil ado quinqua.

— Vous venez d'exprimer le niveau zéro de ce que peuvent être les relations humaines, Rochard. Félicitations, ironise la capitaine. Notez, il paraît que lorsqu'on touche le fond on peut raisonnablement espérer rebondir. L'hypothèse de vous voir moins bête et surtout moins lourd n'est pas totalement exclue. Même si l'espoir est mince, ajoute-t-elle, mordante.

— Ne vous fâchez pas capitaine, je disais juste que le jeune Malo ne manque ni de charme ni de classe.

La capitaine Vézin regarde son supérieur en imitant les gestes d'un rameur avec ses larges avirons.

— J'ai été émue, touchée, par la sensibilité et la détresse de Malo. Puis par son courage. Regardez-le, le visage impassible aux sollicitations des photographes chassant en meute. J'ai hâte pour lui que le départ soit donné et qu'il se retrouve seul en mer, avec l'âme de son père soufflant de la sérénité et de l'amour dans ses voiles. Bref, je suis sous le charme, oui, de tous ces sentiments, et vous ramenez cet instant profondément romantique à la plus beauf des dragues. Vous êtes consternant.

— Tout ça, je l'avais deviné, Agnès, mais je n'arrive pas à exprimer ce que vous venez de si joliment dire. Une pudeur maladive, certainement.

— En ce cas, vous feriez mieux de vous abstenir. Car de pudique, vous passez à nullissime, désolé de devoir vous dire ça !

— Agnès, vous surinterprétez mes propos et je vous trouve étrangement susceptible tout d'un coup. N'en parlons plus, voulez-vous, répond doucement Rochard, d'un ton volontairement apaisant.

Intérieurement, le commissaire se dit que la colère rend sa jeune collègue encore plus belle qu'au naturel.

« Elle me rappelle Penélope Cruz dans ses premiers films », pense-t-il nostalgique.

Puis le commissaire Rochard se retourne à nouveau vers les bateaux prêts à prendre le départ de la Route du Rhum. À moins d'une heure du coup de canon, un grain aussi noir qu'un pavillon des Frères de la côte, claquant au vent, passe sur la flotte. La brise monte sensiblement et la visibilité se réduit considérablement avec la pluie drue sur la crête des vagues.

Rochard observe Yannick Mervent, dont l'œil semble plus aux aguets qu'auparavant.

— Inquiet, capitaine ?

— Non, juste attentif, commissaire. Le vent est monté à 30 nœuds, avec des rafales à plus de 35 nœuds (force 8). Des conditions malheureusement idéales pour des abordages entre navires, nombreux et différents sur ce plan d'eau.

À cet instant, on voit d'ailleurs le skipper du Multi50 *The Arch* empanner en catastrophe pour éviter un bateau suiveur « scotché » sur la mer dont les vagues se mettent à blanchir dans le grain.

— On vient de frôler le drame, lâche l'ancien coureur au large. Seul à la barre de son trimaran, Noël Tripot a dû effectuer en quelques secondes une manœuvre déjà compliquée à exécuter en équipage. Il est temps que les classes de bateaux se regroupent sur leurs différentes lignes de départ.

— Je croyais qu'il n'y avait qu'une ligne pour le départ? s'étonne Rochard.

— Oui, c'est vrai, mais les organisateurs découpent la ligne en secteurs, en tranches si vous préférez. La plus au nord est réservée aux Ultim, à côté des Ocean Fifty. Ensuite viennent plus au sud, les Imoca Vendée Globe, puis les monocoques Class40, et après les autres classes, plus proches de la pointe du Grouin. Cela permet d'éviter au maximum les risques d'abordage, d'autant que les bateaux suiveurs sont tenus à distance respectable des voiliers de la course. Ce genre de temps à grains, c'est magnifique pour le spectacle, avec des lumières sans cesse différentes, des couleurs de la mer elles aussi très variées, mais c'est vraiment casse bateaux. Je pense que les skippers vont partir le pied sur le frein. En tout cas, c'est ce que je ferais à leur place.

Sur le plan d'eau, une multitude de canots pneumatiques armés d'un gyrophare bleu et d'un grand pavillon de la course font la police et écartent sans ménagement les bateaux suiveurs, que ce soient des vedettes pour spectateurs, d'autres affrétées par des sponsors ou encore des bateaux de plaisance.

— Ils font vraiment un super boulot à l'organisation de la course, apprécie Yannick Mervent. Chapeau, car les conditions sont un peu limites cette année.

Le grain est passé, laissant place à une large éclaircie. La visibilité redevient meilleure. L'occasion d'aviser la SNSM pour prendre en remorque le voilier d'un plaisancier venu admirer les héros du Rhum. Le mât du bateau est brisé dans le haut et on voit le bas de son génois, complètement déchiré, continuer à battre dans le vent.

— Il n'aura pas résisté aux rafales, résume Mervent. Il aurait dû se mettre à sec de toile. Un bateau et surtout son gréement, soit on le teste régulièrement dans le gros temps, soit on s'abstient, lâche l'ancien skipper.

Les derniers équipiers des navigateurs solitaires quittent les bateaux le plus souvent en plongeant dans l'eau de la Manche, glaciale en ce début du mois de novembre. Ils sont heureusement vêtus d'une combinaison de survie en néoprène. Les équipiers sont ensuite récupérés à bord de canots pneumatiques.

C'est à cet instant que la capitaine Vézin réapparaît sur le pont supérieur où Rochard couve du regard ces sombres héros de la mer.

— Commissaire, je sais que vous vous en fichez, mais les gendarmes me disent avoir retrouvé la piste du bateau loué par notre activiste Lionel Michaud. Ce voilier de 12 m, le *Vagabond IV*, a été filmé par les caméras de surveillance vers midi sur le ponton d'attente de l'écluse du barrage de la Rance.

— Parfait capitaine, l'enquête avance sans nous. On va pouvoir profiter du départ. C'est dans vingt minutes maintenant !

— Trois, deux, un, zéro…

À bord de la frégate *Surcouf*, le président du comité de course assure le décompte à la radio VHF, tandis que la ministre de la Mer ordonne à un marin de donner un coup de canon. La fumée blanche sort rapidement du fût en bronze et s'élève dans les nuages noirs du grain qui accompagne le départ de la Route du Rhum.

L'ambiance est assez irréelle. On dirait presque un départ de nuit tant la visibilité est redevenue quasi nulle dans les deux minutes précédant le départ. La belle éclaircie a laissé place à un méchant grain. Par endroits, des murs de pluie s'abattent. Il y a même de la grêle. Dans cette lumière obscure, entre chien et loup, les gyrophares des vedettes de l'organisation filent au milieu de la flotte comme du plancton fluorescent dans le sillage d'un navire une nuit sans lune.

Les pales des hélicoptères des équipes de télévision coupent l'air humide, avec ce bruit caractéristique popularisé par le film *Apocalypse now*. Les lumières des centaines de bateaux, dont les reflets rouges, verts ou blancs apparaissent par instants dans l'écume soulevée par les étraves cognant dans la mer d'ouest, donnent aussi à ce théâtre d'ombres des accents wagnériens de chevauchée nautique.

Plus au large, du côté nord de la flotte, c'est l'Ultim *Banque populaire Grand Ouest* barré par Anne Scorff qui a pris le départ le plus rapide. Plus toilé que les autres, il « dépose » littéralement ses concurrents directs et surtout les autres catégories de bateaux, lesquels semblent « scotchés » sur l'eau tant la différence de vitesse est impressionnante.

— Chers amis, regardez vers l'arrière du bateau, côté gauche, prévient Yannick Mervent au micro du bord. Le trimaran Ocean Fifty *Fenêtres Alviva* vient malheureusement de démâter.

À ses côtés, Rochard s'inquiète.

— J'espère que le skipper n'a pas été touché dans la chute. Un mât comme ça, ça doit peser de quoi assommer un cheval, non ?

— Rassurez-vous commissaire, à cette allure de près, en remontant dans le lit du vent, le mât a normalement dû tomber sur le côté alors que le navigateur était à la barre, derrière, dans le cockpit. Et puis désormais, ce sont des mâts en carbone, beaucoup plus légers que l'aluminium ou le bois.

Une dizaine de vedettes entoure le bateau blessé. Les flashs bleus des canots de la course donnent à cette infortune de mer des allures de scène de gros accident nocturne sur une autoroute.

La radio VHF portable de Yannick Mervent crépite.

— Le skipper n'a pas été blessé, je répète, il est sain et sauf, précise le directeur de course. Son équipage vient de monter à bord pour récupérer l'espar et les voiles. Une fois la manœuvre terminée, le bateau sera remorqué au bassin Vauban par une vedette SNSM.

— Venez commissaire, accompagnez-moi à la passerelle voir le commandant de notre bateau. On va lui demander d'aller sans tarder sur la gauche du plan d'eau, du côté des monocoques Class40. *Armor Innov* fait partie de cette classe et c'est ce sponsor qui a affrété notre vedette.

Alors que les trimarans Ultim filent vers le passage obligatoire du cap Fréhel, la « patte », c'est-à-dire la coque tribord, levée très haut dans les airs, le barreur de la vedette *Armor Innov* met sa barre à bâbord pour rejoindre la tête de la flotte des Class40, beaucoup plus proche de la côte.

Sur la passerelle, Rochard est intrigué par tous les écrans du bord.

— C'est pire que dans le cockpit d'un Airbus, s'amuse-t-il.

— N'exagérons rien, rétorque le capitaine de la vedette.

Le gaillard de près de deux mètres et d'un bon quintal désigne de ses grosses paluches différents écrans.

— Là, vous avez l'AIS, où je vois les bateaux évoluer. Si je clique dessus, je peux savoir leur nom, leur cap et leur vitesse. Regardez, ce petit point, c'est le Class40 *Armor Innov*. Il marche à 9 nœuds dans le 268, soit quasiment de l'ouest. Nous faisons route sur lui.

— Et tous ces chiffres affichés ici ou là, qu'indiquent-ils ? poursuit, curieux, le commissaire Rochard.

— Ici, c'est la vitesse, 15 nœuds, soit environ 30 km/h. Là, c'est la profondeur, 19 m. De ce côté, c'est notre position, 48° 40 nord, 2° 96 ouest. À droite, c'est une carte numérique où figurent les balises, les roches et les côtes. Là enfin, c'est l'anémomètre qui mesure la vitesse du vent. Il souffle actuellement à 24 nœuds, soit force 6. Mais c'est monté à 30 nœuds lors du départ, c'est-à-dire un bon force 7.

— Oui, ce n'était pas un temps à faire sortir certains plaisanciers, semble s'exaspérer Yannick en montrant du doigt deux ou trois fusées rouges de détresse lancées par des navigateurs du dimanche pris au piège de ces conditions musclées.

Dans un état second, et peut-être aussi galvanisé par l'épreuve de la mort de son père, Malo Belloiseaux démarre cette course de fond en sprinter. Il n'a laissé à personne d'autre l'honneur de franchir en tête la ligne de départ des Class40. Avec sa bouteille ambrée dans la voile d'avant et son logo de ti-punch et citron vert dans la grand-voile, *Rhumerie Belloiseaux* file à belle allure. L'étrave de son bateau lève des gerbes d'écume, pour le plus grand bonheur des photographes. Son Class40 est plus gîté que les autres. Malo n'a pas autant réduit la toile que la plupart de ses concurrents. Dans ce temps très changeant, ça lui assure une vitesse supérieure lorsque le vent faiblit. En revanche, les fréquentes rafales rendent sa navigation scabreuse par instants. Il affole les bateaux suiveurs trop proches de lui lorsqu'il ne peut maîtriser un départ au lof, c'est-à-dire une embardée vers le lit du vent. Et la gîte du bateau rend inopérant le safran du voilier. Dans ces instants spectaculaires, la brise exerce une pression trop forte dans la grand-voile pourtant choquée à mort, c'est-à-dire dont l'écoute est suffisamment lâchée pour que la voile ne fasse normalement que battre dans un bruit d'enfer.

Médélice Lenclume, sa concurrente directe, prend, elle, un départ beaucoup plus sage. Moins toilé, avec trois ris dans la grand-voile, son bateau *Caraïbes Immobilier* semble passer sans souffrir dans la mer, en douceur.

— Vous voyez Rochard, Malo ne devrait pas imprimer un tel rythme d'enfer dès le départ, explique Mervent. Il se fait mal et fait mal à son matériel. Lui et son bateau ne tiendront pas longtemps s'ils ne retrouvent pas un peu d'harmonie. Là, il passe trop en force dans la mer. Sa concurrente antillaise est dans le vrai, en ménageant sa monture dans les premiers milles, le temps de s'amariner, de s'habituer à ces conditions un peu extrêmes, avant d'accélérer petit à petit. D'autant plus que la sortie de Manche et la traversée du golfe de Gascogne s'annoncent très difficiles.

— Je croyais qu'être devant et aller plus vite rendaient plus intelligent en course ? s'étonne Rochard.

— Ça reste vrai, commissaire, si on ne casse pas le bateau dès le début, rétorque Yannick Mervent.

La capitaine Vézin arrive en trombe sur le pont supérieur, interrompant ces considérations de course au large.

— Commissaire, un pêcheur d'Erquy a retrouvé le radeau de survie du voilier de Michaud, le *Vagabond IV*. Il est vide. Que fait-on ? On demande au procureur de lancer des recherches ?

Interloqué, Rochard semble oublier la course quelques instants.

— Et le téléphone qui a servi à le géolocaliser, que dit-il désormais ?

— Silencieux depuis des heures. Sans doute a-t-il été détruit ou jeté à l'eau.

— Et le voilier ? Normalement, ils ont un émetteur AIS à bord, une sorte de mouchard GPS pour les suivre, dit Rochard, content de ses nouvelles compétences nautiques.

— La boîte de location pense que Michaud l'a désactivé, car là aussi c'est le silence total !

Se retournant vers Yannick Mervent, Rochard s'inquiète du retour à quai.

— On suit la course jusqu'à quelle heure ?

— Normalement, on accompagne la flotte des Class40 jusqu'au cap Fréhel et on revient ensuite. Je pense vers 19 h.

Le commissaire semble pensif. Son regard a cessé d'épier les mouvements des bateaux de la Route du Rhum. Il croise celui d'Agnès Vézin, presque interrogatif.

Sans se parler, ces deux-là sont d'accord pour juger que le dossier de Lionel Michaud devient très lourd. Géolocalisé près du voilier de la victime à l'heure probable du meurtre, il est ensuite filmé près du barrage de la Rance, avant de disparaître dans la nature, au large. Et maintenant c'est son radeau de survie, vide, que l'on retrouve ! Le tout sur fond de menaces contre la course proférées par l'indépendantiste guadeloupéenne, Mélina Mornée.

— Oui, monsieur le procureur, je mets du monde sur la piste Michaud. C'est évidemment notre principal suspect, vous avez raison, monsieur le procureur.

Rochard tourne le dos aux bourrasques pour tenter d'entendre la conversation téléphonique.

— Vous voulez que je convoque la presse pour donner le signalement du suspect et de son bateau, c'est ça ? J'ai bien entendu, monsieur le procureur ? Alors, disons 20 h au commissariat central.

À ses côtés, Agnès Vézin montre une capture d'écran d'un post de Mélina Mornée : « Paris-Dakar, Route du Rhum… Le colonialisme encore et toujours. Vous ne nous écoutez pas, vous ne nous respectez pas. Nous nous considérons en état de légitime défense. Préparez-vous à souffrir ! »

Au loin, les premiers multicoques ont passé la « porte » devant le cap Fréhel. Les images tournent en boucle sur les réseaux sociaux, tant elles sont impressionnantes. Devant une foule trempée, transie de froid, mais toujours aussi enthousiaste, les plus rapides des bateaux ont doublé le cap sous un violent orage. Des éclairs ont zébré le tableau avec, en prime, une averse de grêlons gros comme des balles de tennis. Les cameramen et photographes s'en donnent à cœur joie. Les images de cette édition n'ont pas fini de tourner sur les écrans et d'être imprimées sur les papiers glacés des magazines.

— Yannick, je suppose que les marins ont très peur de l'orage. Comment la foudre n'est pas tombée sur le mât d'un des bateaux ? Cela tient du miracle. Ce sont de parfaits paratonnerres, non ?

— L'orage fait peur, mais si d'aventure la foudre s'abat sur un mât, le tsunami électrique doit logiquement s'évacuer par la quille ou une autre

« prise de mer », comme on dit « prise de terre » sur le plancher des vaches. Avant, les anciens faisaient pendre une chaîne du mât directement dans l'eau pour évacuer une éventuelle boule de feu électrique.

Le spectacle continue au pied du cap Fréhel. C'est maintenant au tour de Malo Belloiseaux de passer en tête des Class40 la marque de parcours, toujours aussi toilé et gîté. Le skipper antillais est entouré d'une meute de vedettes. Ses voiles sont régulièrement éclairées par les torches des cameramen. Le verre de ti-punch dessiné sur la grand-voile est à la fête ! Et pour ce qui est des glaçons, pas de souci, ils tombent directement du ciel ! Même si c'est une hérésie de mettre des glaçons dans le ti-punch…

Un dernier coup d'œil vers la flotte des Class40 et la vedette, où ont embarqué Rochard et Vézin, fait demi-tour, cap sur le port de Saint-Malo.

Le bateau roule d'un bord sur l'autre. Parfois, une vague plus grosse que les autres oblige les passagers à s'agripper pour éviter la chute. Les estomacs sont mis à rude épreuve. Les équipiers du bord rappellent aux plus nauséeux d'entre eux que nourrir les poissons se fait « sous le vent », au risque de « vomir » sur ses chaussures ou pire.

— Encore un bateau remorqué par la SNSM. Ils font un sacré boulot, admire Rochard.

— Ils sont formidables, renchérit Yannick Mervent. D'autant plus que, contrairement à la majorité des pays, ce sont des bénévoles et la SNSM vit au trois-quarts de la générosité de la population. C'est issu de la tradition de solidarité des gens de mer, une valeur cardinale chez nous.

— J'aime de plus en plus les marins, lâche Rochard dans un long soupir. Si toute notre société pouvait vivre avec ces valeurs…

— Moi, j'aime beaucoup la formule de la SNSM, appelant aux dons « pour que l'eau salée n'ait jamais le goût des larmes ». C'est emprunté à une saillie de Richelieu, selon qui « les larmes de nos souverains ont souvent le goût salé de la mer qu'ils ont ignorée ». En France, on oublie trop facilement que la mer est notre passé, mais aussi, et même surtout, notre avenir, pour peu qu'on y croie.

La côte défile sur tribord. Elle est sombre sous le faisceau lumineux du phare du cap Fréhel. Viennent ensuite les lumières de Saint-Cast, de Saint-Jacut, de Saint-Briac, de Saint-Lunaire, puis enfin les belles villas de style britannique de Dinard, alors que la houle se calme peu à peu.

Du débarcadère des vedettes à passagers jusqu'au commissariat, Rochard et Vézin repassent par le bassin Vauban. Cela fait tout drôle de le voir vide, après plus d'une semaine d'animations et de quais bondés autour des voiliers de la course. Il se dégage une impression étrange, comme si Saint-Malo avait accouché. Le bassin Vauban, son ventre portuaire, est désert, balayé par le vent froid de noroît. La ville a enfanté de sa célèbre course. Dans la joie bien sûr, mais traîne aussi un parfum de baby blues. Les marins les plus fêtards le noient dans des bières, au zinc de *L'Univers* ou d'ailleurs.

L'ambiance est encore plus froide dans la lumière clinique des néons du commissariat de Saint-Malo.

Une jeune journaliste de *Ouest-France* attaque avec une première question sans ménagement :

— Monsieur le procureur, il semble que vous soyez sur une piste très sérieuse dans l'enquête concernant le meurtre de Jean-François Belloiseaux. On parle de réseaux indépendantistes guadeloupéens ?

— Mademoiselle, il convient d'être très prudent pour la dernière partie de votre question. Les partis et mouvements indépendantistes « classiques et historiques » de Guadeloupe ont condamné sans réserve les propos de Mme Mélina Mornée. Selon eux, elle n'a rien à voir avec la réalité autonomiste de l'île. C'est juste de l'opportunisme médiatique. Elle est toutefois convoquée à Paris pour être entendue.

— Des rumeurs font état d'un suspect en fuite, poursuit un reporter de France Info.

— C'est précisément pour mettre un terme aux rumeurs qui fleurissent çà et là que je vous ai invités à ce point presse. Il y a effectivement un suspect dont on ne retrouve pas la trace pour le moment. Il s'agit de Lionel Michaud, un étudiant de 24 ans, domicilié à Nantes. On sait qu'il a eu de nombreux échanges avec Mélina Mornée durant les jours qui ont précédé le crime. Il a ensuite loué un voilier avec l'intention d'éviter d'être repéré. Il a pris soin de déconnecter les systèmes GPS et AIS. Toutefois, il n'a pas su désactiver totalement son smartphone. Nous avons ainsi pu établir qu'il était, vers 4 h du matin, à l'endroit exact du navire *Rhumerie Belloiseaux* où se trouvait la victime. Il y est resté environ une demi-heure, sans doute amarré à couple de ce voilier qui était lui-même au mouillage, sur un coffre. Selon le médecin légiste, c'est très exactement l'heure du crime.

— Vous êtes sur sa piste, demande un journaliste du *Pays Malouin*?

— Malheureusement, Lionel Michaud a très certainement jeté son smartphone à la mer. Nous n'avons donc plus aucun moyen de le suivre. Nous savons toutefois qu'il était vers midi au ponton d'attente du barrage de la Rance, où son voilier a été filmé par des caméras de surveillance. Un pêcheur d'Erquy a ensuite retrouvé le radeau de survie du bateau qu'il a loué, le *Vagabond IV*. Je vous demande donc de relayer notre appel à témoin, avec sa photo pour les journaux papier et les médias numériques.

Le procureur montre aux journalistes la photo de Lionel Michaud, archétype du gosse de riche ou au moins de bonne famille contestataire. Dreadlocks, mais les vêtements fripés sont de marque ! Un sourire carnassier et sarcastique, une petite barbe et des faux airs de Che Guevara.

Le commissaire Rochard s'avance de quelques pas.

— Une précision peut-être, commissaire ? interroge le procureur.

— Non, juste une petite mise en garde tout amicale. Lionel Michaud est bien suspect, mais suspect ne veut pas dire coupable, même quand les apparences ont l'air de preuves. L'important est de le retrouver et de l'interroger. Ma déjà longue expérience des affaires criminelles m'incite à la plus grande prudence avant de parler de culpabilité.

— Ah ! que serait une enquête sans le petit sermon du révérend père Rochard, s'amuse Jean-Baptiste Zyette, correspondant du *Figaro* dans le Grand Ouest.

Au palais du Grand Large, la bande des quatre journalistes, les vieux de la vieille, et même de la « veille » vu les stigmates de la longue fête malouine, squatte la table réservée à la rédaction de *Voiles et Voiliers*.

Les yeux rivés sur la cartographie, ils s'interrogent sur la route suivie par deux bateaux, plus à l'Ouest et un peu au Nord des autres.

— Passé Bréhat, ils devraient tous faire route directe sur l'île Vierge et la pointe du Finistère. C'est d'ailleurs le routage privilégié par le logiciel Adrena, remarque Léo.

— Taratata, coupe l'ineffable Tony. Pour une fois que des marins ne font pas de la navigation virtuelle, le nez collé sur leurs ordis, vous commencez à critiquer. Avec vos conneries, on finira par avoir des courses avec des voiliers sans personne à bord et la boucle de la stupidité ambiante sera bouclée.

— C'est bien Tony, mais ça n'explique pas pourquoi ils font de l'ouest appuyé alors que le cap est un peu plus sud.

— L'explication est pourtant simple. Comme a toujours répété le maître, que dis-je, le roi Jean Le Cam, « quand tu ne sais pas, tu fais de l'ouest » ! lance très fier l'ami Tony, dont les yeux bleu-blanc-rouge trahissent une nuit plus éthylique que patriotique.

— Et pourquoi ?

— Parce que, tranche Tony, en s'allumant une Craven A à vingt centimètres d'un joli panneau « interdit de fumer ».

— Parce que quoi ?

— Parce qu'on te le dit !

Yannick Mervent observe la scène, amusé.

Dans une rue de la Soif blafarde, balayée par la pluie et les bourrasques, le commissaire Rochard et le journaliste Jean-Baptiste Zyette, complices depuis belle lurette, ont la ferme intention de se payer une tranche de détente et de bonne chère.

— Dis, Rochard, si on changeait un peu de disques. J'adore ton THB (tartare de thon rouge, huîtres et vin blanc), mais, là, je ferais bien un peu dans le local. Je connais une maison malouine de belle facture, l'ami.

Les deux compères rentrent dans une salle de restaurant entièrement dédiée aux gloires locales de la « course », à savoir Surcouf, Duguay-Trouin, Cartier, Charcot et compagnie.

Le commissaire s'assied, commande un muscadet en apéro avant de prononcer sa phrase fétiche :

— Bon, de qui dit-on du mal ? Le procureur ? Ton rédacteur en chef ? L'écriture inclusive ? Ou on se risque sur le brutal, genre *woke* ou *cancel culture* ?

— Rochard, arrête deux secondes tes conneries et laisse-toi tenter par les spécialités du coin. Moi, je vote pour des huîtres de Cancale, avec des craquelins, ces merveilleux petits pains soufflés ronds aux bords relevés. Puis un agneau pré-salé de la baie du Mont-Saint-Michel, avant de couronner le tout par un yaourt Malo.

— Késako le yaourt Malo ?

— C'est le meilleur des yaourts.

— Alors, allons-y, mais je vais me préférer une omelette façon Mère Poulard bien baveuse plutôt que tes agneaux trop secs à force de courir face à la marée montante à la vitesse des chevaux au galop.

— Et on boit quoi avec ça, le scribouillard ?

— Moi, je vote pour un malbec argentin.

— Tiens donc ! D'où te vient cette nouvelle lubie ?

— D'une interview à la télé l'autre soir avec Houellebecq. Il confiait ne plus supporter les vins de Bordeaux. Durant le tournage du film *Thalasso*, il assurait avoir converti Depardieu au malbec.

— Je croyais qu'il était dans l'Anjou, Depardieu. Je me souviens avoir lu dans les gazettes qu'il venait parfois en hélico, avec le regretté Jean Carmet, se mettre minable à sa piquette, avant de repartir tourner les scènes le lendemain matin la tête à l'envers.

— En tout cas, il m'a fait marrer en racontant la leçon de dégustation de pinard par Depardieu.

— Vas-y, Zyette, supplie Rochard, je sens la bonne vanne pointer son nez.

— Pointer son nez, tu dis ? Tu ne pouvais pas mieux tomber. Voyant Houellebecq tenir nonchalamment son verre et le déguster d'un bout de doigts distants, comme il tient sa cigarette, Depardieu est parti dans une tirade cyranesque. Après s'être versé une généreuse rasade de malbec, le gros Gégé a enfoui son énorme tarbouif dans son verre, jusqu'à rougir une narine au contact du précieux liquide : « Putain, Michel, un vin, ça se renifle bordel ! Le pinard, c'est comme la bouffe ou un corps qu'on désire, on sent avant de déguster ».

— Ah ! oui, quand même, lâche Rochard.

— Houellebecq racontait cette scène surréaliste avec sa petite voix et ses yeux rieurs, mais quasiment clos.

— J'en conclus que Depardieu est le Cyrano de la picole, un cap, une péninsule du tastevin.

— Oui, magistral !

— Et à part ça, t'as pas une petite info sur ton enquête, mon bon Rochard ?

— Quel fourbe tu fais, Zyette ! Tu mériterais d'être british ! Profiter d'un moment de détente pour arracher une info. Bon, le seul truc que je puisse te dire, c'est que mon tarbouif à moi, à part renifler le malbec, il me dit que ce suspect nantais est *a priori* trop coupable pour être vrai.

— Et tu as des éléments pour étayer ta thèse ?

Enfonçant son nez bien au fond de son verre de malbec, Rochard regarde le journaliste du *Figaro* malicieusement, tout en lui montrant sa péninsule du petit doigt pour seule explication.

III

Mélina Mornée pousse, inquiète, la porte en bois de cet ancien et modeste immeuble. Elle est plus coutumière des buildings modernes de verre et d'acier, de leurs plateaux télé où elle récite, en « citoyenne du monde », ses couplets anticolonialistes, *woke* et inclusifs, traquant le moindre propos raciste ou sexiste dans le flot de petites phrases quotidiennes des émissions de débats, tristes agoras où l'invective l'emporte sur la pensée, la bêtise parfois crasse sur la rhétorique.

L'annexe de la police judiciaire fleure plutôt bon les années trente, les vieux parquets, l'encaustique, l'odeur de tabac, et même des anciens passages à tabac, comme le chantait Nougaro.

Les couloirs étroits, les multiples bureaux, dont les portes s'ouvrent et se ferment dans un étrange ballet perpétuel, semblent déstabiliser l'activiste indigéniste. Elle, d'habitude si à l'aise dans les open spaces et l'ambiance feutrée des studios de radio ou de télé, paraît craindre l'ombre et les recoins de ce triste immeuble parisien.

— Le commissaire Ruig va vous recevoir dans quelques instants, Mademoiselle, dit un planton, en regardant la convocation tendue par Mélina Mornée.

— Mademoiselle ? Non, mais vous rêvez chez les keufs ! Oh, on se réveille, on est au troisième millénaire mon keum. Alors on m'appelle Madame Mornée, ou bien je me casse.

— Ne vous fâchez pas Mademoi… euh madame, c'est juste votre état civil sur la convocation, dit le jeune policier avec un accent du Sud-Ouest et des « r » qui roulent comme les cailloux dans le lit de la Garonne.

Une voix de stentor provient de l'intérieur du bureau :

— Faites entrer Mélina Mornée.

Plutôt élégante dans son jean épousant les formes sportives de ses longues jambes, l'activiste s'assoit lentement, en passant sa main dans sa chevelure crépue et épaisse.

— Madame Mornée, je vous entends dans le cadre de l'enquête ouverte après le meurtre de Jean-François Belloiseaux à Saint-Malo. Vous êtes au courant, je suppose.

— Bah ! évidemment, on a l'électricité et internet en banlieue, vous savez, commissaire. Mais je ne vous répondrai pas, je garderai le silence, car je ne reconnais ni la police ni la justice de l'État colonial français. Je ne connais qu'un pays, la république de la Guadeloupe libre et indépendante.

Le commissaire Ruig, loin de s'énerver, observe Mélina Mornée avec un regard rieur et une moue amusée.

— Bon, c'est fini votre cirque ! Vous savez, je suis d'origine catalane et dans ma famille, quand on était à Barcelone, on aimait bien que Madrid et l'Espagne nous lâchent un peu. Alors, l'esprit indépendant, je connais. Et je n'ai rien contre, lorsqu'il procède de la culture et pas de la caricature. Je déteste le racisme et les racistes, ceux qui se trompent de colère, comme disait Léopold Sédar Senghor. Mais attention aussi à ne pas attiser les haines. Alors, épargnez-moi votre numéro sur la police colonialiste. Des Antillais, j'en connais plein dans notre grande maison, et parfois à des postes élevés. Donc, rassurez-vous, je vais vous entendre comme une citoyenne parfaitement normale et égale en droit.

— C'est du baratin appris par cœur, tout votre charabia, balaie Mélina Mornée d'un revers de la main.

— Bon, si vous préférez être tout de suite placée en garde à vue et passer la nuit en cellule, libre à vous. Mais je vous propose une dernière fois d'écouter mes questions, d'y répondre tranquillement et de repartir comme vous êtes venue, c'est-à-dire libre.

La jeune activiste hésite quelques secondes, entre l'inévitable buzz que créerait sa garde à vue arbitraire et l'envie de repartir tranquille pour passer la soirée en famille.

— Bon, dites toujours, commissaire, lâche-t-elle, l'air faussement indifférent.

— Fort bien. J'aimerais d'abord que vous me parliez de Lionel Michaud.

— Lionel Michaud ? Je ne vois vraiment pas le rapport.

— En ce cas, je vais vous aider à y voir plus clair. Le rapport est que Lionel Michaud était à Saint-Malo et que votre nom apparaît dans la liste de ses appels téléphoniques, la veille du meurtre.

— Et alors ? Lionel est Breton, aime la mer et les bateaux, quoi de plus normal d'aller au départ d'une course ?

— Pourquoi l'avez-vous appelé ?

— Rien que de très normal, on s'appelle souvent. Vous qui espionnez tout, continuellement et en toute illégalité, vous devez le savoir. J'aime bien Lionel. Il a su rompre avec son milieu bourgeois nantais, avec ces familles devenues riches pendant la traite négrière.

— Vous ne lui avez pas demandé par hasard de mettre en pratique à Saint-Malo vos menaces exprimées sur les réseaux sociaux, contre cette course « colonialiste » ?

— Ce ne sont pas des menaces. Notre combat est culturel, jamais violent. Ce n'est pas comme votre police quand nous manifestons pacifiquement.

— Madame Mornée, on n'est pas sur un plateau de télé ici. On ne refait pas le monde dans ce bureau. Alors, épargnez-moi vos salades. En revanche, pas de menaces dites-vous ? Et ce tweet ? « Vous ne nous respectez pas. Nous nous considérons en état de légitime défense. Préparez-vous à souffrir ! », drôle de langage non violent ! Vous avez une curieuse notion du pacifisme, madame Mornée.

— En politique, car notre combat est politique, il faut savoir montrer les dents pour se faire respecter. Ça ne veut pas dire pour autant qu'on s'apprête à mordre.

Le commissaire Ruig est à la fois agacé par le sermon permanent de Mélina Mornée, mais assez admiratif de son talent pour retourner les arguments et son sens de la formule. Jusqu'à ce qu'il sorte ses propres crocs.

— Madame Mornée, Lionel Michaud est notre principal suspect. Il a été repéré à l'heure du crime à proximité du bateau de la victime. Il a ensuite disparu, coupant tous les systèmes de géolocalisation GPS du voilier qu'il a loué. Il a par la suite cassé ou jeté son smartphone à la mer. Et c'est avec ce même Lionel Michaud que vous avez longuement conversé la veille. Ajoutons à cela, un hasard sans doute, que la victime est le patron de la rhumerie Belloiseaux, celui-là même qui vous a licencié avec perte et fracas, il y a quelques mois en Guadeloupe. Ça fait beaucoup de hasards, vous ne trouvez pas ? Et tout vous implique dans cette affaire ! Donc, je vous le redemande. Qu'avez-vous demandé à Lionel Michaud ou que saviez-vous de ses intentions ?

Pour la première fois, le commissaire Ruig sent Mélina Mornée déstabilisée. Et comme ce n'est vraiment pas son genre, il a le sentiment qu'elle ne triche pas. Sa surprise en apprenant tous ces nouveaux éléments est non feinte.

— Qu'est-ce que vous me racontez ? Lionel Michaud est un être pacifique, incapable de faire le moindre mal à une mouche, réagit Mélina Mornée. C'est un intello, un fils de famille. Révolté, certes, mais en paroles, uniquement. Sympa, mais velléitaire. Et en plus, vous me dites qu'il a loué un voilier ? Il est sans le sou ! C'est un adepte du BDA comme il me le répète sans cesse.

— BDA ?

— Oui, le bateau des autres, quoi. Et pour vos histoires de GPS et d'informatique, je ne connais pas plus maladroit et ignorant que Lionel. Non, ça ne tient pas debout votre histoire.

— Je ne demande qu'à vous croire, mais où est passé Lionel Michaud en ce cas ? Et c'est bien lui qui a loué le *Vagabond IV*, le voilier dont on a retrouvé le radeau de survie, vide. Ça fait quand même beaucoup de mystères, tout ça, vous ne trouvez pas ?

— Si, pour une fois, je suis d'accord avec vous. Mais je suis certaine que Lionel ne peut pas être mêlé à tout ça. Ça ne lui ressemble tellement pas.

— Bon, on va en rester là, madame Mornée. Mais de grâce, et dans l'intérêt de votre ami, prévenez-moi si vous avez des nouvelles ou s'il cherche à vous joindre.

À Saint-Malo, Rochard et Vézin prennent un café en terrasse, face à un quai du bassin Vauban, où sont amarrés les premiers éclopés de la Route du Rhum. Trois monocoques et deux trimarans sont aux petits soins des équipes techniques et des skippers pour réparer la casse subie dans les premiers grains, et surtout lors du violent orage qui a balayé la flotte au passage du cap Fréhel.

Les regards des enquêteurs sont attirés par l'accoutrement d'une vieille dame faisant les cent pas devant les bateaux.

— De loin, on dirait un peu Marie-Anne Chazel dans *Les Visiteurs*, s'amuse la capitaine Vézin.

— Ouais, je trouve même que Dame Ginette est presque un modèle d'élégance à côté de cette femme. J'ai l'impression qu'elle engueule les marins qui réparent à bord des bateaux. Elle va finir à la baille si elle continue, prédit le commissaire.

Le patron du bar s'approche de leur table.

— Oh, elle… Il y a bien longtemps qu'on n'y prête plus attention. Elle fait partie du paysage. On la surnomme la baronne. Elle est de tous les départs de course. Ici, à Saint-Malo, on se souvient d'elle lors du premier départ du Rhum, en 1978.

— Et vous en savez plus sur cette drôle de baronne ? questionne Rochard, intrigué.

— Pas vraiment. Elle raconte depuis toujours qu'elle est issue d'une grande maison européenne, privée de ses terres et de ses biens par une famille en froid avec ses manières trop libertaires à leur goût. Ce qu'on sait surtout, c'est qu'elle picole depuis toujours, et pas qu'un peu, croyez-moi. Et pourtant, des poivrots, j'en ai vu défiler ici à Saint-Malo. On l'appelle la baronne qui écluse, en référence au film avec Gabin.

— Je ne comprends pas, lâche Vézin.

— Ne faites pas attention, aubergiste, ma jeune collègue ne connaît ni Gabin ni ses œuvres. Pour leur génération, un film en noir et blanc n'a pu être tourné qu'au Moyen Âge du côté des grottes de Lascaux.

Devant le sourire gaulois et un peu gras du bistrotier, Rochard poursuit sa tirade civilisatrice.

— Jean Gabin a été la vedette d'un film qui s'appelait *Le Baron de l'écluse*. D'où le jeu de mots. Vous ne comprenez toujours pas, s'étonne Rochard devant la mine interloquée de sa collègue.

— Bah ! non, avoue-t-elle, alors que l'aubergiste fronce les sourcils. Pourquoi la baronne écluse ? Elle a un bateau ?

— C'est décidé, Agnès, je vais attaquer vos parents en justice pour défaut d'éducation. Personne, dans votre famille, même pas le fameux tonton bourré en fin de repas, ne vous a jamais expliqué qu'on pouvait aussi écluser un verre, c'est-à-dire le boire, plutôt rapidement ? Et généralement en écluser un bon nombre, bien au-dessus de trois, donc bonjour les dégâts ?

— Et c'est censé être drôle votre humour de boomer? demande la capitaine.

— Bon, cher monsieur, reprenons à la baronne qui écluse, et laissons tomber cette génération perdue.

Le rouge de la satisfaction revient aux bonnes joues du cafetier malouin.

— Alors, au début, dans sa jeunesse, la baronne était connue pour courir après les jeunes et beaux marins. Elle pénétrait même la nuit dans les bateaux pour se glisser dans leur couchette. Ça a vite fait pas mal d'histoires, notamment avec les femmes ou les fiancées des navigateurs. Puis, en vieillissant, la baronne ne s'est pas arrangée. Du coup, elle traîne sur les pontons dans lc seul but d'emmerder le monde. Là, je suis certain qu'elle est en train d'engueuler les marins, de leur dire que leurs réparations sont minables, qu'ils sont nuls, et cætera.

— Et ils ne craquent pas ? Elle ne finit pas à l'eau ?

— Oh, quand elle finit à l'eau, c'est qu'elle y tombe toute seule. Non, il existe comme un code d'honneur envers la baronne. Elle emmerde tout le monde, mais on n'y touche pas. Elle fait un peu partie de la famille. Et la famille, c'est sacré, n'est-ce pas commissaire ?

— Et comment donc, appuie Rochard.

— Oui, mais la famille, on ne la choisit pas. Elle a vraiment l'air répugnante, dit avec dégoût la capitaine Vézin.

Sur le quai, la baronne assure le spectacle. Vêtue d'un vêtement de pluie plus proche du vieux sac-poubelle noir que du ciré jaune, elle apostrophe Niels Venteux, un skipper franco-québécois.

— Alors minable, t'as encore cassé ! T'as pas encore compris qu'à 30 ans tu devrais te choisir un vrai métier. Avant, y avait de véritables marins, capables d'affronter les tempêtes. Maintenant, vous êtes perdus dès que le vent monte plus fort que ce qu'ont prévu vos satanés routeurs ou vos ordinateurs. Mon pauvre garçon, t'es un assisté de la voile.

— En parlant d'assisté, toujours au RSA la baronne ? Demande une augmentation, ça te permettra de prendre des produits de meilleure qualité. Tu empestes la mauvaise vinasse à 10 h du matin, lui rétorque Niels, visiblement un peu agacé par l'agressivité de la baronne.

— Mais dis donc, ducon, ferme un peu ton claque-merde. Avec ma famille, on a construit la France. Alors retourne dans ton pays de Peaux-rouges et d'Esquimaux et ne nous emmerde pas.

En passant dans les parages, Michel Tibert, le patron du port, essaie de calmer l'aristocrate en furie.

— Dis-moi baronne, tu ne peux pas la mettre un peu en veilleuse et laisser Niels réparer son bateau ?

— Non, il est trop con !

— Bon, tu sais que ça va bientôt être l'heure d'écluser ?

— Où, dans le port ? demande l'ingénue aux faux airs de Dame Ginette.

— Dans le port et chez Dédé où tu peux t'enfiler une fillette de blanc sur mon compte si tu déguerpis dans la minute.

Un large sourire illumine la face bouffie et rougie de la baronne.

— Oh, merci monseigneur.

Le patron du port opte pour la fermeté.

— La baronne, si tu ne décarres pas d'ici dans la minute, j'annule la fillette de blanc chez Dédé.

Le chantage paie dans la seconde. La baronne oublie sa devise et file vers l'oasis étancher sa soif.

À quelques encablures du bassin Vauban, en amont de la Rance, du côté des charmantes rives de Saint-Suliac, la gendarmerie inspecte le corps d'un homme retrouvé mort sur la berge. Alerté par des promeneurs, le patron du chantier naval *Le Bastingage* a aussitôt prévenu les forces de l'ordre.

Ici, les bateaux les plus modernes côtoient les belles et vieilles constructions en bois. Le chantier a ce charme fou du respect des plus belles traditions et de l'aventure technologique.

Aussi navigateur de course au large, le patron du chantier a délicatement déposé le corps du malheureux dans une barque et l'a recouvert d'une voile en coton rouge, délavée par le temps et le soleil. On doit tous les respects aux morts trouvés en mer, question d'honneur et de solidarité entre marins.

Très vite, la scientifique et le légiste établissent qu'il s'agit bien du corps de Lionel Michaud.

— Il n'est pas mort noyé, commandant, assure le légiste. Il a les mêmes traces fines de strangulation que la victime sur le voilier de la Route du Rhum. Il a sans doute été étranglé à l'aide d'un lacet de cuir.

— Et on a une idée de l'heure de sa mort ? interroge le gradé.

— Oh ! oui, assez précise. Je dirai samedi matin, entre six heures et midi.

— Vous en êtes certain ?

Le légiste lance un regard noir au commandant de gendarmerie. Lequel comprend tout de suite le message.

— OK, il est donc mort une journée avant Jean-François Belloiseaux, le père du concurrent de la Route du Rhum. Ce qui l'innocente complètement. Je vais prévenir le procureur, mais ça n'arrange pas vraiment nos affaires. Il va falloir reprendre l'enquête à zéro.

Le commissaire Rochard est à son tour averti de la découverte du corps de Lionel Michaud et surtout de l'heure de sa mort.

— Ce que je ne comprends pas, c'est la présence de son bateau à proximité du Class40 *Rhumerie Belloiseaux*. Il a aussi été filmé le dimanche midi au barrage de la Rance. Le mystère s'épaissit comme une dose de beurre salé dans un Kouign-amann, s'amuse perplexe Rochard.

Quelques heures plus tard, la capitaine Vézin apporte un peu de lumière dans le tunnel sombre de l'enquête du commissaire Rochard.

— *Eurêka, fiat lux*, commissaire. La scientifique a percé le mystère. Le ou les coupables ont hacké le compte bancaire de Lionel Michaud, son téléphone, sa boîte mail, ses réseaux sociaux, etc.

— Peut-être, mais c'est bien lui qui avait loué le voilier *Vagabond IV*. On a retrouvé sa fiche chez le loueur, et son dépôt de garantie sur son compte.

— Eh bien non, justement. Ce n'était pas lui, mais c'était bien son compte bancaire piraté et les faux papiers au nom de Lionel Michaud. C'est une mise en scène, comme le largage du radeau de survie.

— Mais un bateau, ça ne disparaît pas comme ça, Vézin ?

— Eh bien si, Rochard. Le loueur m'a dit qu'il suffit de naviguer un peu vers le large, d'ouvrir en grand les vannes d'évacuation des eaux usées, et un geyser coule le navire aussi sûrement qu'un iceberg pour le *Titanic*.

— Il nous faut donc reprendre toute l'enquête Vézin, soupire Rochard.

— Eh oui, commissaire, cent fois sur le métier, hein, vous qui aimez les vieux proverbes de boomer, répond Vézin, volontiers provocatrice.

Rochard se décide à appeler Ruig à Paris pour lui donner les dernières infos.

— En fait, je ne suis pas plus surpris que ça, Rochard. Je ne sentais pas Mélina Mornée coupable d'avoir manigancé tout ça avec ton Lionel Michaud. Ce sont des activistes du buzz, des hashtags, mais plus de la violence armée. C'est fini Action directe, camarade. Les morts sont désormais virtuelles, comme les combats. Le numérique est leur nouveau champ de bataille. On tue les gens socialement. Je me demande ce qui est pire ?

— Bah ! surtout quand tu sais que plein de gosses se suicident réellement après avoir été liquidés virtuellement sur les réseaux, remarque Rochard.

— Tiens, en parlant de mort-vivant, tu es au courant pour Désiré Capesterre ?

— Au courant de quoi ?

— Ah ! je vois, tu n'as pas eu un coup de fil ou un mail de la haute direction des ressources humaines parisienne ?

— Pas vu, qu'est-ce qu'ils ont encore inventé ces zozos ?

— Donc il me revient de t'annoncer la bonne nouvelle. Surtout, ne m'engueule pas, je n'y suis pour rien. Ils ont décidé de remettre sur le terrain un gars qui sort d'un long burn-out.

— Jusque-là c'est plutôt une bonne idée, mais quel rapport avec moi ? Rennes n'est pas encore en région parisienne ?

— Justement, ils veulent l'en sortir. Ce type, Désiré Capesterre, est un Antillais né à Grigny. On l'a mis à bosser dans une banlieue proche de là où il a grandi. Il y a subi les vexations, le racisme crasse, les humiliations des caïds maghrébins de la drogue, les insultes de collabo infidèle et je t'en passe. Il a logiquement fini par complètement craquer.

— Et ?

— Et comme ton enquête a des chances d'aller du côté de la Guadeloupe, où vivaient ses grands-parents, la DRH a pensé qu'il pourrait vous assister, toi et Vézin. D'abord à Saint-Malo, puis à Pointe-à-Pitre.

— Et il est sérieusement cabossé le collègue ?
— Je ne vais pas te mentir, Rochard. C'est la crème des types, mais là on est plus proche d'un zombie que de Sherlock Holmes.
— Des médocs ?
— Oui, et les mauvaises langues disent qu'il se spécialise dans le cocktail « antidépresseurs-punch coco ». Un genre rhum dérangé, tu vois ?
— Ah oui quand même, soupire Rochard. En fait, en même temps qu'on cause, je regarde les mails que je n'ai ni lus ni ouverts. Ruig, heureusement, que tu m'as appelé, il arrive ce soir en gare de Saint-Malo !
— Essaie de bien le traiter, Rochard, c'est un bon gars, vraiment.
— Tu me prends pour une brute, Ruig ?
— Non, mais ton humour dévastateur au troisième degré peut parfois surprendre. Donc ménage-le de ce côté-là.
— T'inquiètes, j'ai Agnès Vézin en chienne de garde. Elle va le materner et le protéger.
— Parfois, tu me fais peur Rochard ! Avec toi, on ne sait jamais si c'est du lard ou du cochon tes conneries.
— Ne t'inquiète pas, j'ai le racisme en horreur, tu le sais. Le seul racisme que je supporte est le racisme anti cons, que le con en question soit blanc, jaune, noir, catholique, juif, musulman ou même bouddhiste.
— Ouais, vas-y mollo quand même sur le thème, conseille Ruig avant de raccrocher, pas vraiment rassuré.
Rochard passe la tête dans le bureau alloué à Agnès Vézin.
— Capitaine, présence indispensable ! Je vous convoque au restaurant *La Criée*. C'est une institution malouine qui ne paie pas de mine, qui est restée dans son jus, mais ces gens-là connaissent et savent travailler le poisson ! Ce midi, ils font de la lotte, un régal !
L'enquêtrice adore ce genre d'initiative « rochardesque », souvent propice à de belles découvertes gastronomiques et à des digressions verbales dépassant le cadre policier.

Agnès Vézin s'attendait à trouver à *La Criée* un vieux chef breton, un peu bourru, un peu têtu, un peu grognon, bref totalement cliché.
— Agnès, je vous présente Lola de Sein, la jeune cheffe des lieux, dit Rochard avec un brin d'emphase.

La capitaine Vézin est surprise de voir en face d'elle une jeune femme très fine, gracile, d'une trentaine d'années, vêtue d'une veste d'un blanc immaculé. Seules les mains sont souillées des entrailles de la pêche fraîchement débarquée des chalutiers voisins.

— Ce sera de la lotte aujourd'hui, commissaire, ça vous va, demande Lola de Sein ?

— Vous rigolez, c'est mon poisson favori. En plus, il n'y a pas de risque de culpabiliser quand on voit sa tête. C'est le plus moche et en plus, il a l'air méchant. Vous connaissez Agnès ?

— Ma foi, non. Nous n'avons pas eu l'honneur d'être présentés.

— Lola, vous avez une tête en réserve ?

La jeune cheffe revient avec une tête de lotte très repoussante.

— Je vous ai choisi la plus vilaine, s'amuse la cuisinière.

— C'est vrai que ça ne donne pas envie de mettre une lotte dans son aquarium ou sa piscine, rétorque Agnès Vézin.

Rochard s'avance vers sa petite table ronde réservée.

— Lola, vous pourrez nous mettre deux verres de pouilly-fuissé en apéro, lance Rochard ?

— Désolé commissaire, je n'en ai pas encore rentré. Je peux vous servir un sancerre ou un muscadet ?

— Bon, comme on n'est pas à Nantes, je ne risque pas d'être déshérité si mon vieux père me voyait. Du coup je vais goûter le sancerre. Et la lotte, vous la cuisinez comment ?

— À l'armoricaine, commissaire. Je vous détaille ou vous me faites confiance ?

— Ce n'est pas une question de confiance, voyons ! Je veux juste satisfaire ma curiosité.

Lola de Sein se marre en posant son index sous l'œil droit.

— Les oignons ? demande Rochard.

— De Roscoff et bien rosés, réplique aussitôt la cheffe en coupant le sifflet du commissaire.

— Le vin blanc ?

— Muscadet.

— C'est bien, sinon je tuais le chien.

— Le cognac ?

— Du Bouquet de Janvezac, y'a pas mieux.

— Et le sel ?

— De la fleur venue directement de la coopérative de Guérande.

— L'ail, les tomates ?

— Bon commissaire, ce n'est pas que je n'aime pas vos interrogatoires, mais j'ai un service à faire.

— Vous savez, on a aussi des brigades et je cuisine mes clients, rigole Rochard.

— Oui, mais moi c'est pour leur plaisir, tranche Lola de Sein.

— Ça, je vous le dirai après la lotte, Lola !

Tout en dégustant quelques huîtres de Cancale pour s'ouvrir l'appétit, Rochard prévient Vézin de l'arrivée de Désiré Capesterre, le policier cabossé par la vie et l'enfer de certaines cités de région parisienne.

Comme Rochard l'espérait, sa collègue accueille la nouvelle avec joie et même enthousiasme.

— Vous avez beau être une jeune bobo moralisatrice et parfois insupportable, votre bon cœur vous sauve Agnès.

— Vous avez beau être un vieux boomer grognon et parfois affreusement vulgaire et macho, vous cachez mal une sensibilité qui vous rend vivable et même supportable, commissaire.

Un échange conclu par le tintement des deux verres de sancerre.

— À notre bonne santé, lance Vézin.

— Et à nos amours, dit Rochard. À propos, vous avez des nouvelles de la course de Malo Belloiseaux ?

— Commissaire, chez vous l'embellie ne dure jamais bien longtemps, se marre la capitaine, pas dupe de la provocation. Vous pouvez m'en dire plus sur notre nouveau collègue ? Capesterre, c'est ça ?

Et Rochard de tracer à grands traits le CV du policier antillais. Naissance à Grigny, il y a 45 ans. Ses parents avaient fui la dureté du travail dans les champs de canne à sucre ou les bananeraies de Guadeloupe pour le mirage d'une vie qu'ils espéraient plus facile en métropole, avec un emploi de postier pour le père, et d'employée de la Sécurité sociale pour la mère. Au début, la terre promise tenait ses promesses, sauf peut-être niveau météo, quand la grisaille et la pluie fine faisaient naître une nostalgie chaque année plus forte, de la lumière des alizés, du soleil, des pluies violentes, aussitôt gommées par de vaillants arcs-en-ciel.

Puis, la douce cohabitation entre les communautés des barres HLM de banlieues a laissé place aux tensions, toujours plus fortes, année après année. Les noirs antillais chrétiens et les Maghrébins musulmans ont commencé à faire équipe de foot à part. Les « blancs », souvent d'origine portugaise, espagnole, italienne ou encore polonaise, décidaient de quitter les lieux. Pour les moins pauvres d'entre eux. Les autres restaient et s'enfermaient souvent dans la méfiance, dans la défiance des « pas comme eux ». Des sots leur disaient qu'ils venaient manger leur pain, leurs petits boulots. Puis la violence s'est installée, avec la drogue et les trafics.

Vézin écoute Rochard, puis se met à chantonner d'une douce et jolie voix. Un air de Souchon et Voulzy.

Moi des souvenirs d'enfance
En France
Violence
Manque d'indulgence
Par les différences que j'ai
Café
Léger
Au lait mélangé
Séparé petit enfant
Tout comme vous
Je connais ce sentiment
De solitude et d'isolement.

— C'est joliment et bien résumé, la congratule Rochard.

— Et en plus, ce doit être l'enfer de devenir jeune flic dans ces quartiers, souligne la capitaine. Tu parles d'un cadeau. C'est comme pour les profs, au lieu d'envoyer des plus expérimentés, ils mettent des jeunes quasiment sans formation et payés à coups de lance-pierres.

— Oui, c'est toujours un truc qui me fascine en France. Nous sommes le pays où l'on paie le plus d'impôts, de taxes, de charges et tout le toutim. Une fois passé à la machine de Bercy, ton salaire brut a rétréci, comme une chemise neuve lavée à 100 degrés, pour devenir net. Et si seulement on avait un bon retour sur cet investissement forcé, je ne serais pas contre l'impôt ! Mais là encore, on est bernés !

— Un bon retour ? Que voulez-vous dire commissaire ?

— Je veux dire qu'on n'en a pas pour notre argent ! Regardez, la

France a des profs très mal payés, ne parlons pas des magistrats, des infirmières et même de nous, la police.

— Vous voulez augmenter les agents de l'État ? Il est où le Rochard qui me soufflait que « là où on plante des fonctionnaires, il pousse des impôts » ?

— Oui d'accord, Agnès, si on ne peut plus dire de conneries maintenant ! Mais sincèrement, au lieu de nous bassiner avec des thèmes populistes durant les campagnes électorales, je trouve que les politiques devraient s'emparer du problème et réinventer quelque chose d'intelligent, un peu comme l'a fait le Conseil national de la Résistance au sortir de la guerre.

— Vous savez pourquoi j'aime déjeuner ou dîner avec vous, commissaire ?

— Non, mais je ne vais pas tarder à le savoir.

— Parce que vous prenez le temps de sortir de vos blagues et de vos provocs à deux balles. Je n'aurais jamais imaginé que je puisse être politiquement d'accord avec vous un jour, sourit Agnès Vézin.

— Mon cas n'est donc pas désespéré, avance, faussement interrogatif, Rochard.

— Vous, non. En revanche, l'hystérisation du débat en France, la haine quotidienne déversée impunément sur les réseaux sociaux, là oui, c'est désespérant, commissaire.

À 19 h 17, le train en provenance de Paris arrive en gare de Saint-Malo. La précision des horaires de la SNCF — pourquoi n'affichent-ils pas les secondes ? — semble souvent décalée, tant les retards sont légion. Notamment depuis que les sangliers, dont la race prolifère, ont décidé de traverser les rails au passage des lourdes locomotives, occasionnant des heures de retard, sans même permettre aux voyageurs de patienter autour de joyeux buffets façon Obélix dévorant les sangliers.

Désiré Capesterre arrive sur le parvis très minéral de la gare de Saint-Malo. Le gris des pierres ajoute à la fine bruine difficilement percée par un éclairage public blafard, un air d'infinie mélancolie.

Le lieutenant Capesterre s'avance, traînant sa petite valise noire à roulettes. Sa démarche est lente, fatiguée.

— Ça promet, glisse Rochard à l'oreille de Vézin. On se croirait à un enterrement.

Alors que le policier antillais est encore à une vingtaine de mètres de ses nouveaux collègues, la capitaine pouffe de rire.

— Manque plus que *Le Requiem* de Mozart en fond musical pour notre sombre héros de l'amer, et la scène serait parfaite pour un film du genre *Bonsoir tristesse*.

Puis la capitaine Vézin se tait, comme impressionnée par le « bonjour » lancé par Désiré Capesterre. Le visage est certes un peu bouffi par le mélange médocs-punch coco, les traits fatigués, mais son regard est lumineux.

« Ce type est un ange, se dit la capitaine Vézin. Jamais vu un regard aussi franc. Il s'en dégage une générosité naïve, sans calculs, sans retenue. Pareil pour sa voix. La mélodie de son bonjour sonne juste, tellement éloignée du cynisme habituel, du deuxième ou troisième degré des collègues, de cet humour, bon ou mauvais, servant de bouclier face aux petites et grandes horreurs du quotidien. »

L'ange passe et monte à l'arrière de la berline sombre du commissaire Rochard. Un dernier regard dans le petit miroir de courtoisie du pare-soleil. Agnès Vézin est conquise. Son cœur balance entre les portraits des peintures naïves haïtiennes et un personnage du type de celui joué par Albert Dupontel dans *Adieu les cons*.

IV

Alors que l'enquête est en plein calme plat, sans souffle ni nouvelles pistes, la flotte de la Route du Rhum affronte un chapelet de dépressions automnales dans le golfe de Gascogne. Les marins montent au front au fur et à mesure que le baromètre descend.

Cette zone délimitée par le cap Finisterre espagnol, le Pays basque, l'estuaire de la Gironde et les îles de Sein, Molène et Ouessant parant le Finistère breton, est redoutée des navigateurs. Peu profond, le golfe de Gascogne se couvre d'une peau du diable dès que les dépressions de sud-ouest soufflent à plus de force 8. La mer grossit et se chevauche avec les rotations de vents. Il s'y creuse des tranchées après les fronts dépressionnaires, où les étraves des bateaux plongent et tapent violemment. Les vagues y sont d'une telle traîtrise que les marins espagnols surnomment leur côte nord-ouest « la Costa de la Muerte ». On en ressort souvent avec des « gueules cassées ».

Les bateaux les plus rapides de la course ont déjà passé ce fameux cap Finisterre espagnol, libérant le passage vers le Portugal et les alizés tant espérés plus au sud, du côté de Madère ou des Canaries. C'est le cas du trimaran Ultim *Banque populaire Grand Ouest*, dont on a vu les images spectaculaires, dévalant les vagues déferlantes et ses baves d'écume près du rail (zone de passage) réservé aux cargos.

Anne Scorff, la skipper, possède une confortable avance, car son poursuivant *Goldana* a dû faire une halte au port de La Corogne, afin de changer l'étai et un petit génois déchiré, victime d'une rafale plus violente que les autres. Plus au nord et à l'ouest, Erwan Béniguet est toutefois toujours en tête au classement général. Il a choisi une option radicalement différente, plus proche de la route directe. Une zone au large où la mer est moins creuse et la houle beaucoup plus longue. Les bateaux y souffrent moins, mais le rendez-vous avec les alizés est plus hasardeux à ces latitudes.

Dans la catégorie des Class40, on observe les mêmes différences d'option. Au sud, Malo Belloiseaux s'approche de la Costa de la Muerte et du cap Finisterre. Plus au large, Médélice Lenclume navigue dans une mer moins formée, tirant des bords sur la route directe, que les navigateurs appellent l'orthodromie. Tracée sur une carte, elle est courbe en raison de la rotondité de la Terre. La route droite sur la carte, la loxodromie, est en réalité et paradoxalement plus longue.

Mais c'est l'heure de la vacation radio, entre la direction de course et les concurrents de la Route du Rhum. La capitaine Vézin a décidé d'y emmener le lieutenant Capesterre, afin de commencer à le familiariser avec le monde de la course au large. Lui n'a connu que le football et les maillots hors de prix du Paris Saint-Germain, que l'on exhibe comme des trophées dans les cités de banlieue.

Désiré Capesterre n'en revient pas en écoutant Malo Belloiseaux décrire les conditions dantesques qu'il affronte près des côtes espagnoles.

— Je viens d'être quasiment couché par une vague déferlante, explique-t-il à Yann Sarcot, le directeur de course, concentré et inquiet de la violence des éléments décrits par le navigateur antillais. Je suis assez proche de la terre. Des vagues de ressac montent littéralement sur la houle du large. C'est juste énorme. Je ne peux pas quitter la barre et je me suis attaché très court pour éviter de tomber dans cette mer déchaînée.

— Et tu navigues avec quelles voiles en ce moment, lui demande Yann Sarcot ?

— J'ai le minimum, lance Malo. Si les conditions le permettaient, je ne porterais qu'un string tant il y a de vent, rigole-t-il. J'ai trois ris dans la grand-voile et j'ai déroulé le J3, le petit génois. En fin de nuit, j'ai même affalé la grand-voile, tant la mer était rude et les grains violents. Mais ça demande beaucoup d'énergie ces manœuvres. Je suis complètement rincé.

— Tu as pu dormir un peu, s'inquiète le directeur de course ?

— Oui, une petite demi-heure en fin de nuit, après avoir ferlé la grand-voile sur la bôme.

— Sois prudent Malo, et n'oublie pas de bien te nourrir.

Désiré Capesterre, enfoncé dans son fauteuil, ne perd pas une miette de la vacation. Il est comme un enfant découvrant un monde inconnu et merveilleux. Et ne recevoir que la voix, sans les images, est en fait un immense privilège. Cela ajoute à la magie du moment, ouvrant l'esprit à l'imaginaire. On se construit ses propres images, ses propres vagues déferlantes, ses propres cieux, sa propre couleur de la mer. Avec l'écrit, la voix a cette puissance et cette saveur que les images n'auront jamais.

— C'est comme si on vivait dans un livre d'aventures, mais en vrai, glisse-t-il à la capitaine Vézin. C'est fantastique.

Sa collègue le regarde d'un œil tendre, quasi maternel. Elle croit déjà voir sur le visage du policier antillais un mieux par rapport à sa sortie du TGV. L'œil est plus vif, les traits plus expressifs. La passion pour les héros des mers parviendrait-elle à chasser les chiens noirs de la mélancolie, selon l'expression chère à Winston Churchill ?

Puis la voix de Médélice Lenclume se fait entendre au PC course de la Route du Rhum.

— Salut Médélice, lance Yann Sarcot. Tu es en tête ce matin, juste devant ton petit copain de Guadeloupe, Malo Belloiseaux. Vous nous faites une belle bagarre et surtout deux choix de routes très différents. Lui souffre dans le sud, et toi à l'ouest quelles sont tes conditions de mer et de vent ?

— Bonjour à tous, vous m'entendez bien ?

— Fort et clair, Médélice.

— OK, eh bien ici tout va bien. Je suis sur un bord assez rapprochant, dans un flux de nord-ouest de 25 nœuds (force 6) et une mer plutôt bien rangée. Ça avance bien.

— Tu es contente de ton option plus au nord, quasiment sur la route directe ?

— Oh oui ! s'exclame-t-elle. J'ai entendu la vacation des petits copains au fond du golfe de Gascogne. Ça ne fait vraiment pas envie. Et je n'aime pas faire souffrir les bateaux, ce n'est pas ma philosophie. Je suis plus adepte de la glisse que du passage en force, comme en surf ou en ski, sourit-elle.

Encore enthousiaste après cette grosse heure de vacation radio avec les concurrents de la Route du Rhum, Désiré Capesterre est surpris par une alarme sur son nouveau smartphone, fourni par l'administration centrale du ministère de l'Intérieur.

Agnès s'amuse en le voyant désemparé face à l'irruption d'un nouveau monde. Il en était resté au mini téléphone à clapet, qui servait juste à passer ou recevoir des appels. L'envoi de SMS était pour lui le comble de la modernité numérique, même s'il se trompait régulièrement de destinataire.

— On dirait une poule qui vient de trouver un couteau, rigole la capitaine.

— Méfiez-vous que ce ne soit pas un coq antillais, rétorque son collègue. C'est rude au combat, avec ou sans couteau.

— Oui, eh bien, en attendant, montrez-moi votre nouveau jouet.

La capitaine Vézin tapote nerveusement sur l'écran du smartphone, puis un large sourire éclaire son visage.

— J'en étais sûre, clame-t-elle. Votre code de verrouillage est six fois zéro. Pas très sérieux ça lieutenant ! Bon, je vous ai enlevé l'alarme pour les mails. Lisez peut-être celui que vous avez reçu.

Désiré Capesterre parvient enfin à ouvrir le courrier électronique. Une première sur un smartphone. Mais son visage s'assombrit au fur et à mesure de la lecture.

— Une mauvaise nouvelle, lieutenant ?

— Je ne sais pas. C'est surtout que je ne comprends rien à ce message.

— Faites voir.

La capitaine Vézin découvre alors un message aussi surprenant qu'intrigant : « Lieutenant Capesterre, nous préférons nous adresser à vous plutôt qu'à vos deux collègues après leurs premiers jours d'enquête calamiteux. Malo Belloiseaux, le fils de la victime, s'apprête à faire une courte escale dans l'île de Porto Santo, au nord de Madère. Rendez-vous sur place et observez bien tout autour de vous. Une première clé de l'énigme vous attend. Ne la manquez pas, vous n'aurez pas de deuxième chance ».

Regroupés devant l'écran de l'ordinateur fixe du bureau malouin alloué au commissaire Rochard, Vézin et Capesterre découvrent la fiche

Wikipédia de la petite île portugaise, en même temps qu'ils scrutent la carte. Un bout de terre perdu dans l'océan, au large du Maroc.

— J'ai l'impression qu'il y a un aéroport, dit Vézin. La piste est même très longue pour un caillou de cette taille.

— Tu m'étonnes, c'est même un aéroport international, capable d'accueillir les plus longs courriers. Ils peuvent dire merci aux Ricains qui y avaient établi une base militaire, explique doctement Rochard, tel l'érudit moyen de notre ère numérique, ânonnant la première fiche du premier lien proposé par le moteur de recherche Google.

— Vous n'êtes pas obligé de lire à voix haute, moque la capitaine Vézin.

— Essayez plutôt de trouver au plus vite trois billets d'avion pour Porto Santo. Désiré, pouvez-vous demander au directeur de course une estimation de l'heure d'arrivée de Malo Belloiseaux dans la marina de l'île ? Dans leur jargon, ils appellent ça une ETA si je me souviens bien. Rien à voir avec les Basques, c'est anglo-saxon, du genre *Estimated arrival time*.

— Ça fait EAT patron, glisse timidement Capesterre.

— Ah oui, du coup ça doit être *Estimated time arrival*, articule difficilement Rochard avec un accent anglais à couper au couteau capable de faire passer François Hollande pour un parfait bilingue.

La capitaine Vézin se plonge dans tous les comparateurs de vol, pendant que Capesterre appelle Yann Sarcot.

— Patron, si on file à Paris en TGV ce soir, on peut décoller demain à 7 h 15 pour Lisbonne, avec un changement vers Porto Santo. On y sera à 13 h.

Rochard et Vézin se tournent vers Capesterre, anxieux à l'idée d'arriver trop tard à Porto Santo.

Ils observent leur nouveau collègue, inquiets en entendant son débit très lent et la façon de faire répéter à peu près tout ce que son interlocuteur lui explique.

— Huit nœuds vous me dites ? Mais quel rapport avec la vitesse d'un bateau, monsieur le directeur ?

Rochard, désormais très au fait des termes marins, et notamment de cette unité de vitesse, hausse les yeux au ciel. Il imagine l'agacement du directeur de course de la Route du Rhum, dont le temps est compté vu les avaries que subit la flotte, en proie avec la lenteur du lieutenant Capesterre.

— Ah ! il faut multiplier par 1,852. C'est compliqué votre histoire, monsieur Sarcot… Et vous me dites qu'il lui reste 254 milles jusqu'à Porto Santo ?

Capesterre hésite longuement.

— Et alors, vous me conseillez de diviser maintenant pour savoir le temps qu'il va mettre. Je suis un peu perdu là, monsieur le directeur.

Rochard fait signe à son collègue antillais de lui passer le combiné.

— Bonjour, Rochard à l'appareil. Veuillez excuser mon collègue, il découvre la voile et la course au large.

— Pas de soucis, commissaire. Non, je lui disais que Malo Belloiseaux va filer vite, car il a attrapé les fameux alizés portugais qui soufflent du nord. Il est à 254 milles du but et navigue à environ 12 nœuds de moyenne.

— J'avais cru entendre 8 nœuds, coupe Rochard.

— Non, ça, c'est sa vitesse actuelle, mais il va accélérer. Moi je parie pour une ETA demain vers 17 h.

— Parfait monsieur Sarcot. Combien de temps va-t-il passer au port selon vous ?

— Difficile à dire. Si j'ai bien compris, il a des problèmes d'alimentation électrique, d'électronique, de pilote automatique et quelques pépins de gréement. Selon moi, il peut repartir le lendemain matin si son équipe bosse bien. Lui va en profiter pour rattraper toutes les heures de sommeil perdu dans la bataille du golfe de Gascogne.

Rochard raccroche et apostrophe son équipe :

— Allez, on file à l'hôtel prendre un minimum d'affaires et on saute dans le premier TGV pour Paris. N'oubliez pas le passeport et la brosse à dents. Et n'emportez pas votre arme de service, ça complique toujours les formalités à l'aéroport.

L'Airbus A320 de la compagnie portugaise TAP amorce sa descente depuis dix bonnes minutes. La carlingue est secouée par un puissant courant de nord-est. Les passagers situés du côté droit de l'appareil aperçoivent Porto Santo, l'île dorée, avec son immense plage de neuf kilomètres, tournée vers le grand large et protégée des alizés.

Désiré Capesterre enrage d'être à côté d'un hublot situé sur la gauche de l'appareil. Il ne voit que l'océan et un ciel bleu parsemé de paisibles nuages blancs dont la crête suit la direction du vent. « Je suis toujours là où il ne faut pas, se dit-il. Question de destin. »

C'était sans compter sur son ignorance de la géographie et ce puissant alizé obligeant le commandant de bord à s'approcher de la grande île de Madère, afin d'effectuer un large virage pour revenir se poser face au vent à Porto Santo.

Et là, Désiré Capesterre ne perd pas une miette du spectacle. Sur la gauche, l'île aux fleurs, l'île verte apparaît dans son imposante splendeur. Les picos quasi jumeaux do Arieiro et Ruivo culminent à plus de 1 800 mètres. Le mariage de ces deux « géants verts » avec le bleu intense de l'océan arrache un large sourire à l'enquêteur antillais. Le ciel gris de sa vie parisienne se débarbouille, avec un charme très différent de la Caraïbe de ses parents.

— Qu'est-ce que c'est beau, lâche-t-il simplement à sa voisine, Agnès Vézin !

La capitaine acquiesce d'un sourire complice. Elle aime la simplicité naïve de son nouveau collègue. Elle aime l'entendre exprimer ses émotions sans calcul ni fausse pudeur.

La contemplation du lieutenant est brusquement interrompue par le bruit du train d'atterrissage. Le temps d'un premier coup d'œil sur la longue plage, son eau turquoise sur des fonds sablonneux, bordée de petites maisons à la tranquillité océane, et vient le sursaut d'un atterrissage « viril » sur la très longue piste de Porto Santo et son univers désertique.

— Allo, Yann Sarcot ? Ici, le commissaire Rochard, on a une idée de l'ETA de Malo Belloiseaux à Porto Santo ? Ah ! OK, 16 h 30, un peu plus tôt que prévu. C'est vrai que ça souffle ici, merci !

En s'approchant de la voiture de location, Rochard est heureux de constater que la réservation « gamme supérieure + » correspond à une belle berline française dont le capot arbore fièrement un lion sochalien.

— Même côté voitures, vous ne manquez aucun cliché du vieux conservateur, commissaire, raille Vézin.

— Si vous préférez un modèle mondialisé dessiné en Croatie et construit en Moldavie ou en Roumanie, libre à vous, capitaine. On se retrouve au *Sputnik* pour déjeuner. J'ai dégoté l'adresse sur un blog et le nom me parle.

Le bar-restaurant est vieillot. L'endroit est sombre, la peinture s'écaille sur les murs défraîchis. De nombreux posters de la première fusée soviétique et son satellite artificiel cachent la misère.

— Pourquoi ce chien est partout en photo ? s'interroge Capesterre.

— Ce n'est pas un chien, mais une chienne, corrige Rochard. C'est la célèbre Laïka, le premier être vivant à avoir volé en orbite autour de la Terre. Je peux vous dire que les Ricains tiraient la tronche à l'époque de voir les Popov les devancer. L'oncle Sam a ensuite dépensé des fortunes pour leur faire un chien de leur chienne avec le programme Apollo.

— Pourquoi ne pas avoir choisi un restaurant avec une terrasse et une vue sur la mer, commissaire ? se plaint Vézin.

— Ce que vous pouvez avoir l'esprit petit-bourgeois, capitaine. Tout d'abord parce que se replonger dans l'histoire de la conquête spatiale soviétique me ravit, tout comme partager ma gamelle sous l'œil tendre et fier de Laïka. Ensuite, parce que les blogs de voyages, contrairement aux guides achetés par la pub, sont formels. C'est ici que l'on mange les meilleurs bolos de coco de l'île !

— De la noix de coco, s'étonne Capesterre ?

— Ah non Désiré, il faudra attendre d'être chez vous pour ça.

— Chez moi, c'est la dalle de Grigny. Pas vu de cocotiers pousser dans ce sale béton, râle-t-il.

— Oui lieutenant, je veux dire l'île où sont nés vos parents. De toute manière, je me suis gouré. C'est le bolo de caco et non de coco. C'est un pain traditionnel de Porto Santo. Il paraît qu'il est d'un fondant extraordinaire, car composé à partir de patate douce. Et je vais demander du fromage et du chorizo pour accompagner, explique Rochard, salivant à l'avance de la découverte culinaire à venir.

En lisant la carte des vins, Rochard tente de marmonner trois mots de portugais.

— Français, lui demande le patron, un petit homme sec et brun ?

— Oui, vous parlez notre langue ?

— Oh que oui, j'ai été marié vingt ans à une de vos compatriotes. Elle m'a quitté pour un riche patron d'un grand hôtel de Madère qui, lui, parle allemand et sert du lard au petit-déjeuner.

— Elle ne vous méritait pas mon ami, glisse, un sourire en coin, le commissaire Rochard.

Entre les deux hommes, le courant passe tout de suite.

— Pour le vin, je ne saurais trop vous conseiller un Monte Velho rouge. Les organisateurs français de la course à la voile Transquadra l'adorent, et je ne les ai jamais vus terminer une carafe d'eau !

— Alors, va pour le Monte Velho. Il est élaboré à partir de quels cépages ?

— Il y a du syrah, que vous connaissez certainement. Les autres sont typiquement portugais, avec le touriga nacional, le trincadeira et l'aragonez.

— Buvez-en les yeux fermés, renchérit un homme seul, assis à une table voisine. Il est parfait, surtout pour accompagner ces succulentes lulas.

— Des lulas, s'étonne Rochard ?

— C'est le nom des petits calamars d'ici. Ils les préparent à la brochette avec des poivrons et des oignons. C'est simple, mais délicieux.

— Cher monsieur, notre table est aussi large que ronde. Voulez-vous nous rejoindre, invite Rochard.

Les présentations se font au Monte Velho. Le rouge descend des verres à mesure qu'il monte aux joues et aux fronts. Les échanges sont chaleureux. Le professeur Francis Joyeux, le nouveau convive à la table de Rochard, est docteur en histoire de la Renaissance. Il se montre d'emblée très curieux quant à l'enquête menée par les trois policiers français, posant les bonnes questions, soulevant les contradictions, explorant de nouveaux débuts de pistes. Ses petits yeux bleus ronds comme des billes pétillent au fur et à mesure que ses sourcils broussailleux montent et descendent à une cadence effrénée. Ses rares mais longs cheveux blancs lui donnent un look improbable, à mi-chemin entre le professeur Tournesol et Einstein.

— Vous auriez fait un très fin limier, professeur, le congratule Rochard.

— Mais vous savez, nous exerçons des métiers très proches, commissaire. Moi aussi, j'enquête, mais mes suspects et mes témoins ne sont plus de ce monde.

Le prof raconte alors que Christophe Colomb, dont Rochard et ses enquêteurs ont croisé une statue sur une petite place de Porto Santo, est l'objet de ses recherches.

— Que diable pouvez-vous espérer à propos de Christophe Colomb que l'on ne sache pas déjà, s'étonne Rochard ?

— Je cherche à vérifier des intuitions et des pistes évoquées par d'autres historiens.

— Lesquelles ?

— Tout bêtement que Christophe Colomb ne partait absolument pas dans l'inconnu comme l'affirme l'histoire officielle. Il avait en sa possession des cartes secrètes sur ce qu'il trouverait à l'ouest, derrière l'horizon.

— Et vous pensez trouver ici ces informations, à Porto Santo, sourit, un peu incrédule, le commissaire Rochard.

Tout en « ravitaillant en vol » le commissaire d'un large verre de Monte Velho, le professeur Francis Joyeux se lance dans une longue et passionnante explication.

— Vous êtes des Antilles, demande le professeur, se retournant vers Désiré Capesterre ?

— Moi non, mais mes parents, oui.

— Alors ils ont dû apprendre à l'école que Christophe Colomb a découvert les îles de l'arc antillais dès 1492.

— Et c'est bien le cas, non ? rétorque Capesterre.

— Je ne crois pas mon ami. Nous sommes de plus en plus nombreux à penser que des navigateurs européens ont foulé le sol du continent américain et des Antilles bien avant lui.

— Et quel rapport avec Porto Santo ? insiste Rochard.

— J'y viens, commissaire. Il faut savoir que l'histoire de Christophe Colomb est étroitement liée à cette île de Porto Santo. En 1479, soit treize ans avant sa première traversée de l'Atlantique, il a épousé Filipa Moniz, la fille de Bartolomeu Perestrelo, capitaine-gouverneur de Porto Santo. Son fils Diego y naîtra d'ailleurs en 1480.

— Je ne vois toujours pas le rapport, cher professeur, s'impatiente Rochard.

— J'y viens, commissaire, j'y viens. Le nom de Porto Santo est associé à des découvertes et des secrets maritimes datant de bien avant 1492. Pour faire court, quasiment deux siècles plus tôt, en 1307, l'heure n'était pas encore aux Lumières en France et en Europe. Philippe Le Bel, en accord avec le Vatican, fait brûler les chefs templiers sur des bûchers. Officiellement pour hérésie, mais on sait tous que c'était pour ne pas payer les dettes envers les Templiers, dont le pouvoir en matière financière et politique dérangeait de plus en plus.

— On s'éloigne de plus en plus de Porto Santo, raille poliment Rochard.

— Au contraire, commissaire. Des Templiers ont fui par la mer vers le Portugal, avec, dit-on, d'incroyables trésors, sans parler du célèbre Saint Graal.

— Ah non, pas le *Da Vinci Code*, proteste la capitaine Vézin.

— Ne vous inquiétez pas, mademoiselle, je m'en tiens aux trésors et aux connaissances maritimes. Au Portugal, les Templiers ont trouvé refuge et créé l'Ordre du Christ. On sait qu'ils ont navigué vers l'ouest après les îles du Cap-Vert. De retour d'expédition, de nombreux navigateurs ont évoqué une nouvelle terre, « Brazil ». Certains se sont échoués à Porto Santo sur le chemin du retour, après avoir subi les assauts de terribles tempêtes.

— Je croyais que le traité de Tordesillas avait partagé l'océan en deux : l'est pour les Portugais et l'ouest pour les Espagnols, intervient Rochard.

— C'est un peu plus compliqué que ça, mais c'est vrai, commissaire. Mais ces apatrides templiers n'en avaient rien à faire. C'est donc un ou plusieurs rescapés d'un voyage maritime vers cette terre de « Brazil » et du continent américain qui se sont échoués à Porto Santo. Et qui les a recueillis selon vous ?

— Le beau-père de Christophe Colomb, alors gouverneur de l'île, triomphe Désiré Capesterre.

— Absolument ! Bartolomeu Perestrelo a récupéré des cartes, en a dessiné d'autres, selon les récits des marins. La nouvelle est venue jusqu'aux oreilles des esprits les plus éclairés d'Europe, jusqu'à Gênes ou chez les cartographes de Lisbonne, que Christophe Colomb connaissait très bien.

— Vous sous-entendez que Colomb ne serait pas venu à Porto Santo par hasard ? Qu'il a délibérément épousé la fille du gouverneur ?

— Je suis précisément ici pour étayer cette thèse, commissaire.

— Et vous avancez ?

— Oui, et vous savez, ma thèse est aussi soutenue par des découvertes archéologiques en Amérique du Sud ou du Nord et même dans les Caraïbes.

— À savoir ?

— Des motifs gravés dans la pierre représentant des bateaux avec des voiles ornées de grandes croix, comme celles des Templiers ou des goélettes de Colomb.

— Et évidemment datées d'avant 1492.

— Évidemment, commissaire. Sans parler des vestiges de Vikings au niveau de Terre-Neuve. Non, Christophe Colomb n'a certainement pas été le premier Européen à fouler le sol américain.

Et la conversation de se poursuivre, sous le regard émerveillé de Désiré Capesterre.

— Savez-vous par exemple que Christophe Colomb suivait fidèlement l'étoile du matin, une étoile appelée « La Merica » depuis l'Égypte antique ?

— Non, je l'ignorais, professeur. Mais nous allons devoir, à regret, prendre congé de vous, de vos étoiles, et votre monde décidément très complexe, mais merveilleux pour celui, moins passionnant, mais tout aussi mystérieux, de notre enquête criminelle.

Rochard et son équipe mettent le cap sur la marina pour accueillir Malo Belloiseaux et surtout chercher, dans son entourage et ses préparateurs, la « clé » de l'énigme annoncée dans le mail adressé à Désiré Capesterre.

— Si ce n'est pas une manœuvre ou, pire, une fausse piste délibérée pour nous « promener » et nous mener en bateau, tempère le commissaire.

La petite route pour rallier le port longe la superbe plage de sable blond de l'île.

— Avec ce soleil, ça donne presque envie de piquer une tête, lance Vézin en ouvrant sa vitre, pour mieux admirer l'océan calme et d'un bleu intense.

— Je me suis renseigné sur internet, capitaine. Ne rêvez pas trop, elle n'est qu'à 19 degrés. Pour un Guadeloupéen, c'est assez proche des eaux gelées du pôle Nord, rigole Capesterre.

La capitaine sourit, en se disant que les vannes du lieutenant sont un signe incontestable d'un moral en hausse.

Arrivé dans la jolie marina de Porto Santo, Désiré Capesterre repère tout de suite les multiples peintures ornant le béton du quai nord du port.

— *E bonito, nao é*?

Devant le regard interdit de Capesterre, l'homme, grand et corpulent, coiffé d'un authentique et large béret basque, tente sa chance dans d'autres idiomes.

— English, Deutsch ?

Capesterre garde le même air absent.

— French?

— Oui, Français, opine Capesterre, rassuré.

— C'est rare ici, dit l'homme. J'ai fait toute ma vie à Biarritz, avant de me retirer ici. Et je ne vois que des Allemands et des Anglais débarquer de Madère pour une visite à la journée. Je suis content d'entendre ma langue maternelle.

— Ça tombe bien, je ne parle et ne comprends que le français. Et le créole, ajoute avec une pointe de fierté le lieutenant Capesterre.

— Toutes ces peintures sont une fierté locale. On a presque plus de monde à défiler devant ce quai qu'à l'église ou au musée Christophe-Colomb.

— Que signifient ces dessins? interroge Capesterre.

— Ce sont un peu comme des ex-voto. Par tradition, les équipages des bateaux qui passent par ici laissent leur empreinte. Ils ornent le quai d'une peinture évoquant leur voilier, leur trajet, leur club, leur port ou encore l'équipage.

— Y'en a de toutes les couleurs, admire le lieutenant.

— Oui, mais vous savez, la gamme des pots de peinture qu'on peut trouver à bord des voiliers est infinie. D'où ce résultat exotique. Mais si vous aimez ce genre d'art marin sur les ports, allez à Horta aux Açores. C'est sans doute le plus beau en la matière. Une chapelle Sixtine maritime !

Alors que Capesterre passe en revue les différentes fresques, drapeaux du monde entier, fanions de clubs, esquisses de monocoques, de goélettes, de ketchs, portraits de vraies gueules de marin, l'homme au béret basque s'arrête devant un dessin.

— Tiens, un compatriote, s'amuse le Basque.

— À quoi vous voyez ça ? questionne Capesterre.

— Regardez, sous le pavillon blanc traversé d'une croix noire, on peut lire « Club nautique hoëdicais ». Et le ballon de vin rouge dessiné derrière ne laisse aucun doute sur la nationalité de l'artiste peintre !

Plus loin, Rochard interroge les ouvriers du port, et finit par trouver le petit local où les responsables de la course et l'équipe de Malo Belloiseaux sont accueillis le temps de cette escale express.

Le commissaire tombe sur un arbitre de la fédération française de voile, venu vérifier que l'escale de Malo Belloiseaux se déroule bien dans les règles d'assistance prévues par les instructions de course de la Route du Rhum.

— Vous devriez aller à Ponta da Galé. Son équipe est là-bas pour le voir venir du nord. Il sera tenu de passer la pointe avant d'arriver devant les jetées de la marina et se faire remorquer à quai.

— C'est loin d'ici, interroge Rochard ?

— À peine 2 km à vol d'oiseau, rassure l'arbitre. Mais ne traînez pas trop, Malo va débouler vite avec cet alizé puissant.

Le chemin pour rejoindre la pointe de l'île est rocailleux à souhait. Le contraste avec la blondeur du sable fin bordant la marina est saisissant. Ici, tout est sombre, et parfois noir de la lave de l'île volcanique.

Le commissaire Rochard gare sa berline sur le côté très escarpé de la piste.

— J'aurais mieux fait de louer un 4X4, on va finir par crever un pneu sur ce champ de mines.

Le trio d'enquêteurs va terminer à pied. En contrebas, au bout de la pointe, ils aperçoivent deux hommes scrutant l'horizon vers le nord. Sans doute l'équipe de Malo Belloiseaux.

L'endroit est d'une beauté brutale. Ici, pas de palmiers, pas de sable blanc. De la roche noire, de la terre brune, parfois rougeâtre. En regardant vers le nord, la mer est moutonneuse sur la crête des vagues. La houle vient s'écraser bruyamment sur les arêtes des blocs de lave figée dans la mer. De l'autre côté, l'océan ressemble à un paisible lagon.

— Bonjour, vous êtes l'équipe venue attendre Malo Belloiseaux, demande avec son sourire le plus charmant, et Dieu sait s'il est agréable, Agnès Vézin ?

Les deux hommes se retournent. Un petit blond qui pourrait faire mannequin dans un shipchandler, ces boutiques des ports de plaisance où l'on trouve de l'accastillage, mais aussi les fringues qui font de vous un vrai régatier ou coureur au large. Des baskets de pont flashy, un short noir assez large sur des collants pour combattre le froid, un tee-shirt en lycra respirant et la petite veste de quart siglée valant, au bas mot, un mois de smicard.

À côté de cette gravure de mode des marinas se tient un grand black, avec deux ou trois dreadlocks dans la tignasse. Il doit avoir une trentaine d'années. Beaucoup plus grand que le blondinet, il a le regard fier et en impose du haut de son 1,90 m tout en muscles et en puissance.

Lui n'a pas cédé aux sirènes de la mode. Jean délavé, tee-shirt rouge avec un motif d'une herbe autrefois vantée et chantée par Bob Marley. Le contraste est saisissant.

— Oui, c'est lui sous spi là-bas, indique de la main le marin blond.

— Ah ! super. Je suis la capitaine Vézin, et voici le commissaire Rochard et le lieutenant Capesterre. Nous sommes chargés de l'enquête sur le crime dont a été victime le père de Malo.

Les trois enquêteurs sont surpris d'entendre le petit marin traduire en anglais à son ami black.

— Votre ami n'est pas Français ? se risque Vézin.

— Non, il est originaire de la Dominique, cette île autrefois anglaise et aujourd'hui indépendante, située entre la Martinique et la Guadeloupe.

— *Ou ka palé kréol ?* (Vous parlez le créole ?), lui demande Capesterre sous le regard surpris de Rochard, Vézin, mais aussi du petit marin français.

Le grand black, qui n'avait pas desserré les dents depuis l'arrivée des policiers, gratifie son interlocuteur d'un rire sonore, tout en lui tapant dans la paume de la main.

— *Wé* (oui), lui répond Kingston dans la même langue joyeuse et musicale. Le créole dominiquais vient aussi du français, quand ils occupaient l'île. Et puis je le parle souvent aux Saintes où je vais fréquemment travailler.

La barrière de la langue créole a fait exploser les conventions sociales. Capesterre et Kingston, c'est son nom, ou en tout cas son nom de marina, sont dans leur monde. Ils parlent sans arrêt. La mélodie du créole est douce et chantante. Ils rient fréquemment.

Geoffroy, le blondinet, s'est rangé du côté de Rochard et Vézin. Le visage fermé, ils assistent au dialogue festif des deux Antillais, sans rien comprendre à leur langue créole.

Rochard commence à montrer des signes d'impatience et fait les gros yeux à son nouvel adjoint.

— Vous pouvez nous traduire et nous résumer, lieutenant, si ce n'est trop vous demander ?

— Oui commissaire, se marre Capesterre. Kingston est originaire de la Dominique, mais l'île est plutôt pauvre, alors il vient travailler sur les bateaux, de pêche ou de plaisance, aux Saintes. Il me dit qu'il est le «*King*» du gelcoat, des moteurs marins, des voiles à réparer ou même de l'électronique. Ça l'a amené à travailler avec les Belloiseaux pour préparer leur bateau.

— Je confirme, commissaire, se hasarde Geoffroy. Kingston sait tout faire, du coup il est très demandé, même s'il a peu de temps. Il est du côté des pêcheurs, et notamment d'une femme très connue aux Saintes. Daïquiri qu'on l'appelle. Une Française venue de Saint-Malo, très écolo et très mal vue par les affairistes du coin.

Le petit point bleu sur l'horizon a sérieusement grandi le temps de ces palabres sur cette pointe devenue Babel, entre français, anglais et créole.

À bord de son Class40, Malo Belloiseaux déboule à près de 15 nœuds, tiré par son immense spi asymétrique d'un superbe bleu nuit.

— Mais au fait, commissaire, qu'espérez-vous trouver à Porto Santo pouvant faire avancer votre enquête ? interroge, un peu incrédule, Geoffroy.

— Aucune idée, ment Rochard. Mais un bon flic doit tout humer, tout renifler pour dénouer les fils d'une énigme.

Pas convaincu, Geoffroy sort sa petite radio VHF de poche.

— Malo, ici Geoffroy et Kingston, tu me reçois ?

— Fort et clair les amigos. Vous êtes sur la pointe ?

— Oui. On va te regarder empanner et ensuite, on filera à la marina accompagner l'arbitre de la fédé qui va venir te chercher en canot pneumatique, juste devant les jetées du port.

— OK, je crains un peu l'empannage. Y'a pas mal d'air et je n'ai plus de pilote. Ça risque d'être un peu sportif.

Rochard, heureux de ce bol d'air doux et iodé, s'avance vers le jeune marin.

— Qu'est-ce exactement, cette manœuvre d'empannage dont vous parlez avec Malo ?

— En fait, en ce moment, le bateau de Belloiseaux reçoit un vent venant de son trois-quarts arrière gauche. Sa grand-voile et son spi sont donc gonflés du côté droit de son voilier, comme vous le voyez.

— Jusque-là, c'est clair, se félicite Vézin, venue prêter une oreille attentive pour améliorer son niveau de voile.

— Lorsque Malo va passer la petite île, Ilhéu de Cima, qui prolonge la pointe, il va changer de direction pour rejoindre le port. Son cap va se modifier du sud au nord-ouest, soit environ 100 degrés de différence. Du coup, il recevra le vent de trois-quarts arrière droit. Il lui faut donc passer ses voiles sur la gauche de son bateau. Une manœuvre déjà délicate en solitaire quand le pilote automatique de barre fonctionne. Mais là, il va devoir gérer la barre et les écoutes de grand-voile et de spi en même temps.

À quelques mètres en hauteur, Capesterre et Kingston n'accordent aucune attention à la manœuvre. Ils sont en grande discussion. Plus sérieuse cette fois, car on n'entend plus les rires fuser comme auparavant.

Comme il le craignait, la manœuvre d'empannage de Malo est compliquée. Alors qu'il allait faire passer ses voiles d'un côté à l'autre, une vague plus forte que les autres embarque le tableau arrière du voilier au plus mauvais moment. La manœuvre devient scabreuse. On entend de la pointe le bruit de la bôme passant violemment d'un bord à l'autre.

On voit aussi le spi se gonfler et faire des nœuds. Geoffroy a le regard inquiet.

Une violente rafale vient couronner le tout.

— Putain, il part au tas, s'exclame Geoffroy !

— C'est-à-dire ? tente de comprendre Vézin.

— Lorsqu'il a difficilement passé les voiles d'un côté à l'autre, une rafale les a gonflées sans que Malo ait eu le temps de bien les régler, occupé à tenir la barre. Du coup, le bateau s'est mis à pencher très fortement en remontant vers le vent. Ce qu'on appelle partir au tas dans notre jargon.

Alors que Malo Belloiseaux stabilise peu à peu la situation, ses équipiers et les policiers se pressent de monter dans leur voiture pour rallier le port où le navigateur va très vite arriver.

— Alors Capesterre, c'est pratique le créole pour vous comprendre d'île en île ?

— Oui, commissaire, sourit le lieutenant antillais.

— Et vous avez appris des choses intéressantes ?

— Je ne sais pas si ça va nous servir, commissaire, mais Kingston m'a expliqué qu'il était le copain d'un jeune marin trouvé bébé après un cyclone en Dominique. Il a été récupéré et adopté par la pêcheuse, la Daïquiri. Cette femme a l'air d'en savoir beaucoup sur les familles de Malo Belloiseaux et l'autre navigatrice saintoise, Médélice Lenclume.

— Beaucoup, c'est-à-dire ?

— Selon Kingston, le père de Médélice Lenclume, Félix Lenclume, est un type sans foi ni loi. Et il déteste les Belloiseaux.

— Au point de leur vouloir du mal ?

— Il est capable de tout, et surtout du pire, m'a confirmé Kingston.

— Bravo lieutenant. Grâce à votre créole, on a peut-être trouvé la clé annoncée dans votre mail mystérieux.

— Oui, mais Kingston m'a fait promettre de ne pas en parler à Malo, au moins jusqu'à son arrivée à Pointe-à-Pitre.

— Difficile de ne pas parler de l'enquête au fils de la victime, Capesterre.

Le lieutenant se ferme à l'arrière de la berline. Rochard le voit d'un coup d'œil dans le rétro.

— Commissaire, si l'on ne respecte pas la demande de Kingston, il va se fermer comme une huître, comme vous dites en Bretagne. Et ça serait dommage, car lui peut nous ouvrir bien des portes.

— J'ai compris, Capesterre. Je n'irai pas mettre le zouk dans la « Creole connection » !

V

Une fois virée la petite île de Cima, bordant avec son phare la pointe sud-est de Porto Santo, Malo Belloiseaux se sent tout d'un coup soulagé de l'énorme pression ressentie depuis le départ de Saint-Malo. Mais ce sont surtout les dernières 48 heures qui ont été particulièrement éprouvantes, aussi bien physiquement que nerveusement.

Privé de pilote automatique, il n'a quasiment pas pu dormir ni se nourrir correctement, n'étant pas en mesure de lâcher la barre sous spi, dans une mer formée et assez courte. Ses bras et ses épaules en sortent quasi tétanisés.

Sans sommeil, les rêves éveillés se mêlent à la réalité. Parfois jusqu'aux hallucinations. Joshua Slocum, premier navigateur à avoir réalisé un tour du monde à la voile en solitaire, raconte ainsi s'être cru à bord de la *Pinta* en pleine discussion avec Christophe Colomb alors qu'il pointait son étrave vers Gibraltar.

Pourtant dans le « rouge », Malo n'est pas allé aussi loin. Mais il s'est quand même entendu parler avec son défunt père, le voyant quasiment assis à ses côtés dans le cockpit. Une conversation apaisée est née de cette vision. Après l'horreur du meurtre à Saint-Malo et les questions de la police toujours sans réponse, Malo a enfin pu commencer à renouer les liens filiaux, à se détacher de l'indicible pour revivre la douceur de son enfance passée auprès de ce père aimant.

Les premiers bords aux Saintes le week-end, blotti au fond d'un petit canot en bois ressemblant vaguement à un Optimist. Jean-François Belloiseaux l'avait dessiné et construit pour Malo. Vinrent les régates, où il vit que son fils avait plus de goût et de dons pour la mer, le vent et les bateaux que pour l'école et la discipline.

Malo se souvient de la douceur des lumières de fin d'après-midi, quand il rangeait son bateau et les voiles sous l'abri de jardin de la grande case de vacances familiales. Avant de reprendre le ferry pour Pointe-à-Pitre et une semaine d'école et surtout de rêves éveillés en classe, à naviguer et régater.

Alors qu'il file tranquillement sous spi dans des eaux enfin calmes vers la marina de Porto Santo, Malo se plaît à tirer d'autres bords dans son passé.

Les régates de Guadeloupe, autour de l'îlet du Gosier, ses coraux à éviter, ses eaux turquoise. Le premier tour de la Guadeloupe à bord du 35 pieds de son père. Les regards complices en envoyant ce superbe spi rouge à la pointe des Châteaux, avec tous les autres concurrents dans le tableau arrière. Les trophées alignés dans le petit bureau de la case en bois des Saintes, d'un bleu délavé par le soleil, le sel et les alizés. Cette grande case où le temps paraissait suspendu, où tous les jours étaient heureux.

Et puis vint l'adolescence. Les sélections en équipe de France de voile légère. Les régates en métropole ou en Europe, tout un monde nouveau, avec ses charmes, ses attraits, son rythme effréné et ses blessures.

Malo revoit Barcelone, où il régata en Finn, un petit voilier solitaire olympique de 4,50 m présent aux Jeux olympiques de 1952 à 2021, très sportif et réservé aux grands gabarits, dont la grand-voile est enverguée sur un mât désormais en carbone.

Barcelone où il se prit de passion pour un monument qu'il découvrit par hasard. Marchant sans vraie destination dans les rues de la capitale catalane, brisé par une première séparation, un premier amour perdu avec une compétitrice danoise repartie dans son Grand Nord, Malo est tombé sur la Catedral del Mar, dans le quartier d'El Born.

En pénétrant dans l'imposante basilique, il fut tout de suite frappé par la beauté brute de l'église. En lieu et place de toutes les dorures parfois arrogantes des monuments chrétiens espagnols, il vit le charme des pierres venues de la colline voisine de Montjuïc, assemblées en piliers en forme de palmiers pour soutenir une imposante voûte gothique.

Mais la passion pour la Catedral del Mar vint surtout lorsqu'il entendit le guide raconter son histoire, tellement incroyable qu'il eut du mal à la croire véritable.

Tous les habitants du quartier populaire ont participé à ce projet fou et inédit dans le monde chrétien. Et notamment les débardeurs (« bastaixos ») du port de la Ribera, qui transportèrent un à un les blocs de pierre de la carrière de Montjuïc. À force de courage, d'abnégation et de passion, la Catedral del Mar fut achevée en un peu plus de 50 ans (1384) avant celle des puissants de Barcelone.

De cette belle histoire, Malo en garda une foi en l'humilité, la fraternité et la droiture. Les mêmes valeurs vantées par son père.

Il reste à Malo moins de 500 mètres à parcourir pour rejoindre le canot semi-rigide de la direction de course, prêt à le remorquer dans le port. Le temps d'affaler tranquillement le spi dans les petits airs sous le vent de l'île de Porto Santo.

Le temps aussi d'une dernière pensée nostalgique. Celle d'un Spi Ouest-France à La Trinité-sur-Mer, couru à bord du J109 d'un ami de son père. Un souvenir merveilleux pour Malo. Quatre jours de régates dans un écrin de la navigation, la baie de Quiberon, bordée d'autant de petits paradis que sont Hoëdic, Houat, Quiberon, le golfe du Morbihan, et Belle-Île un peu plus au large. Les Belloiseaux finirent sur la deuxième marche du podium, une belle performance tant le niveau est relevé au Spi. Malo garde la saveur des bières de fin de journée, à trinquer avec les équipiers adverses dans une savoureuse ambiance de fête conviviale.

La voix d'Alain Le Guillou, arbitre fédéral, sur le canal de course, l'arrache brutalement à ses rêveries nostalgiques.

Le bateau de Malo Belloiseaux est tout de suite amené près d'un grand portique bleu, pour être sorti de l'eau et transporté dans le hangar du petit chantier voisin afin d'y être réparé.

Les enquêteurs français assistent à l'opération. Malo, descendu à terre, inspecte du regard les safrans, la carène et la quille de son bateau. À sa grande satisfaction, tout a l'air nickel.

Agnès Vézin interpelle le skipper antillais :

— C'est incroyable cette quille. Elle est si profonde, et si fine. Comment elle arrive à tenir le gros bulbe en bas, sans casser ?

Malo Belloiseaux, pourtant pressé et stressé par l'escale, prend le temps de lui répondre.

— Ces bateaux-là ont un tirant d'eau de trois mètres. C'est un rappel naturel qui empêche le voilier de trop pencher. Cela permet donc de garder beaucoup de voile, même lorsque le vent forcit. On appelle ça, être raide à la toile.

Rochard surprend la capitaine Vézin faire semblant de comprendre les explications de Malo, qu'elle regarde avec des yeux enamourés.

Le dialogue se poursuit entre les deux jolis jeunes gens. Malo raconte à Agnès Vézin ses galères d'alimentation électrique, d'électronique, de pilote automatique, de gréement. Une liste à la Prévert qui inquiète la jeune capitaine.

— Vous allez devoir réparer tout ça cette nuit ?

— Non, j'ai mon équipe technique pour ça, avec Geoffroy et Kingston. Moi, je vais aller à l'hôtel récupérer, dormir et bien me nourrir.

— Je peux vous y amener si vous voulez, tente Agnès Vézin, le regard brillant.

— Ah ! oui, ce sera avec plaisir ! répond Malo, enthousiaste et souriant. Le temps de briefer mon équipe, et je suis à vous.

La scène n'échappe pas au commissaire Rochard. Son regard entendu et son petit rictus ironique en coin en disent plus long que les bêtises qu'il s'interdit désormais de prononcer pour ne pas s'attirer les foudres de sa jeune collègue.

Rochard demande à Capesterre de tirer les vers du nez de Kingston pour en savoir plus sur cette haine opposant le père de la navigatrice Médélice Lenclume aux Belloiseaux. C'est le moment ou jamais pour tenter de retrouver les fils perdus de l'enquête. Et le temps presse, car Malo doit repartir en course le lendemain matin. Et dès qu'il aura quitté Porto Santo, Kingston et Geoffroy n'auront plus rien à y faire.

Alors que la nuit commence à tomber, Capesterre se glisse dans le petit hangar du chantier où Kingston travaille sur le voilier de Malo. C'est un as en la matière. Et la présence de Capesterre ne le gêne en rien, d'autant plus qu'il a un bon feeling avec le lieutenant antillais.

Un peu plus tard, Rochard demande par SMS à Capesterre et Vézin de le retrouver au restaurant de la marina, *El Pato bravo,* surnommé « le canard qui pète… » par les organisateurs et concurrents de la Transquadra. Le commissaire aurait bien choisi un autre lieu plus gastronomique, mais la cafétéria est idéalement placée. Ce soir, il va falloir se contenter des petits plats simples, présentés en photos sous film plastique tout autour des tables en bois rouge de la terrasse.

Alors qu'il sirote un vin rouge local, un peu rustique, mais pas désagréable, avec quelques olives noires, Rochard voit arriver Capesterre. Plus les jours passent et plus sa démarche devient dynamique, aux antipodes de son air de zombie à la gare de Saint-Malo.

— Alors lieutenant, du nouveau ?

— Je crois que vous allez être content commissaire, dit avec orgueil et un large sourire Capesterre.

— Je suis déjà heureux de vous voir remonter la pente, Capesterre. Et c'est sincère.

— Oui, je me sens bien dans cette enquête. Merci commissaire de votre confiance.

— Bon, on ne va pas se mettre à pleurer non plus Capesterre, même si c'est de joie !

— OK, boss. Alors, Kingston m'a raconté une histoire assez incroyable. Elle met sérieusement en cause Félix Lenclume, le père de la concurrente de Malo en Class40.

Et, décidément très à son aise, Capesterre narre par le menu les révélations faites par Kingston au pied du voilier de Malo Belloiseaux :

« Il y a une quinzaine d'années, lors d'une mission d'aide humanitaire dans l'île de la Dominique, qui venait de subir un cyclone dévastateur, Marie-Josèphe Le Bihan, une pêcheuse écolo au cœur gros comme ça, surnommée Daïquiri pour son penchant envers ce cocktail à base de rhum, a recueilli Randy et son fils, alors bébé, abandonnés dans la forêt tropicale dominant la baie de Portsmouth. Un site sauvage entre la rivière indienne et la réserve des Indiens Kalinagos, à l'est de l'île. Sa femme venait de disparaître, mortellement blessée durant le cyclone. Inconsolable, il demeurait prostré près de sa sépulture en terre.

Daïquiri les a ramenés aux Saintes. L'homme, Randy, l'aidait à la pêche pendant que son fils, surnommé Ti-Moun, puis Moumoune, grandissait en allant à l'école. Le samedi, il les assistait à la pêche. Adolescent, Moumoune se montrait très doué pour remonter du poisson, à la ligne ou au filet.

Mais il y a quelques jours, après une manifestation organisée par Marie-Josèphe Le Bihan contre le projet de construction d'une résidence touristique aux Saintes, programme mené par Félix Lenclume et ses associés, Randy a été retrouvé mort sur la plage… au pied d'un palmier, avec des signes vaudous sur le visage et une mise en scène assez proche de celle constatée à Saint-Malo.

Félix Lenclume a été soupçonné d'avoir commis ou commandité le crime. Il a pour le moment été mis hors de cause, faute de preuves formelles et grâce à son féroce avocat.

— Effectivement, la piste devient consistante. Mais comment Kingston est au courant de tout ça, Capesterre ?

— Kingston est proche de Moumoune, car il est Dominiquais comme lui. Mais cette île, située entre la Martinique et la Guadeloupe, est très pauvre. Aussi il vient travailler régulièrement en Guadeloupe, aux Saintes ou à Marie-Galante. Sa réputation de « main d'or » pour réparer tout ce qui peut casser à bord d'un voilier ou d'un bateau de pêche est connue de tous, et ce n'est pas le travail qui manque. C'est comme ça qu'il a fait la connaissance de Ti-Moun et de Daïquiri et qu'il a appris toutes ces histoires concernant Félix Lenclume.

— Beau boulot, Capesterre, félicite Rochard.

Le lieutenant en gonfle la poitrine de plaisir et de fierté retrouvée.

— La capitaine Vézin ne devait pas nous rejoindre, commissaire ?

— Si, je vais lui renvoyer un SMS. Vous buvez quelque chose en l'attendant, lieutenant.

— À force d'entendre parler de daïquiri, je commence à avoir soif de rhum, commissaire.

— Pas sûr que ce soit l'endroit idéal pour commander un cocktail, Capesterre. Mais vous pouvez toujours tenter votre chance. Vous prenez un classique ou un « papa doble » ?

— Un « papa doble » ? interroge Capesterre, l'air perplexe.

— Oui, Capesterre, un « papa doble », en l'honneur d'Ernest Hemingway, que les Cubains surnommaient « papa ». L'écrivain trouvait le daïquiri trop fade à son goût. Il a donc demandé au barman du *Floridita*, dans le centre de La Havane, de lui préparer un cocktail avec une double dose de rhum, toujours le jus de citron vert, mais sans sucre pour son diabète.

— Pardonnez-moi, commissaire, mais Hemingway, je ne vois pas bien qui c'est.

Rochard sourit tendrement, comme pour éviter de vexer son lieutenant pour ce trou dans sa raquette culturelle.

— C'est normal, vous êtes trop jeune, Capesterre, justifie-t-il. Hemingway, c'était un auteur à la mode au millénaire précédent. Dans les bars et restaurants de Montparnasse, on aimait son bouquin, *Paris est une fête*. En Espagne, c'est plutôt *Pour qui sonne le glas*. Mais moi je vous conseille le classique des classiques, *Le vieil homme et la mer*. C'est l'histoire épique entre un vieux pêcheur pauvre à Cuba et un gigantesque poisson, un marlin, sans doute la plus belle prise de sa vie. Je suis certain que ça vous plaira. De retour à Paris, laissez-moi vous l'offrir, Capesterre.

La discussion se poursuit autour de Cuba et des îles de la Caraïbe.

Tout d'un coup, Rochard attrape le serveur pour commander à dîner.

— Nous n'attendons pas Vézin, commissaire ?

— Quelque chose me dit qu'elle ne viendra plus, lâche Rochard d'un sourire entendu.

Au lever du jour, tout le monde se retrouve devant le chantier d'où va sortir le bateau de Malo Belloiseaux. Kingston et Geoffroy ont travaillé toute la nuit et tout est réparé et prêt pour une traversée de l'Atlantique.

On n'attend plus que Malo Belloiseaux pour mettre le voilier à l'eau. Cinq minutes plus tard, le skipper arrive à bord d'une petite voiture de type Jeep pour touristes, conduite par Agnès Vézin.

Les deux jeunes gens affichent un sourire resplendissant. Et Rochard d'appuyer la scène par un malicieux clin d'œil destiné à son collègue Capesterre. De leur côté, Kingston et Geoffroy font semblant de ne rien remarquer ou de ne rien déduire.

Pendant que le bateau est acheminé par le lift bleu, ils briefent Malo sur leurs réparations de la nuit, et sur le stock d'eau et de fruits et légumes frais ajoutés aux vivres du bord.

Lors de la mise à l'eau de son voilier, Malo étreint longuement Agnès Vézin. Et même s'ils évitent d'échanger un baiser en public, les derniers doutes concernant la nature de leur relation sont levés par l'intensité de leur adieu face au large et l'océan.

— Tu parles d'une nuit « réparatrice », glisse, hilare, Geoffroy à Kingston.

— *Cool man*, c'est bon pour le moral, lui rétorque, le pouce levé, le Dominiquais.

En tout cas, Malo semble en pleine forme en attaquant sous spi le contour de l'île de Porto Santo, dans un vent très frais de nord, avec des rafales descendant de la côte.

À plus de dix nœuds, il ne met pas longtemps à doubler la pointe de l'îlot de Baixo, au sud-ouest. Son spi bleu disparaît petit à petit sur l'horizon. Agnès Vézin ne le quitte pas des yeux. Rochard la couve du regard, un peu comme un père voit sa fille devenue grande s'éloigner, un peu meurtri, mais surtout très attendri de sentir son cœur battre pour un autre cœur.

L'avion de retour pour Paris ne partant qu'en début d'après-midi, Rochard propose à ses deux collègues de retourner au bar-restaurant *Le Sputnik* déguster les fameux bolos de caco, arrosés d'un verre de Monte Velho.

Le temps semble s'y être arrêté. Rochard et ses comparses y retrouvent le patron, en train de discuter à la même table qu'hier avec le professeur hirsute féru de Christophe Colomb. Seuls quelques anciens enrichissent le décor, occupés à taper le carton sous une photo jaunie de Laïka, la chienne soviétique, héroïne de la conquête de l'espace.

Rochard les salue, sans omettre de passer la commande. Si Capesterre montre des signes d'appétit, Agnès Vézin, elle, semble murée dans un silence rêveur, perdue dans ses pensées océaniques et amoureuses.

Alors qu'il allait reprendre le débat sur Christophe Colomb et les cartes secrètes des Templiers trouvées à Porto Santo, Rochard voit s'afficher le nom du procureur sur son smartphone.

— Oui, Agnès Vézin est bien avec moi, monsieur le procureur. Quoi ? Non, pas au courant. Qu'est-ce que c'est que cette histoire ?

Rochard se lève doucement et s'éloigne vers le bar.

— Une photo de Vézin, vous dites ? Avec Malo Belloiseaux s'embrassant devant un hôtel ! Non, je n'en sais rien et vous me parlez d'Instagram, de Twitter, mais c'est un peu du chinois pour moi tout ça.

Et Rochard d'écouter le procureur lui expliquer le « bad » buzz du moment chez les voileux, depuis qu'un fan de course au large, en vacances à Porto Santo, a posté sur les réseaux sociaux le fameux cliché du skipper antillais en si charmante compagnie. Et la photo est accompagnée d'un petit texte au ton moqueur : « On nous dit que Malo était en manque de sommeil avec sa panne de pilote automatique. Pas forcément la meilleure idée que celle de retrouver sa copine à Porto Santo pour passer une nuit réparatrice ».

— Voyez-vous Rochard, ce qui n'était qu'un clin d'œil sans malice pour faire le buzz a pris de l'ampleur, explique le procureur, l'air excédé. La capitaine Vézin a été reconnue et taguée. Je vous passe les commentaires injurieux à son égard, et je ne parle pas de la police. Je la convoquerai à Paris dès votre retour, mais je vous laisse lui expliquer qu'elle doit d'ores et déjà se retirer de l'enquête pour un conflit d'intérêt évident. On risque la faute de procédure, Rochard.

— Oui, bien sûr, monsieur le procureur. Mais Vézin n'a rien fait de mal. Tomber dans les bras et sous le charme d'un beau marin est très naturel pour une jolie fille célibataire comme elle. La plaie, ce sont ces malades du buzz sur les réseaux sociaux. Des apprentis délateurs, sans doute plus cons que méchants, qu'il aurait mieux valu ne pas croiser entre 39 et 45. Ils te clouent au pilori numérique sans autre forme de procès, juste pour leur petit ego, pour faire le malin autour de leurs... comment dites-vous déjà ?

— Followers, Rochard.

— Oui, c'est ça, comme vous dîtes. Cette mode mortifère du tout le monde en parle, alors que plaire à tout le monde, c'est plaire à n'importe qui. Mais c'est à la mode, et comme disait l'autre, être à la mode, c'est aussi avoir un destin de feuille morte. Tous ces cons me sortent par les yeux, monsieur le procureur. Vous me transférez le mail et toutes les captures d'écran ?

— C'est déjà fait commissaire.

Accoudé au bar, Rochard croise le regard de Vézin. Il lui fait discrètement signe de le rejoindre. La capitaine s'exécute rapidement, intriguée par une expression étrange dans le visage du commissaire. Des traits qu'elle ne lui connaissait pas, mélange de peur et d'agacement.

Rochard lui indique le mail du procureur, les captures d'écran la montrant lascive dans les bras de Malo Belloiseaux, devant cet hôtel de Porto Santo. Puis viennent les commentaires injurieux à son égard, victime collatérale de ce vol numérique d'intimité.

Avant qu'elle n'éclate en sanglots, Rochard la prend vigoureusement et chaleureusement dans ses bras.

— Agnès, vous n'êtes coupable de rien. Bien au contraire, la victime dans cette histoire, c'est vous. Vous n'avez strictement rien à vous reprocher. Je suis même très heureux pour vous, je parle de votre rencontre avec Malo. Vous formez un très joli couple. Sachez que je vous défendrai et que vous m'aurez toujours à vos côtés.

Agnès Vézin relève les yeux, d'où coulent quelques larmes. Sans parvenir à prononcer le moindre mot, son regard trahit la reconnaissance, comme celle d'une fille à son père, surprise et heureuse d'un tel soutien dans l'épreuve.

— Agnès, laissez un peu de temps au temps. Tout ça va s'effacer. Une merde chasse l'autre sur internet, et vu la production, ça va de plus en plus vite. Prenez un peu de congés. Profitez-en pour voyager. Tiens, pourquoi pas du côté de la Guadeloupe. C'est très beau et il paraît qu'il y aura une arrivée de course avec un joli marin.

Rochard parvient à arracher un timide sourire à Agnès Vézin.

— Attendez-moi ici, je vais expliquer la situation au lieutenant Capesterre. Vu son absolue méconnaissance d'internet, ça promet d'être coton !

Effectivement, Capesterre souffre et soupire, obligé d'intégrer en quelques minutes l'existence et le rôle parfois maléfique du monde merveilleux des réseaux sociaux. Heureusement, la bouteille de vin rouge est là pour aider Rochard dans son effort.

— Mais, en fait, internet, ça pourrit la vie des gens, finit par résumer Capesterre.

— Vous savez lieutenant, je ne rêve que d'une chose à l'instant : une gigantesque panne d'internet, le temps que l'humanité appuie sur le bouton pause.

— C'est possible ça, demande naïvement Capesterre ?

— À force de transporter autant de torrents de boue haineuse, les tuyaux finiront bien par péter, mon ami.

— Les tuyaux, quels tuyaux ?

— Je vous expliquerai Capesterre, une autre fois, mais en gros, je pense que quand le téléphone était attaché avec un fil, le genre humain était infiniment plus libre. Maintenant, le fil, c'est nous qui l'avons en permanence à la patte avec ces maudits smartphones et leurs applications. Capesterre, vous vous rendez compte ce sont désormais les ordinateurs de poche qui nous demandent à nous, de prouver que nous ne sommes pas des robots !

Le lieutenant écoute patiemment la sainte colère de son patron. Son air ahuri trahit une compréhension parcellaire de l'argumentaire du commissaire.

— Et si ça ne pète pas, je quitte la police et je monte un réseau social que j'appellerai le réseau sociable, en mode agile comme disent les as de la Start-up Nation. Un réseau où sera cultivé l'art de la conversation à la française, comme dans les salons du XVIIe siècle. Les échanges devront s'effectuer dans une ambiance de politesse mesurée et de bienveillance placide, loin de la fatuité hargneuse. Il sera composé de différents salons, où l'on y causera politique, sciences, histoire, aventure, rêve, tout ça avec le sourire. Le premier importun sera dénoncé par la communauté et chassé sans autre forme de procès. Qu'en dites-vous Capesterre ?

Le visage du lieutenant antillais oscille entre étonnement et incompréhension, mais avec une évidente bienveillance.

— Ça a l'air super sympa, patron. Faudra quand même me réexpliquer comment tout ça marche !

Puis vint le moment du retour vers la grisaille des latitudes plus au nord de la France. Le visage fermé d'Agnès Vézin et ses traits durcis par l'épreuve ont carrément plombé l'ambiance du retour. Que ce soit dans l'avion pour Roissy ou dans le TGV vers Rennes.

— Un allongé comme d'habitude, commissaire ?

La serveuse blonde du bar faisant face au commissariat central de Rennes n'attendait pas de réponse, en fait.

— Non, Karine. Un double expresso, très serré s'il te plaît. Mes paupières sont aussi lourdes que la tête de veau de ton patron.

Derrière le bar, Paulo, le taulier de l'estaminet, ne relève même pas la saillie de Rochard.

— Bon, commissaire, quand partez-vous en Guadeloupe ? demande le procureur. Ça m'a l'air vraiment sérieux, cette piste Félix Lenclume, appuie-t-il d'un haussement de sourcils. Les gendarmes de Pointe-à-Pitre nous ont envoyé tous les renseignements sur ce drôle d'oiseau des îles. Il a un CV long comme le bras chez eux. Le roi de la menace physique, ce Lenclume, pour faire avancer ses projets de promotion immobilière et faire taire les opposants. Le roi de la fausse facture aussi, pour acheter des élus locaux.

— J'entends, monsieur le procureur. Mais en quoi ces magouilles le rendent suspect du meurtre de Jean-François Belloiseaux à Saint-Malo, si ce n'est un mode opératoire assez proche du crime dont on l'a accusé aux Saintes ?

— L'audition de Marie-Josèphe Le Bihan, vous savez celle qu'ils surnomment « Daïquiri », est édifiante. Elle assure que Félix Lenclume vouait publiquement une haine totalement déraisonnable envers Jean-François Belloiseaux. Des histoires d'argent, de terrains et un terrible secret de famille seraient à l'origine de la rancœur peut-être meurtrière de Lenclume envers Belloiseaux.

— Quel secret ? s'empresse de demander Rochard.

— C'est là que le bât blesse, commissaire. Elle n'a pas voulu en dire plus sans trahir un serment de silence. Ce sera à vous et Capesterre de faire jaillir la lumière !

Un quinquagénaire longiligne, avec des fausses allures du regretté Jean Rochefort, pénètre alors dans le bar, se dirigeant la mine grave vers la table du procureur et du commissaire.

Avec son vieil imperméable trempé, l'homme a l'air perdu. Il pleut sur Rennes. De ce crachin tenace, pénétrant, déprimant, comme une chanson de Barbara un jour de cafard.

— Gilbert, ça fait une éternité que je ne t'ai pas vu, vieux brigand. Assieds-toi, ça s'arrose.

— Désolé, Rochard, mais je n'ai pas vraiment le cœur à ça. Je sors de l'hôpital Pontchaillou. Tu te souviens de mon grand pote Yann, mon quasi-frère depuis l'enfance.

— Oui, fait Rochard, soudain grave. Il lui est arrivé quelque chose ?

Et le commissaire Gilbert Bérud de raconter que son fidèle ami, son alter ego, s'éteint à petit feu, dans la souffrance d'un méchant crabe qui le ronge.

Depuis des mois, les deux amis tentent de traiter le mal par le mépris et l'ironie. Mais, pour la première fois, ils se sentent totalement désarmés au milieu de ce champ de bataille d'une guerre qu'ils savent désormais perdue.

Pourtant marin chevronné et habitué des coups de tabac, Gilbert est fragile ce matin, comme à la dérive. Le gouvernail rend l'âme. Il a juste trouvé la force d'aller dans son bar, celui de ses habitudes et des jours heureux, des potes du commissariat. Dans le mauvais temps, c'est un véritable abri protecteur. Un amer remarquable, mais il a un goût amer ce matin de novembre.

Rochard lui parlerait bien du temps assassin que chante Renaud, de ce temps qui emporte avec lui le rire des enfants. Mais il préfère prendre son ami dans les bras, lui caresser le dos avec ses grosses mains calleuses.

Derrière le bar, Paulo, le patron, tente la diversion.

— C'est affreusement triste, les amis. Mais souvenez-vous, dans ses grands soirs, Yann nous bassinait avec les tirades de Jacques Brel, son idole de toujours.

— Et que disait le grand Jacques déjà ? l'interpelle Rochard.

— Attends, je cherche sur mon portable.

Le temps pour Rochard de jeter un œil sur le ciel bas et triste de Rennes, et Paulo a retrouvé la citation.

— « Vivre, ce n'est pas sérieux, ce n'est pas grave. C'est une aventure, presque un jeu. Il faut fuir la gravité des imbéciles ».

« Il est bien gentil, le Paulo se dit Rochard, mais c'est le genre de phrase qu'on aime citer quand tout va bien, quand la Camarde ne rôde pas de si près, quand la vie ne menace pas de nous changer en statues de marbre. »

Et Rochard de se lever, de prendre à nouveau son pote Gilbert dans les bras, de se promettre de se revoir au plus vite, de se réchauffer entre amis. Et pendant ce temps-là, il continue de pleuvoir sur Rennes. Rochard se souvient de Barbara, du ciel de Nantes qui rendait son cœur chagrin.

Changement d'ambiance à Saint-Malo où Rochard retrouve Capesterre à *La Trinquette*, au bassin Vauban.

— Lieutenant, on s'envole demain pour Pointe-à-Pitre ! J'ai les billets. Vous allez me servir de poisson-pilote.

— Vous savez commissaire, je suis né à Grigny. Je connais mieux la banlieue de Paris que la Guadeloupe, sauf peut-être le village de mes grands-parents, où ils avaient leur case.

— Et il est où ce village, Capesterre ?

— À Capesterre, commissaire, même si mon grand-père disait Kapèsté, le nom créole. C'est célèbre en Guadeloupe, car Christophe Colomb avait jeté l'ancre à l'embouchure de la rivière du Grand Carbet. Vous verrez, c'est magnifique. La commune s'appelle aussi Belle-Eau, avec toutes ces rivières et les majestueuses chutes du Carbet.

— Génial tout ça, on ira y boire un coup !

— Le lieu est tout indiqué, commissaire. Vous savez que l'on ne fait de bon rhum que si l'eau est pure et de qualité. C'est le cas à Capesterre. Juste au sud, nous avons Trois-Rivières, le nom vous dit quelque chose ?

— Arrêtez, Capesterre, l'eau, ou plutôt le ti-punch, me monte à la bouche. Et nous n'avons pas le temps, car c'est l'heure de notre dernière vacation radio de la Route du Rhum.

— Pourquoi la dernière, patron ?

— Parce que toute l'équipe de la course prend le même avion que nous demain. Ils vont rejoindre le directeur, qui est déjà sur place avec le président du comité de course. Ils attendent les premiers à Pointe-à-Pitre.

— Déjà ? Nous avons quitté un concurrent hier à Porto Santo ?

— Ah, mais lieutenant, là c'était un petit monocoque, un Class40. Les trimarans Ultim peuvent traverser en moins d'une semaine.

Au palais du Grand Large, une foule d'enfants des écoles de Saint-Malo et des environs attend sagement de pouvoir assister à la grand-messe radio de la course.

S'ils sont habitués aux cartographies, les gamins sont fascinés par ces voix venues de si loin derrière l'horizon.

— Erwan, c'est pour après-demain le grand jour, demande le responsable du PC course.

Erwan Béniguet prend le temps de répondre. Légèrement en tête devant *Banque populaire Grand Ouest*, il sait que sa position de leader est fragile. Un peu plus au nord, il a moins de «pression» que son adversaire. Et puis il y a ce satané tour de la Guadeloupe, sous le vent de Basse-Terre. Enfin, sous le vent, c'est un bien grand mot. C'est plutôt très abrité de toute brise qu'il conviendrait de dire. À l'abri de la Soufrière, le calme plat règne en maître.

Tout le monde se souvient de la défaite de François Gabart lors de la Route du Rhum en 2018, doublé sur la fin et dans les petits airs par Francis Joyon. Chat échaudé craint l'eau froide, même si sous les tropiques, l'expression perd un peu de son authenticité.

On le sent, Erwan Béniguet n'a pas envie de parler. Son adversaire non plus d'ailleurs, qui n'a pas répondu à l'appel de la vacation radio. Il prétextera sans doute une panne bidon de liaison satellite, préférant rester silencieux, prêt à bondir sur sa proie dans un final qui s'annonce passionnant et incertain.

Médélice Lenclume, désormais leader de la Class40 à bord de *Caraïbes Immobilier* depuis l'arrêt de Malo Belloiseaux à Porto Santo, est plus loquace.

— C'est génial, lance-t-elle, un large sourire dans la voix. Il commence à faire moins froid, j'ai vu mon premier poisson volant!

— Ça sent bon ta Guadeloupe natale tout ça, lui dit Julie, du comité de course.

— Pas tout de suite, rigole-t-elle. J'ai encore besoin d'une polaire au lever du jour, mais ça va mieux. En revanche, il y a une petite dépression un peu au nord qui me préoccupe. J'ai peur qu'elle casse le début d'alizés qui commencent à naître. Et si tel est le cas, Malo Belloiseaux pourra en profiter plus au sud pour combler son retard.

— Toujours dans ton duel guadeloupéen, Médélice?

— À fond, oui. Je sens que ça va être chaud tout ça. Allez, je vous laisse, j'entends mon spi claquer.

Assis à côté de Rochard, Capesterre a le regard rêveur, les yeux dans le vide. Dans cette salle du palais du Grand Large à Saint-Malo, il jouit d'une vue splendide. Les remparts de la vieille ville à gauche, le Fort National au centre et la plage de Rochebonne sur la droite. Mais, en écoutant Médélice

Lenclume évoquer les alizés et les poissons volants, le lieutenant rêve éveillé des cocotiers, du sable blanc et de l'eau turquoise de ses Antilles.

Rochard lui secoue gentiment l'épaule.

— Eh ! on se réveille Capesterre. Demain on est en Guadeloupe et on compte sur vous pour trouver le coupable du meurtre de Jean-François Belloiseaux. Du nerf, mon ami, on s'envole pour Karukéra. C'est bien comme ça que les Indiens caraïbes appelaient la Guadeloupe ?

Capesterre offre, enfin, un large sourire chaleureux dont les Antillais ont le secret.

— Affirmatif, patron, mais chez nous, on dit Gwadloup en créole.

VI

Six heures du matin en Guadeloupe. Les rares coqs de Gosier chantent le réveil, accompagnés des aboiements de quelques chiens errants. Capesterre a ouvert les yeux il y a bientôt deux heures. Le policier en sourit. Le voilà comme ces touristes dont ses grands-parents se moquaient, réveillés à l'aube par le décalage horaire.

Les premières lueurs du soleil naissant poussent Capesterre à sortir du *Tropical Beach*, un des grands hôtels de Gosier, ce quartier de villégiature de Pointe-à-Pitre réservé aux riches métropolitains en mal de coups de soleil hivernaux.

Il descend les quelques marches bordant la piscine pour déambuler sur la petite plage faisant face au superbe îlet du Gosier, sa grève de sable blanc, ses cocotiers, son phare blanc et rouge, ses deux barrières de corail et ses jolis voiliers se dandinant au mouillage.

Capesterre décide d'aller plus loin. La petite plage privée de son hôtel, avec les hamacs encore vierges d'huile solaire et le bar à cocktail, ne lui plaît pas. Il s'y sent étranger. Les visages pâles qu'il y croise font la même gueule qu'en région parisienne. Son sourire lui revient en boomerang, sans partage.

Il décide de remonter vers la route jouxtant l'hôtel et partir à la recherche de la plage de son enfance, là où son pépé venait avec ses amis partager les acras et de longues nages vers l'îlet du Gosier. Un petit coup d'œil sur le plan de son smartphone, qu'il commence à maîtriser comme un vrai geek, lui indique le parcours.

Il marche sur le côté gauche de la petite route, sans véritable trottoir. Comme dans l'ensemble de la Caraïbe, la vie bat déjà son plein. Ici, on vit et travaille avec le soleil. On se lève tôt et on termine sa tâche lorsque la nuit revient. Les jeunes et les moins jeunes filent à scooter, en slalomant entre les nids-de-poule et les zones de bitume qui ont fondu lors des barrages en feu des manifestations de l'année dernière. À côté, les voitures et les camionnettes rivalisent de coups de klaxon, juste pour prévenir de leur présence. Vieille coutume sous les tropiques.

La plage de la Datcha n'est plus qu'à deux cents mètres. Dans ses souvenirs, le policier antillais revoit une anse majoritairement fréquentée par des Guadeloupéens, avec des bars et restos de plage colorés et animés.

Capesterre se sent empli d'une énergie nouvelle, celle évaporée dans les brumes parisiennes il y a déjà si longtemps, lors des interpellations ponctuées d'injures de ses cousins d'infortune, perdus eux aussi dans cette ville et cette vie qui ne leur ressemble pas ou si peu.

Le temps d'un café au bar de plage, de quelques sourires enfin complices, Capesterre se décide d'aller accompagner la petite dizaine de Guadeloupéens venus nager vers les bateaux au mouillage près de l'îlet du Gosier. Ils y croisent les plaisanciers métropolitains qui se dérouillent en ramant et en glissant sur leurs paddles. Capesterre se sent revivre, au sens littéral du terme ! Un bonheur simple, des sensations douces en crawlant dans le léger courant venu de la pointe des Châteaux.

— Bah, Capesterre, d'où sortez-vous ? Vous êtes trempé comme une poule d'eau !

Assis à une table en plein soleil, le commissaire Rochard attaque le petit-déjeuner avec un bel appétit. Les clients de l'hôtel sont déjà nombreux autour du buffet, des viennoiseries et de la machine à café.

— Je suis allé piquer une tête, commissaire. C'était divin ! Vous devriez en faire de même. La mer est tellement belle ce matin.

— Sauf qu'on a rendez-vous à 9 h avec la commissaire Lamentin, Capesterre. Faudra choisir entre l'école et les bains de mer, sourit-il.

Dans une rue déjà encombrée du centre de Pointe-à-Pitre, le commissariat, à la peinture blanche et bleue défraîchie, grouille de « clients » sortant d'une nuit de dégrisement et d'autres répondant à diverses convocations. Il y a malheureusement beaucoup de jeunes, liés aux trafics de drogue qui gangrènent l'île.

La commissaire Lamentin est une femme élégante. Métisse, avec de longs cheveux bruns, elle accueille Rochard et Capesterre dans un bureau décoré dans un pur style colonial assez vieillot.

— Vous avez de la chance, messieurs. En voilà une belle affaire. Ça me change de la routine de Pointe-à-Pitre, lance-t-elle avec un large sourire.

— Une routine bien ensoleillée, rétorque Rochard.

Lamentin se tourne alors vers Capesterre :

— Vous êtes originaire de l'île, lieutenant ?

— Oui, commissaire. Et pour être original, ma famille est de Capesterre, à Basse-Terre.

— Ah ! nous sommes de Trois-Rivières. Presque voisins !

— Effectivement, on allait souvent se baigner à la plage de Bananier avec mes grands-parents.

— C'est amusant, Capesterre. Moi aussi. On a peut-être construit des châteaux de sable, enfants !

— Je ne crois pas commissaire, je n'aurais pas oublié votre visage.

C'est peu de dire que le courant passe à la vitesse de l'éclair entre ces deux-là. Rochard en est presque gêné.

— Vous avez eu le temps de lire le dossier, commissaire. Qu'en dites-vous, coupe Rochard ?

— Je le trouve passionnant, avec de multiples ramifications. Entre la Route du Rhum, les histoires de familles guadeloupéennes rivales, la magie noire du kenbwa, des sauts dans de possibles vieilles légendes entre Saint-Malo et les Saintes. Un vrai roman, tout ça !

— Et selon vous, quels sont les premiers fils de laine à tirer pour essayer de démêler la pelote ? interroge Capesterre.

— À votre place, j'irais aux Saintes questionner Marie-Josèphe Le Bihan, celle qui se fait appeler Daïquiri. Elle a l'air d'en savoir beaucoup sur le promoteur Félix Lenclume, un ennemi des Belloiseaux. Et il faut élucider la mort de l'ami de Daïquiri, le Dominiquais Randy. La ressemblance avec le crime de Saint-Malo est troublante.

— Je suis 100 % d'accord, s'enthousiasme Capesterre. Et ça fait tellement longtemps que je ne suis pas allé aux Saintes. J'ai le souvenir d'un petit paradis…

— Le paradis est toujours là, rassure Lamentin.

— Bien, je n'ai plus qu'à m'incliner, cabotine Rochard. On ira demain matin avec le ferry, Capesterre. Madame la commissaire, j'aimerais offrir à notre lieutenant guadeloupéen un dîner avec de la véritable et bonne cuisine locale, auriez-vous une adresse à me conseiller ?

La commissaire Lamentin n'hésite pas une seconde.

— Absolument, *La Case de la Mangrove*, aux Abymes, entre l'aéroport et le Grand Cul-de-sac marin. Dites que vous venez de ma part, c'est un lointain cousin.

La Case de la Mangrove ne paie pas de mine, en tout cas pas autant que les rutilants restaurants de Gosier ou de la marina Bas-du-Fort. L'enseigne est une simple plaque en acier, peinte au pinceau en lettres blanches sur fond vert et bleu, comme la mangrove se mariant avec la mer des Caraïbes. La peinture des planches de bois est très élégante à force d'être délavée par l'air marin des alizés et les grains blancs, les plus violents et les plus arrosés sous les tropiques. Les planches ont le charme du temps qui passe et du sel qui ronge quelques extrémités.

L'intérieur est plutôt sombre, avec des tables et des chaises en bois. Une grande terrasse s'ouvre sur la verdure, éclairée par des lampions. La vue est incroyablement sauvage.

— Voici la carte, dit Félix, le patron, un colosse avec des mains larges comme des battoirs. Ma cousine Lamentin m'a prévenu de votre visite. Pour la bienvenue, je vais vous préparer un ti-punch à ma façon, avec du rhum Biette de Marie-Galante. Attention, il monte à 59 chevaux !

— 59 chevaux ? s'interroge Rochard.

— Oui, 59 degrés, traduit Capesterre. C'est la mode à Marie-Galante, mais ces rhums sont excellents.

Un trio de musiciens s'installe à l'autre bout de la vaste terrasse. Un guitariste, un violoniste et un clarinettiste. Dès les premières notes, la beauté et l'harmonie des morceaux qu'ils jouent ajoutent à la magie de l'instant.

Perdu dans la carte du restaurant, Rochard interpelle Capesterre :

— Vous qui avez grandi ici, que me conseillez-vous d'autre qu'une langouste grillée que je pourrais déguster à Rennes, Nantes ou Paris ?

— Déjà, vous êtes marron pour votre THB. Ici, le thon est cuit et non en tartare et il n'y a pas d'huîtres. Il vous reste le vin blanc, mais avec le ti-punch à 59 chevaux, attention aux sorties de route !

Rochard sourit de la blague de Capesterre, en se disant que la résurrection de son collègue guadeloupéen est spectaculaire et fait plaisir à voir. On est loin du zombie débarqué à Rennes, il y a une semaine.

— Commissaire, je vous conseille les acras en entrée.

— Je ne suis pas trop fan, Capesterre, le coupe Rochard.

— Où en avez-vous goûté ?

— Dans des restos plus ou moins antillais à Paris.

— Et les acras étaient sans doute plus ou moins surgelés et réchauffés. Ici, c'est fait maison et c'est de l'art. Faites-moi confiance. Ma grand-mère mettait beaucoup de temps et d'amour à nous les préparer. Un saladier d'un côté pour la pâte, un plat de l'autre pour élaborer la morue fraîchement dessalée, avec de l'oignon, du persil, du laurier, du sel et du poivre. Et dans un verre à part, elle écrasait minutieusement du piment antillais dans un peu d'eau. Ensuite, on mélange, et hop, à la friture ! Sans oublier la sauce chien.

— La sauce chien, késako ?

— C'est une sauce créole incontournable aux Antilles, commissaire. C'est très épicé, sur une base d'ail, de persil, de cive et de citron. On peut aussi y ajouter de la tomate. C'est délicieux et bien relevé.

— Alors, va pour vos acras, Capesterre !

Le patron revient avec ses deux ti-punchs, pendant que l'orchestre joue *Negra Tomasa*.

— Capesterre, je ne voudrais pas imiter les Tontons flingueurs, mais c'est quand même du brutal, s'amuse Rochard, la gorge en feu après avoir goûté le breuvage.

— Peut-être, mais, là, c'est délicieux, en tout cas beaucoup mieux que du simple « bizarre », rétorque Capesterre.

En sirotant une deuxième gorgée, Rochard acquiesce.

— C'est vraiment très bon, admet-il.

— Tout tient dans la qualité du rhum et dans la préparation. Ici, pas de sucre de canne liquide et industriel. Le mélange de sucre de canne et de citron vert est fait main et soigneusement dosé. Et le rhum doit être d'appellation d'origine, élevé à base de canne rouge, jaune ou encore bleue. Comme les bons vins ont leur cépage, cabernet ou merlot, les rhums ont leurs bonnes « cannes ». De quoi réaliser un bon décollage, commissaire !

— Décollage ?

— Oui, c'est ce qu'on disait quand les hommes chargés du sarclage de la canne s'offraient un ti-punch au lever du jour. On dit aussi mise à feu.

— Tout un programme, sourit Rochard. Et après les acras, que me conseillez-vous Capesterre ?

— Alors là, pas d'hésitation, un colombo de cabri !

— Ah ! et pourquoi il ne faut pas hésiter, Capesterre ?

Servant les ti-punchs de bienvenue à une table voisine, le patron s'adresse à Rochard :

— Votre ami a parfaitement raison, le colombo de cabri est le plat antillais par excellence, en ce sens qu'il est la synthèse des origines arawaks et caraïbes, des cuisines européennes et africaines et, dans ce cas, avec une influence très forte des Indiens de l'Inde, la vraie. Les plus pauvres d'entre eux ont été embauchés à vil prix par les colons quand l'esclavage des noirs a été définitivement aboli. Les Indiens ont amené leur cuisine et surtout leurs épices.

— Belle histoire, mais ça sent un peu la légende tout ça, dit Rochard avec une moue sceptique.

Le patron de *La Case de la Mangrove* se renfrogne.

— C'est bien une réflexion de métro blanc, ça !

S'asseyant à la table des policiers, Félix, le patron aux allures de géant, fixe le commissaire dans les yeux.

— Puisque vous ne me croyez pas, je vais vous raconter une histoire, vraie et facilement vérifiable, si toutefois vous êtes un bon policier. Ma femme, dont les ancêtres sont venus de Pondichéry, a décidé, il y a une dizaine d'années, d'aller voir la terre dont elle est originaire. En visitant un grand chef de cet ancien comptoir français, il m'a dit que ce plat est tout proche du traditionnel kuzhambu. Les cuisiniers indiens émigrés en Guadeloupe et en Martinique l'ont simplement adapté aux produits qu'ils ont trouvés sur place.

— C'est-à-dire, demande Rochard, soudainement plus crédule et intéressé ?

— Le cabri déjà. C'est le petit de la chèvre. Nous en sommes très friands ici. Et la sauce et les légumes sont un mixte des épices amenées d'Inde, comme notamment le curcuma. Cette cuisine multiculturelle est à la fois simple, mais unique et merveilleuse.

— Alors, ce sera deux colombos de cabri, chef ! Je m'en pourlèche déjà les babines.

— Je vais commencer par vous servir les acras pour accompagner le ti-punch, dit le chef en marchant à pas vifs vers les cuisines.

Capesterre observe Rochard, pour une fois bien silencieux, songeur même.

— À quoi pensez-vous, chef?

— Je crois que j'ai trouvé un remplaçant à mon dopage favori, le THB (tartare de thon, huîtres et vin blanc).

— Et ça donne quoi ?

— Un acronyme qui fera plaisir aux voileux nantais.

— Ah bon, et pourquoi ?

— Parce qu'acras, punch et colombo de cabri, ça donne APCC !

— Ça sonne bien, mais ça veut dire quoi en parler nantais ?

— Association pour la promotion de la course-croisière. De nombreux champions de voile en sont sortis !

— Alors longue vie aux APCC, commissaire, lance Capesterre en levant son verre de ti-punch.

Le baptême de colombo de cabri du commissaire Rochard est arrosé d'un violent grain noir. Malgré la profondeur de la terrasse protégée d'un toit en bois, la table des policiers reçoit quelques gouttes de cette pluie d'alizés. Les couleurs du plat ressortent encore mieux, notamment le jaune de la sauce pimentée à l'indienne.

— C'est vraiment divin, Capesterre. Excellent choix.

Le policier guadeloupéen ne prend même pas la peine de répondre. Il est ailleurs. Il est dans son enfance, dans la plénitude du goût et les odeurs retrouvées.

Une fois les assiettes vidées, le patron du resto vient à la table avec trois verres emplis d'un liquide ambré.

— Un très vieux rhum du côté de Trois-Rivières. Vous m'en direz des nouvelles !

La soirée s'écoule à l'antillaise, doucement et tranquillement. Capesterre et le chef *de La Case de la Mangrove* échangent des souvenirs de la Guadeloupe de leur enfance, des impressions sur ce qui a changé, en bien ou en mal. Inévitablement, les aspirations ou les tensions autour des velléités autonomistes ou indépendantistes passent à table.

— Pardonnez-moi, cher Félix, je le dis sans aucune volonté de provoquer, mais si on suit une logique d'appartenance à une terre, ce serait aux Indiens arawaks ou caraïbes de revendiquer l'indépendance et le pouvoir, non ?

Le patron des lieux sourit.

— Oui, un peu comme aux USA. Mais encore aurait-il fallu ne pas tous les massacrer, par les armes ou les virus amenés du Vieux Continent.

— Pas faux, acquiesce Rochard. Mais alors, comment choisir ? Par référendum ?

— Oui, pourquoi pas, mais il faut lancer un long débat historique et culturel. On ne peut pas mettre sur le même niveau le sort d'une population blanche issue de colonisateurs et esclavagistes, et celle des noirs capturés en Afrique et transportés de force en bateau avant d'être vendus ou échangés aux Antilles.

— Certes, mais le temps a passé, Félix.

Soudain, un homme élégamment vêtu de lin blanc, mais aussi imposant que le patron du resto se retourne et apostrophe Rochard :

— Cher monsieur, ne l'écoutez pas radoter ces vieilles histoires. Comme pas mal de monde ici, il est indépendantiste tant qu'il est certain qu'elle n'adviendra jamais. Il tient trop à l'argent des békés et des métros qui viennent le dépenser dans son resto, n'est-ce pas mon vieux Félix ? Sans parler de l'argent investi souvent à fonds perdu par la France, assurant des salaires confortables à tout le monde !

— Commissaire, je vous présente Philippe, une caricature de béké, mais ça reste mon ami, rigole-t-il en tapant dans la main de l'homme en blanc.

Reprenant le cours de la conversation, Félix s'adresse au commissaire sur un ton plus doux et sérieux.

— Oui, le temps a passé. Et surtout dans le reste de la Caraïbe où les choses ont évolué plus vite qu'ici. La plupart des îles sont indépendantes. Il n'y a guère plus qu'en Guadeloupe et en Martinique que le temps semble suspendu, sans parler de Saint-Barth ou de Saint-Martin. Ici, on apprend toujours à nos enfants « Nos ancêtres les Gaulois » et les équipes de foot jouent la Coupe de France à plus de 6 000 km au lieu d'affronter les voisins de Sainte-Lucie ou de la Dominique.

— Je vais continuer dans mon rôle d'avocat du diable, Félix. Il y a eu la décentralisation, avec des conseils régionaux élus démocratiquement. Ils ne sont pas dirigés par les békés à ma connaissance ?

— Certes, mais ils n'ont quasiment aucun pouvoir. C'est toujours le préfet qui fait la loi, décide d'un couvre-feu et de ses horaires, sans concertation. C'est toujours le ministère de l'Agriculture à Paris qui a permis de continuer à utiliser le chlordécone dans les bananeraies, ce pesticide ultra-toxique, qui a contaminé les sols et la population pour des dizaines d'années, voire plus.

— Mais l'indépendance baisserait le niveau de vie. J'ai lu que les salaires étaient nettement plus élevés en Guadeloupe et en Martinique que dans les îles indépendantes, comme la Dominique. Et je sais aussi que les sondages disent clairement qu'une immense majorité de la population souhaite rester dans la République française.

— C'est vrai que si ma grand-mère et mes parents vous entendaient évoquer l'indépendance, ils vous maudiraient, s'amuse Capesterre.

— Peut-être, messieurs. Mais, moi, je préfère vivre debout et moins riche. Et ensuite, les prix sont tellement élevés en Guadeloupe que le fameux « reste à vivre » est sans doute très proche des autres îles comme vous dites. On importe tout de métropole à prix d'or au lieu de produire localement et de commercer avec la Caraïbe environnante. Ça n'a aucun sens !

— Vos arguments peuvent inciter à la réflexion, cher Félix. Mais, quel que soit l'avenir, je veux pouvoir revenir boire votre rhum vieux et déguster vos acras !

— Commissaire, si on doit se diriger vers plus d'autonomie, ça ne peut se faire que dans un temps long et surtout dans la paix et l'amitié.

— Puissent tous les blancs et les noirs vous entendre, chef !

Et les deux hommes de trinquer, devant Capesterre de nouveau aux abonnés absents, prisonnier de sa félicité nostalgique.

Le lendemain matin, Rochard et Capesterre commandent un taxi au *Tropical Beach* à Gosier, pour rallier le quartier beaucoup plus populaire du port de commerce de Pointe-à-Pitre.

— Capesterre, on a trois quarts d'heure d'avance sur le ferry pour les Saintes. J'irais bien visiter le quartier, et surtout le marché aux épices. Qu'en dites-vous ?

— Bonne idée commissaire, on fera aussi un tour à la cathédrale où ma grand-mère m'emmenait petit.

— Vous en profiterez pour passer au confessionnal avouer tous vos péchés et réciter trois Pater et deux Ave pour les absoudre, plaisante le commissaire, d'humeur guillerette ce matin.

Nos deux policiers quittent la lumière forte qui inonde Pointe-à-Pitre pour la pénombre du marché aux épices et ses halles métalliques. Rochard est tout de suite saisi par la double émotion née de l'explosion de couleurs et de senteurs. Des marchandes habillées en madras vantent leurs étals colorés, avec force clous de girofle, poudre de colombo, safran, piments, noix de muscade et autres feuilles de thé.

Puis vient la cathédrale Saint-Pierre-et-Saint-Paul, avec son élégante façade ocre. Près du cimetière, Capesterre fait la moue.

— Il ne vaut pas mon préféré, le cimetière de Morne-à-l'Eau, lâche-t-il. Toutes les tombes et tous les monuments sont bâtis en carreaux noirs et blancs, sous forme de damier. C'est juste incroyable et assez joyeux, comme devrait être la mort.

Sur le quai où est amarré le ferry express pour les Saintes, à la gare maritime de Bergevin, les passagers sont avertis d'un léger changement de programme par le capitaine du bateau :

— En raison de l'arrivée imminente des deux premiers voiliers de la Route du Rhum, nous vous proposons de les suivre pendant une demi-heure pour profiter du spectacle. Ceux qui seraient pressés ou pas intéressés peuvent aller à bord de nos collègues du Rapid Caraïbes, qui eux fileront directement.

Le commissaire Rochard et le lieutenant Capesterre affichent un large sourire en se tapant dans les mains.

— Tellement heureux de voir arriver ceux que j'ai vu partir de Saint-Malo, explique Rochard au capitaine du bateau, en le remerciant chaleureusement.

Alors que le catamaran file vers le large en laissant l'îlet à Cochons à tribord et le Bas du Fort à bâbord, en évitant soigneusement la Caye d'Argent, signalée par une bouée de chenal rouge, Rochard dévore des yeux le site internet de la Route du Rhum pour voir la position des deux leaders.

Mais le soleil tape trop fort aujourd'hui dans un ciel quasiment bleu où ces adorables petits nuages allongés d'alizés sont aux abonnés absents. Le commissaire ne voit que des reflets lumineux sur l'écran noir de son smartphone.

— C'est plus un temps à rôtir bêtement à la plage que d'assister à une arrivée de course à la voile, se lamente-t-il.

— Au contraire, ça peut être très tactique, rétorque Capesterre.

— Parce que vous vous intéressez plus à la Route qu'au rhum maintenant ? ironise Rochard.

— Et d'un, ce n'est pas moi qui ai redemandé trois fois du rhum vieux hier soir en refaisant le monde et la Guadeloupe, commissaire. Et de deux, je suis tous les jours la course sur le site de la Route du Rhum ou celui de *Voiles et Voiliers,* et je pourrais sans doute vous en apprendre plus que vous ne croyez.

— Oui, bah commençons par nous mettre à l'intérieur, à l'ombre, pour voir cette satanée cartographie.

Et là, surprise. Sur le plan d'eau, le match est beaucoup plus serré que ne laissaient présager les cinq milles d'avance qu'avait Erwan Béniguet en doublant le petit caillou de la Tête à l'Anglais, au nord-ouest de la Guadeloupe. C'était sans compter sur les petits airs traîtres et irréguliers de la côte sous le vent de Basse-Terre. Au petit jeu des calmes et des rares risées, Anne Scorff a refait la quasi-totalité de son retard. Les coques bleues de *Banque populaire Grand Ouest* apparaissent de plus en plus nettement dans le tableau arrière d'*ACX*, l'Ultim gris et noir d'Erwan Béniguet.

Sous le regard impavide du majestueux sommet du volcan de la Soufrière, pour une fois vierge de tout nuage, Erwan Béniguet double la pointe du Vieux-Fort, au sud-ouest de Basse-Terre, et attaque le canal des Saintes en retrouvant un peu de vent frais. À cet instant, il reste environ vingt milles de course, soit un peu plus de quarante kilomètres. Autant dire que la course est presque gagnée, sauf casse de dernière minute ou coup de Trafalgar météo.

Tout est dans le « presque ». Alors qu'Anne Scorff, à un petit mille derrière, retrouve, elle aussi, du vent frais, Erwan Béniguet tire un long bord entre la côte et les Saintes, cap sur un autre vieux fort, celui de Marie-Galante cette fois. L'alizé, faible et soufflant du nord-est, oblige les concurrents à tirer des bords.

Erwan Béniguet est ultra-concentré. Quand il ne barre pas, il règle son immense grand-voile dont la bôme rase la coque centrale, ainsi que son génois J1. Il peste aussi à la radio VHF, demandant au comité de course de faire évacuer les bateaux à moteur et surtout les catas et grands monocoques de location, coupables de causer trop de dévents à son goût. La tension est extrême. Il surveille aussi Anne Scorff dans son sillage, histoire de la marquer.

Sachant qu'elle n'a quasiment aucune chance de rattraper son retard dans ce vent faible si elle suit son concurrent, *a priori* légèrement plus rapide dans ce genre de conditions, Anne Scorff décide de jouer son va-tout et vire de bord alors qu'elle se situe encore assez près des côtes. Son trimaran Ultim s'arrête quasiment dans la houle résiduelle et a du mal à redémarrer. Voyant cela, Erwan Béniguet n'hésite pas une seconde pour virer lui aussi de bord. Il choisit, grand classique en régate, de marquer son adversaire en tirant les mêmes bords, avec l'avantage d'être nettement au vent, c'est-à-dire plus proche de la dernière ligne droite vers la ligne d'arrivée.

— La grande et ultime explication débute. Ça promet d'être génial, Capesterre.

— Oui, commissaire, d'autant plus qu'il y a des précédents de renversement de situation dans les derniers milles. Francis Joyon a soufflé la victoire à François Gabart il y a quatre ans, sans oublier les 98 petites secondes qui ont séparé Mike Birch de Michel Malinovsky en 1978 lors de la première édition. Là encore, le changement de leader a eu lieu dans les derniers milles.

— Dites-moi, Capesterre, vous avez appris par cœur votre *Voiles et Voiliers* ? Impressionnant !

À la jumelle, Erwan Béniguet observe ce qu'il craignait. Près de la terre, Anne Scorff bénéficie de vents plus forts et surtout d'adonnantes, c'est-à-dire un léger changement d'axe de la brise par effet de côte, lui permettant de faire un cap plus favorable vers la ligne d'arrivée. À bord de *Banque populaire Grand Ouest*, Anne Scorff pousse la barre à fond en rasant la pointe de la Grande Anse. Aussitôt, Erwan Béniguet vire lui aussi.

— Un vrai jeu d'échecs, cette bataille navale, s'enthousiasme Rochard, obligé de crier avec le bruit des hélicoptères rasant les mâts des bateaux pour permettre aux cameramen de filmer la lutte homérique dans les eaux de la Guadeloupe.

En doublant Trois-Rivières et sa grande pointe, Anne Scorff bénéficie à nouveau de vents plus favorables. L'avance d'Erwan Béniguet n'est plus que d'un petit kilomètre, à peine un demi-mille. La navigatrice continue son ballet de virements de bord le long des côtes de Basse-Terre. Et dire que certains se demandaient comment les femmes pouvaient physiquement concurrencer les hommes à bord de ces géants des mers, où chaque manœuvre réclame des efforts surhumains au moulin à café pour border les immenses génois. Une question toujours soulevée, même après la victoire de Florence Arthaud, dans cette même Route du Rhum, en 1990.

— Vous allez voir que tout va se jouer devant Capesterre, fanfaronne le lieutenant antillais, en fixant du regard ses racines, là où est né son père.

— Et pourquoi pas ! s'exclame à son tour Rochard, transporté par le spectacle et le suspense.

Effectivement, l'Ultim *Banque populaire Grand Ouest* accélère encore devant Capesterre. Puis le vent refuse vers le nord, permettant à Anne Scorff de réaliser un excellent cap sur le contre-bord. Ses étraves pointent désormais vers Sainte-Anne, de l'autre côté de la baie, à Terre-de-Haut.

— Qui va croiser devant l'autre ? s'interroge Capesterre.

— Pour le moment, ils font route de collision parfaite. C'est vraiment indécis, explique le capitaine du ferry.

Le suspense est à son comble. Erwan Béniguet est tribord amures, c'est-à-dire qu'il est prioritaire sur son adversaire selon les règles de navigation et de course. Un passage en force et un refus de s'écarter d'Anne Scorff seraient synonymes de pénalité et de défaite. Mais la main de la navigatrice ne tremble pas. Elle profite d'une nouvelle risée adonnante pour passer dix mètres devant l'Ultim *ACX* d'Erwan Béniguet. Une manœuvre et un sang-froid incroyables pour cette jeune navigatrice dont c'est pourtant la première Route du Rhum.

Les deux adversaires choisissent de poursuivre leurs bords dans les eaux du Petit Cul-de-sac marin. C'est maintenant au tour d'Erwan Béniguet de naviguer sur le côté gauche du plan d'eau, plus près de Basse-Terre. Alors qu'Anne Scorff ralentit dans une « molle », le skipper d'*ACX* profite à son tour de risées favorables et accélère en rasant les hauts-fonds de corail de la Caye à Dupont et du Mouton Vert.

Nouveau virement de bord des deux trimarans Ultim. La ligne d'arrivée approche. Qui va croiser en tête ? Là encore, les positions sont tellement serrées que la route de collision est quasi certaine. Mais cette fois-ci, c'est Anne Scorff qui est prioritaire.

Le vent fraîchit quelque peu et les voiliers filent à plus de vingt nœuds. Le moindre choc serait catastrophique à cette vitesse. Comme son adversaire auparavant, Erwan Béniguet semble décidé à forcer le passage, au culot, en espérant un dernier souffle d'air lui permettant de passer devant.

À bord des bateaux spectateurs, on commence à craindre le pire. Si personne ne cède, on va droit à la collision ! Et ce n'est qu'à la dernière seconde qu'Erwan Béniguet largue en grand l'écoute de sa grand-voile et donne un violent coup de barre. L'étrave bâbord de son trimaran Ultim frôle les flotteurs de son adversaire. C'est incroyable. En solitaire, les deux concurrents offrent l'intensité d'un match racing et d'un duel de virements de bord comme seuls les équipages de plus de dix marins à bord des monocoques de la Coupe de l'America savaient nous offrir.

Spontanément, toutes les personnes à bord des bateaux suiveurs, des vedettes, des ferries applaudissent la manœuvre et l'incroyable maîtrise des deux marins. Anne Scorff a désormais course gagnée, et c'est avec cinquante et une petites secondes d'avance qu'elle coupe la ligne d'arrivée, située entre l'îlet du Gosier et l'îlet du Cochon, à Pointe-à-Pitre.

Lorsque les applaudissements finissent par s'estomper, le sympathique bruit de quatre ou cinq bouchons de bouteilles de champagne s'échappe du cockpit de la vedette siglée *Banque populaire Grand Ouest*. C'est la fête à bord, orchestrée par le charismatique boss de la BPGO, Maurice Bourrigaud !

La magie de l'instant est brisée par le capitaine du ferry, rappelé par le devoir.

— Chers passagers, nous devons mettre le cap sur les Saintes. Merci d'avoir partagé ce moment que nous ne sommes pas près d'oublier.

— Commissaire, qu'est-ce qui est prévu pour l'audition de Marie-Josèphe Le Bihan ? demande Capesterre en regardant le sommet de la Soufrière, toujours dégagé des rares petits nuages gagnant la base du volcan.

— On a tout le temps de s'imprégner de l'atmosphère des Saintes. Le gendarme qui l'a déjà interrogée et qui a préparé notre venue, a fixé la rencontre vers 16 h, après le retour de pêche de madame Le Bihan. Initialement, c'était prévu dans les locaux de la gendarmerie. Mais vu son surnom, j'ai proposé qu'on écoute Daïquiri dans le cadre plus sympathique d'une terrasse de café. Et surtout, il faut la mettre en confiance afin qu'elle nous révèle ce fameux secret dont vous a parlé Kingston, le marin dominiquais de Malo Belloiseaux, lors de notre déplacement à Porto Santo.

— Et où allons-nous dormir ?

— Je nous ai réservé un hôtel avec une vue imprenable sur la baie, dont les Saintois disent que c'est la plus belle du monde, avant celle de Rio.

— Je confirme, commissaire !

En passant entre le piquet vert indiquant les dangereux hauts-fonds de la caye de la Baleine du Large et le gros îlet à Cabrit, la baie de Terre-de-Haut aux Saintes se découvre brusquement. Rochard se dit que sa réputation la plaçant au niveau des merveilles de Rio, d'Along ou de San Francisco n'est pas usurpée. Elle est parfaitement dessinée, harmonieuse, presque sensuelle.

Plus le ferry s'approche du quai, plus la baie des Saintes apparaît dans son tourbillon de couleurs, celles des cases créoles, des bateaux de pêche, des plages, du bleu turquoise de la mer, du vert profond de la végétation, encadrée à gauche par le Fort Napoléon, qui domine les lieux, et à droite par le Pain de Sucre. Rochard ressent une profonde émotion, tant la baie inspire le calme, la sérénité, mais aussi la volupté. Capesterre, silencieux et souriant à ses côtés, semble lui aussi pris dans la toile enchanteresse des Saintes. Lui tapant sur l'épaule, le commissaire lâche la sentence.

— Je crois que nous ressentons le même coup de foudre, Capesterre. Vous ne m'aviez pas trompé. Cet endroit est magique, incroyable.

Le ferry accoste doucement au ponton, découvrant une petite place charmante, au milieu d'une longue plage de sable blanc et blond, bordée de cases créoles et de terrasses en bois, les pieds dans l'eau. Si le paradis devait avoir un visage, ce serait sans doute celui-là !

VII

En posant le pied sur l'embarcadère, le commissaire Rochard est salué et accueilli de façon très protocolaire par l'adjudant-chef Auguste Pompierre. Le gendarme en tenue très officielle — bleu pétrole — doit avoir une petite quarantaine d'années. « Comment fait-il ? À sa place, je crèverais de chaud avec une veste et une cravate », se dit Rochard, en s'essuyant le front.

— Bonjour, je me présente, lieutenant Capesterre, tonne l'adjoint de Rochard, en avançant la main. Le gendarme le salue comme il se doit chez les militaires, les doigts serrés le long de la tempe. Capesterre se voit obligé de ramener sa main, un peu surpris et gêné par tant d'étiquette et de protocole.

Les trois hommes s'avancent vers la place au bout de l'embarcadère. Rochard se précipite sur un banc à l'ombre d'un petit arbre, au pied d'élégantes maisons créoles blanches, toutes couvertes de toits rouges.

— Je ne suis pas comme vous, mon adjudant-chef. Il me faut de l'ombre !

— C'est vrai que ça cogne aujourd'hui, renchérit Capesterre, comme pour rassurer son chef, trempé de sueur.

— Je n'ai aucun mérite, coupe le gendarme. Je suis né ici, aux Saintes. Nous portons d'ailleurs le nom de la plus belle plage de l'île, située juste de l'autre côté, celle de Pompierre.

— Moi, je porte aussi un nom typiquement guadeloupéen. Celui de Capesterre, dont je suis originaire, ajoute avec un brin de fierté le lieutenant. Nous sommes quasiment voisins !

— J'en suis enchanté, lieutenant. Mais de Pompierre, nous voyons plutôt Marie-Galante ou la Dominique, corrige le gendarme.

— Ah ! la légendaire précision topographique des militaires, s'amuse Rochard. Si on allait plutôt se rafraîchir à l'ombre d'une terrasse, c'est ma tournée. Où peut-on aller, adjudant-chef ?

— Ah ! mais je pensais aller directement à la gendarmerie, rétorque-t-il, un peu contrarié.

— Vous auriez ma mort sur la conscience, accuse Rochard.

— En ce cas, il y a *Le café de la Marine*, à côté du ponton des annexes des bateaux.

— Alors, va pour *Le café de la Marine* !

Après avoir descendu cul sec une bière Carib, Rochard invite l'adjudant-chef à faire le point sur l'enquête et notamment sur l'audition de Marie-Josèphe Le Bihan, dite « Daïquiri ».

— Je l'ai convoquée à 16 h à la gendarmerie !

— J'opterais plutôt pour un cadre moins formel, tempère Rochard. Vu ce que je connais de son caractère, un endroit plus propice aux confidences serait préférable. On sait où elle débarque en revenant de la pêche.

— Oui, son bateau aborde de l'autre côté de l'église, sur la petite plage en face de *La Pause Créole*.

— Nous irons l'attendre là, adjudant-chef, si vous le voulez bien.

— En ce cas, veuillez me prévenir de son arrivée.

Lorsque ce dernier n'est plus à portée d'oreille indiscrète, Capesterre pousse un long soupir.

— On ne doit pas rigoler tous les jours avec lui, n'est-ce pas commissaire ?

— Allez savoir, Capesterre. Les militaires sont souvent très stricts en public et déchaînés en privé, mais je vous accorde qu'il est quand même très tiré à quatre épingles et peu dans le style local, déplore-t-il en regardant les petites cases créoles pleines de décontraction.

Voyant passer une métisse au sourire ensoleillé, Rochard change de sujet de conversation.

— Pardonnez-moi, vous êtes de la maison ?

— J'en suis même la patronne si j'en crois les impôts et l'Urssaf qui ont table ouverte ici, réplique-t-elle en blaguant.

— Je mangerais bien quelque chose de léger, car il se trouve que je suis bêtement privé de sieste par cette chose étrange qu'on nomme le travail, je crois.

— Ah, mais mon ami, il vous faut soigner cette vilaine maladie addictive. Il y a une antenne de la médecine du travail, preuve que c'est bien un mal dont il faut guérir. Elle se situe juste après l'église, dans le bourg.

— Je m'y rendrai de votre part après le déjeuner. À ce propos, qu'avez-vous de léger à me proposer ?

— Du chatrou grillé, avec un petit verre de rosé, ça vous irait ?

— Du chatrou ?

— Oui, commissaire, c'est le nom du poulpe ici, précise Capesterre.

À la seule évocation du poulpe, Rochard a pour habitude d'entrer dans une sorte de transe de jovialité gargantuesque.

— Madame, il ne fait aucun doute que vous êtes l'envoyée de Dieu sur cette terre, croit devoir ajouter Rochard. Pour le rosé, je le préfère en bouteille plutôt qu'au verre. Et une grande carafe d'eau s'il vous plaît.

— Dieu, rien que ça ?

— Oui, chère madame, dont le fils aurait changé l'eau en vin rosé s'il était né à Bandol plutôt qu'à Bethléem.

La patronne du *Café de la Marine* sourit.

— Parce que vous croyez en Dieu, vous ? Vous m'avez plutôt l'air d'un drôle de paroissien, moque-t-elle.

— À cette question essentielle autant qu'existentielle, je pense comme Pierre Dac que si Dieu existe, qu'il le prouve, et s'il n'existe pas, qu'il ait le courage de l'avouer.

Se tournant vers Capesterre, le commissaire prend un air inspiré avant de livrer une autre vérité première :

— L'important avec le rosé, lieutenant, c'est de ne pas oublier de boire de l'eau avant et ensuite entre chaque verre, sinon c'est le drame et la sieste assurés, avec un réveil au paracétamol.

Le temps d'une déambulation dans le bourg, mignon et calme à souhait, et d'une installation au petit hôtel *Ti-Case*, dans les hauteurs sur la route de Pompierre avec une vue imprenable sur la baie et la Soufrière à l'horizon, voilà nos deux policiers sur le bord de la plage à attendre le retour des bateaux de pêche et de celui de Daïquiri en particulier.

Le ballet des fameuses saintoises, ces bateaux de pêche à la fois jolis, marins et performants, donne de la vie à la baie. Conçues par les charpentiers de marine d'origine bretonne, installées aux Saintes au

XVIIIe siècle, les saintoises sont parfaitement adaptées à la pêche dans la mer parfois dure des Antilles. De forme creuse et fuselée, sans pont, ces bateaux peuvent aussi évoluer à la voile. Ce sont même d'excellentes carènes pour remonter au vent.

Le charme des saintoises vient aussi de leurs couleurs, très souvent pimpantes et joyeuses. La saintoise de Marie-Josèphe Le Bihan est verte, jaune et rouge. Elle affiche fièrement le nom de *Ti-Moun*, le surnom de son enfant adoptif trouvé sur l'île voisine de la Dominique. Les couleurs rastas sont sans doute là pour faire plaisir à cet enfant devenu adolescent. Un jeune homme qu'elle appelle désormais Moumoune. Il arbore fièrement des dreadlocks de véritable rasta, comme beaucoup de jeunes Dominiquais.

La saintoise couleur reggae s'approche de la petite plage où d'inoffensives vaguelettes lèchent les mollets du commissaire Rochard, au pied du bar-restaurant *La Pause Créole*.

Accompagnée de Moumoune, déjà très athlétique du haut de ses quinze ans, Marie-Josèphe Le Bihan a les gestes très sûrs pour manœuvrer. C'est un petit bout de femme très sèche, aux muscles noueux et au visage émacié. Ses cheveux blonds ont des reflets roux au soleil. Avec son ciré jaune, elle ne peut renier ses origines bretonnes !

— Alors Pompierre, toujours fringué comme un sou neuf, moque-t-elle en descendant de son canot ?

Le gendarme saintois ne goûte guère l'ironie de Daïquiri, considérée comme la forte tête de l'île, empêcheuse de tourner, de bétonner et de polluer en rond dans ce coin de paradis.

— Madame Le Bihan, vous savez que je n'aime pas ce genre de familiarités. Je note juste votre présence et vous laisse avec le commissaire Rochard pour l'audition prévue.

Et le gendarme de tourner les talons.

— Madame, je ne veux surtout pas vous presser, tente d'amadouer Rochard. Je pensais que l'on pourrait se parler ici, en terrasse devant la baie. Ce serait plus tranquille que dans le petit bureau de la gendarmerie, je crois. Dites-moi simplement à quelle heure cela vous arrange.

— Je vote pour maintenant, commissaire. Moumoune, tu peux ranger le bateau et gérer la pêche avec l'Augustin ?

L'adolescent rasta, affairé à l'arrière de la saintoise, acquiesce d'un léger mouvement du visage.

Rochard demande à Capesterre d'entendre Moumoune après son boulot pour lui tirer les vers du nez.

Après deux succulents daïquiris, Marie-Josèphe Le Bihan commence à se confier.

— Vous savez, commissaire, j'aurais toutes les raisons de haïr la famille Belloiseaux, mais ce n'est pas le cas, enfin pas tout à fait.

— C'est-à-dire ?

— Je n'aime pas les Belloiseaux, sauf Jean-François avec qui j'avais sympathisé avant qu'il ne soit assassiné à Saint-Malo. C'était un homme droit, sincère et foncièrement bon. J'ai la même affection pour son fils Malo. À eux, je pardonne tout, ce n'est pas comme à Ghislain, le frère de Jean-François et sa femme Marie-Béatrice. Eux, ce sont des caméléons. Ils ont l'air inoffensifs, mais ce sont des rapaces, des êtres venimeux.

— Qu'avez-vous à leur pardonner ?

— Oh, commissaire, une très vieille et longue histoire malouine de querelles et de vengeances entre corsaires. Je l'ai racontée à Jean-François Belloiseaux avant le drame de Saint-Malo. Il n'en revenait pas. Vous avez un peu de temps commissaire ?

Rochard considère l'environnement, la terrasse en bois surplombant une plage de sable blond, les cocotiers et palmiers qui sifflent dans l'alizé, les voiliers en baie, la Soufrière au loin, le rhum qui enivre.

— Ma chère Daïquiri, ici et pour vous, j'ai l'éternité à consacrer.

— Alors accrochez-vous, commissaire. Mon histoire pourrait débuter par « Il était une fois », tant elle ressemble à une légende forgée durant la nuit des temps.

— Je suis tout ouïe.

— Ma famille a été l'une des premières à s'installer dans la région malouine. Ce devait être aux alentours du XIe ou XIIe siècle. Mes aïeux ont d'abord vécu à Alet, là où il y a la fameuse tour Solidor, avant de rejoindre ce qui n'était qu'un monticule rocheux, nommé Saint-Malo, du nom de l'ermite gallois qui y a vécu.

— Et les Belloiseaux, dans tout ça ?

— Ne soyez pas impatient, Rochard. Je vous ai prévenu, c'est une longue histoire. Et je prendrai mon temps. On vous a averti que j'étais têtue ?

— On m'a dit que vous aviez du caractère, admet le commissaire, pour une fois diplomate.

— Eh bien, ça, je le dois à mes ancêtres, qui ont proclamé l'indépendance de leur cité en 1590. La république de Saint-Malo a tenu quatre ans face au royaume de France. Nous en avons gardé une fierté et un esprit frondeur et indépendant !

— Et que faisait votre famille, madame Le Bihan ? Armateurs ?

— Surtout pas, malheureux, nous étions déjà de ceux qui allaient en mer. À l'époque, beaucoup d'armateurs n'étaient souvent que des couards préférant l'argent au grand large, la pierre au vent. Et à Saint-Malo comme ailleurs, ils ont pratiqué la traite négrière sans beaucoup de vergogne.

— Les Le Bihan ont navigué sur toutes les mers du globe ?

— Vous ne croyez pas si bien dire, commissaire. Ma famille a participé à toutes les grandes aventures maritimes malouines. Les Indes, le Brésil avec Surcouf, le cap Horn, Terre-Neuve, le Québec et bien sûr les Antilles. Et c'est là, dans la mer caraïbe, que les sillages des Le Bihan et des Belloiseaux se sont croisés.

Rochard se lève et se dirige vers le bar. Il en revient chargé de deux nouveaux daïquiris, généreusement dosés en rhum.

— Il faut bien ça pour écouter des histoires de corsaires, plaisante-t-il, en posant les verres sur la table, devant la mine visiblement réjouie de Marie-Josèphe Le Bihan.

— Un de mes aïeux est devenu officier en second sur le *Grand Bé*, un fier navire, agile et rapide, capable d'attaquer des bateaux ennemis et de disparaître à l'horizon avant l'arrivée de renforts. Et le *Grand Bé* était commandé par un autre Malouin, un certain Belloiseaux.

— Nous y voilà, comprend Rochard.

— C'est d'ailleurs au retour d'une expédition dans les Petites Antilles que le *Grand Bé* a affronté un navire anglais. Il revenait de Sainte-Lucie et naviguait vers la Dominique. L'abordage a eu lieu en pleine nuit près du rocher du Diamant.

— C'est en Martinique, croit deviner Rochard.

— Affirmatif. Ces dingues d'Anglais continuent d'ailleurs de saluer ce rocher, comme si c'était un bâtiment de leur marine. Toujours est-il que l'équipage malouin du *Grand Bé* a mis la main sur la cargaison, mais aussi une malle au trésor, pleine d'or et de pierres précieuses.

— Tout le monde est donc devenu riche, se réjouit Rochard.

— C'est malheureusement beaucoup plus compliqué que ça.

— Racontez-moi, j'adore ces histoires de pirates des Caraïbes !

— En fait, seul le commandant Belloiseaux, son second Le Bihan et le lieutenant Floch ont eu connaissance du butin contenu dans la malle. Ils ont mis le cap sur Marie-Galante pour se cacher d'éventuels bateaux anglais. Puis sont revenus vers Saint-Malo.

— Et ensuite, s'impatiente Rochard, qui ne peut s'empêcher d'échafauder de premières hypothèses.

— Et ensuite ? Le lieutenant Floch est mort d'une vilaine fièvre. Et le commandant Belloiseaux, une fois de retour à Saint-Malo, a tout quitté et emporté la malle au trésor. Trahi, mon ancêtre Le Bihan ne pouvait crier au vol ou porter plainte publiquement, de peur de se faire étriper par le reste de l'équipage qui n'avait pas été tenu informé.

— Et alors, que s'est-il passé ?

— Les années puis les siècles ont passé. Dans notre famille, la légende d'une fortune envolée se racontait de génération en génération. Sans plus de précisions et surtout sans que le nom de Belloiseaux ne soit connu ni évoqué.

Le commissaire Rochard fait tourner machinalement son verre dans la main, l'air pensif.

— Et comment avez-vous fait le rapprochement avec Belloiseaux ? s'interroge-t-il.

— Je vous dirais bien que c'est une longue histoire commissaire, mais vous allez penser que j'abuse, taquine Marie-Josèphe.

— Tant qu'il n'est pas l'heure de dîner, je reste fasciné par cette affaire. Mais attention, le soleil décline et vous savez que ventre affamé n'a pas d'oreilles !

Daïquiri sourit et reprend le fil de son histoire.

— Fille unique, je suis revenue à Saint-Malo pour le décès de mon père. C'était il y a trois ans. Mon père, qui a navigué à bord des plus beaux bâtiments de la Marine nationale, a ensuite bourlingué sur toutes les mers du monde comme marin de commerce. Depuis le décès de ma mère, il y a dix ans, il vivait reclus face à la mer et ses souvenirs. J'essayais de communiquer, de le voir, mais il vivait dans son monde. Et puis, il y a eu le notaire après son décès.

— Vous avez touché le trésor ? provoque Rochard pour faire diversion, tant son interlocutrice était submergée d'émotion, la voix blanche.

— Non. Moi qui n'aime pas l'argent, je n'ai pas été déçue. Il n'y avait rien, sauf une simple lettre. Avec ce texte mystérieux : « Au Grand Bé, sur la tombe de François-René de Chateaubriand, regarde six pieds vers le couchant, sous terre ».

— Le Grand Bé, comme le nom du navire à bord duquel naviguait votre ancêtre avec Belloiseaux ? note Rochard.

— Oui, c'est incroyable tous ces hasards.

— Ce ne sont peut-être pas des hasards, précisément, rétorque Rochard. Et alors, vous êtes allée chercher du côté de la tombe de Chateaubriand ?

— Bien évidemment ! Je voulais savoir le fin mot de l'histoire, dit, déterminée, Daïquiri.

Marie-Josèphe Le Bihan raconte cette journée de novembre 2019. Elle a attendu la grande marée basse pour se rendre sur la petite île, le gros rocher devrait-on dire, du Grand Bé, où se trouve la tombe de l'écrivain français. Il avait plu toute la matinée. Des trombes d'eau, poussées par de violentes rafales. Fort heureusement, le ciel s'est déchiré lorsqu'elle a rejoint l'îlot, laissant passer une belle lumière automnale.

— J'ai vu cette tombe, austère et pure, vierge de toute inscription, face à la mer d'un vert puissant. Et puis j'ai vu une plaque quelques pas en arrière, avec pour seule indication : « Un grand écrivain français a voulu reposer ici pour n'y entendre que le vent et la mer. Passant respecte sa dernière volonté ». Tout d'un coup, je me suis rappelé mon père citant Flaubert. Lui qui ne lisait pas beaucoup et ne parlait pour ainsi dire jamais de littérature m'avait beaucoup surprise en déclamant au coin du feu cette phrase écrite par Flaubert avant le décès de Chateaubriand : « Il dormira là-dessous, la tête tournée vers la mer ; dans ce sépulcre bâti sur un écueil, son immortalité sera comme fut sa vie, déserte des autres et tout entourée d'orages ».

Rochard brise le silence d'un simple : « Impressionnant ! ».

— Et ce jeu de piste près de la tombe, qu'a-t-il donné ?

— Toujours aussi impatient, rabroue Daïquiri.

— Non, flic, donc curieux !

— Sur la tombe, j'ai beaucoup pensé à mon père. Je suis certaine qu'il aurait préféré être inhumé comme ça, seul, face à l'océan. Mais je n'ai eu que les moyens de l'enterrer au cimetière municipal. Et puis j'ai attendu le couchant du soleil, comme dit dans la lettre de mon père. Entre chien et loup, j'ai compté six pieds. Puis j'ai gratté le sol, à cet endroit couvert d'une mousse verte. J'avais amené une mini pelle de jardinage. Au bout d'un quart d'heure à tâtonner, j'ai entendu un bruit sourd.

— Ça existe encore ces histoires de trésors enfouis ?

— La preuve, commissaire. Toutefois le trésor n'était qu'un petit coffre en bois très simple. Il ne contenait qu'un vague parchemin, racontant l'histoire du *Grand Bé* et sa prise de guerre aux Anglais. Un trésor à partager en trois, entre Belloiseaux, Floch et mon aïeul. Celui que Belloiseaux a volé avant de s'exiler en Guadeloupe.

— Selon vous, qui a enterré ce coffre ? Et quand ?

— J'ai un peu piqué votre métier, commissaire. J'ai enquêté et fait expertiser ce coffre. C'était en fait une chinoiserie fabriquée récemment. Quant au parchemin, un faux aussi, assez récent. Il est donc évident que c'est mon père qui a tout manigancé. Comment était-il au courant ? Qui lui a raconté le secret ? Mystère ! Je pense que j'irai un jour chercher du côté des descendants de la famille Floch, car chez nous, personne ne prenait vraiment au sérieux cette histoire. Mais, pour moi, le plus urgent et important était de chercher du côté des Belloiseaux.

Tout en écoutant attentivement Marie-Josèphe Le Bihan narrer ses aventures, Rochard laisse de plus en plus un œil traîner sur la carte du restaurant.

— Vous ne m'écoutez plus commissaire, coupe Daïquiri.

— Si, mais le ventre crie famine et commence à brouiller l'écoute, comme on dit dans la marine à voile ! Et comme rapporte le proverbe bouddhiste, contrairement au cerveau, l'estomac vous avertit quand il est vide.

— Je vois que les contrepèteries et les blagounettes les plus fines n'ont pas de secret pour vous, ironise-t-elle. Qu'avez-vous repéré de bon sur la carte, commissaire ?

— Comme je vous invite, je prendrai comme vous.

— En ce cas, je vous conseille le ceviche de thazard. Un régal !

— Quelle sorte de poisson est-ce ?

— On l'appelle aussi thon banane ou boîte à dents. C'est exquis. Et pas seulement parce que c'est moi qui livre ce restaurant !

— Et en dessert ?

— Alors là, gourmand comme vous me paraissez l'être, pas d'hésitation. Lancez-vous sur un kassav.

— Kassav, ce n'était pas plutôt un groupe de zouk des années 90 ?

— Oui, mais c'est surtout un gâteau typique de Guadeloupe, à base de coco râpée et de goyave.

En regardant la baie des Saintes, la mer argentée par une lune presque pleine, Rochard commence à penser à demander sa mutation tant il se sent divinement bien. L'agréable compagnie de Daïquiri et la qualité de la table, sans oublier le rhum, ne sont pas étrangers à cette félicité.

Marie-Josèphe Le Bihan, comprenant les sentiments et les sensations du commissaire Rochard, sourit discrètement et reprend doucement son récit.

— De retour aux Saintes, j'ai tourné mon histoire dans tous les sens pendant quelques jours avant de prendre rendez-vous avec Jean-François Belloiseaux, à sa rhumerie. J'avoue que je partais avec un *a priori* négatif. Non pas tant en raison du vol de son aïeul, personne n'est responsable des actes des membres de sa famille, mais plutôt au vu de son statut social.

— Vous n'aimez pas trop les patrons ? se risque Rochard.

Sourire franc de Daïquiri.

— Pas vraiment, non. Sauf les petits patrons proches de leurs compagnons de travail. Mais généralement j'ai pour habitude de penser que le pouvoir rend souvent fou, que ce soit en politique ou dans l'industrie.

— Je connais plein de patrons très bien, réagit Rochard. Et je ne suis pas certain qu'il suffise d'être salarié ou pauvre pour être moralement et humainement irréprochable. Bref, je crois que les défauts et les failles humaines sont assez bien répartis sur terre.

— Peut-être, mais les patrons et tous les hommes et femmes de pouvoir font beaucoup plus de dégâts.

— Passons, coupe Rochard. Et comment s'est déroulée votre rencontre avec Jean-François Belloiseaux ?

— Très bien ! Tout le contraire de ce que je craignais. J'ai vu un homme courtois, à l'écoute. Il n'a pas essayé de contester les faits et m'a assuré qu'il allait se plonger dans les archives de la famille et de la ville de Capesterre-Belle-Eau, pour tenter de retrouver l'acte d'achat des terres et l'origine de l'argent de son aïeul. Il m'a même proposé de me loger dans une dépendance de la rhumerie et de m'associer à ses recherches. Il tenait à ce qu'elles soient transparentes et partagées.

— Le portrait-robot du parfait gentleman, ce Belloiseaux, souligne Rochard.

— Oui, au point que même le maire communiste de la commune nous a facilité la tâche. J'ai été surprise de leurs bonnes relations, vu la couleur politique de l'édile. Mais j'ai vite compris que Jean-François Belloiseaux faisait partie de ces rares patrons soucieux de la collectivité, du bien-être social de ses employés.

— Audiard faisait dire à Jean Gabin dans *Le Président* qu'il existait sans doute des patrons de gauche, mais qu'ils étaient comme les poissons volants, à savoir qu'ils ne formaient pas la majorité du genre.

— Ça laisse de l'espoir pour les Antilles !

— Et pourquoi ?

— Parce qu'ici, il y a en beaucoup et un peu partout des poissons volants !

La soirée se prolonge sur la terrasse du restaurant, baignée par un doux alizé. Capesterre et Moumoune font leur apparition.

— Prenez un verre sur une autre table, c'est ma tournée, leur lance Rochard. Je ne veux pas vous mettre à l'écart, mais j'ai trop peur de perdre le fil de la passionnante histoire que me conte Daïquiri.

Et Marie-Josèphe Le Bihan de poursuivre. Les recherches de Jean-François Belloiseaux dans les papiers de famille n'ont rien donné.

Aidé de son notaire, les archives de la commune de Capesterre-Belle-Eau ont également été passées au peigne fin. Elles stipulent juste que l'ancêtre Belloiseaux a acheté les terres et a fait construire ces superbes bâtiments de la rhumerie et du domaine avec un solide tas d'or. Mais ça n'avait rien d'étrange à l'époque.

Le plus vieil adjoint du maire a conseillé d'aller voir Marie-Emmanuelle Bielle, grande spécialiste de la généalogie du bourg. Elle a récupéré des archives du clergé et de vieilles familles qui ont quitté les lieux depuis. Dans tous ces trésors, elle a trouvé le journal d'un ancien magistrat. Ce dernier y reproduisait la lettre d'un certain René Floch, de Saint-Malo, qui accusait les Belloiseaux d'avoir réussi avec l'argent d'un butin volé du temps des corsaires.

René Floch expliquait dans son journal avoir tenté d'accuser publiquement les Belloiseaux. Mais il n'en a pas eu le courage, car, comme tout le monde, il ne voulait pas s'en prendre à ces grands notables qu'étaient les Belloiseaux. Une famille qui faisait la pluie et le beau temps à Basse-Terre. Les attaquer était trop risqué.

Dans un premier temps, Marie-Emmanuelle Bielle a décidé de ne rien publier sur son blog, très lu en Guadeloupe, tant que Jean-François Belloiseaux était à la tête de la rhumerie. Comme beaucoup, elle l'aimait et le respectait. Mais puisque lui-même a fait la démarche d'enquêter et de la rencontrer, elle a tout déballé, tout raconté.

— Comment a réagi Jean-François Belloiseaux ? s'enquiert Rochard.

— Il a tout de suite décidé de « réparer » le vol de son ancêtre.

— Et qu'a-t-il proposé ?

— Il m'a déjà très élégamment présenté ses plus plates excuses, qualifiant l'attitude de son aïeul de crime inqualifiable et impardonnable. Et puis il m'a proposé une petite fortune, ce que j'ai évidemment refusé. L'honneur ne se lave pas avec de l'argent. Sa droiture et ses excuses me suffisaient.

— C'est très noble de votre part et ça ne m'étonne pas. Je n'aime pas beaucoup l'expression de « belle personne », désormais utilisée à toutes les sauces, mais elle vous correspond, Marie-Josèphe. Vous en êtes presque un portrait-robot.

Daïquiri rougit du compliment. Elle demande à Moumoune et Capesterre de les rejoindre.

— Mon Ti-Moun, raconte au commissaire ce qu'a réussi à te donner Jean-François Belloiseaux.

— Moi, je sais, se vante, rigolard, Capesterre.

— Comment ça, t'as déjà tout rapporté ? feint de s'offusquer Daïquiri. C'est bien les ados, ça. Des pipelettes.

— Bah, on a eu le temps de se raconter nos vies, se défend le jeune rasta. Ça fait des heures que vous êtes scotchés sur cette terrasse.

— Commissaire, Belloiseaux a été malin, en demandant à Moumoune quel était le rêve de sa vie, démarre Daïquiri.

— Et alors, qu'as-tu répondu ? questionne Rochard en se tournant vers Moumoune.

— La vérité, dit sobrement l'ado. Mon rêve est un jour de retourner vivre à Portsmouth, à la Dominique. Notre île est la plus sauvage, la plus authentique des Antilles. Si Christophe Colomb revenait, ce serait sans doute la seule qu'il reconnaîtrait du premier coup d'œil. Elle est toujours dans son écrin vert. Mon rêve est de faire que cela reste ainsi, tout en s'ouvrant sur le monde.

— De quelle manière ? demande, curieux, Rochard.

— En développant un tourisme vert et durable, avec des petites cabanes en bois au lieu des fausses bâtisses créoles de trois étages qui fleurissent un peu partout, dit Moumoune en montrant du doigt deux ou trois maisons de ce type aux Saintes, pourtant déjà très protégées du béton.

— Et que proposeras-tu à tes touristes ?

— Une immersion dans la forêt dense et profonde qui monte derrière Portsmouth, avec des balades sur la rivière indienne à bord de bateaux traditionnels creusés dans le tronc des arbres, au lieu des affreux kayaks en plastique. Et puis la découverte des Indiens Kalinagos.

— Je connaissais les Arawaks et les Caraïbes, qui sont ces Indiens ? s'inquiète Rochard.

— Ce sont des Caraïbes, venus du Venezuela ou de l'Orénoque. Il y a aussi des femmes descendantes d'Arawaks. Entre eux, ces Amérindiens se désignaient comme les « hommes forts », les Kalinagos dans leur langue, explique Moumoune, fier de l'histoire et de la culture de sa Dominique natale.

— Ces Indiens sont toujours présents en Dominique ? demande Rochard.

— Oui, il y en a un peu plus de 3 000, à l'est de l'île. Ils ont été chassés et très souvent tués dans les autres îles des Petites Antilles. Mais grâce aux montagnes et à la jungle dominiquaises, ils ont réussi à se cacher et à continuer à vivre selon leurs traditions. Et c'est toujours le cas dans leur territoire, à l'est, côté Atlantique.

— Incroyable, s'enthousiasme Rochard. Moumoune, tu pourrais nous faire ta visite en avant-première ? J'adorerais découvrir ton île et sa culture.

— Excellente idée, commissaire. Vous verrez, la Dominique est magnifique et authentique, s'enthousiasme Marie-Josèphe Le Bihan. Et puis ça te fera un repérage pour investir la somme très rondelette que t'a laissée Belloiseaux, ajoute-t-elle à Moumoune.

— Je ne voudrais pas casser l'ambiance, mais il faudrait peut-être penser à boucler l'enquête avant de faire du tourisme, rappelle Capesterre. Au fait, on n'a toujours pas parlé de Félix Lenclume ?

Se tournant vers Daïquiri, le lieutenant lâche son sourire désormais naturel pour une expression plus grave. La simple évocation du nom de Lenclume suffit à fermer les visages.

— Ce type est une raclure. Je suis certain que c'est lui qui a fait tuer mon père, accuse Moumoune, les dents serrées.

— Pourquoi « fait tuer » ? interroge Capesterre.

— Ce gros con est trop lâche pour agir en face, à découvert, juge le jeune Dominiquais, dont la blessure de la mort de son père est à vif tant elle est récente.

— As-tu des éléments qui pourraient nous amener à des preuves de la culpabilité de Lenclume ? demande Rochard.

— Des preuves, non, sinon je me serais déjà vengé. Mais c'est un type odieux, qui tentait de bétonner Terre-de-Haut aux Saintes, qui écrasait de mépris tout le monde avec son fric. Il détestait en plus les Dominiquais et les étrangers. Il avait déjà dénoncé Kingston aux gendarmes pour l'empêcher de venir travailler sur les bateaux ici. « On n'a pas besoin des pouilleux et des sauvages de la Dominique ici », hurlait-il. Un vrai malade, je vous jure, commissaire.

— Et puis il n'a pas apprécié la manif que j'ai organisée la semaine dernière contre ses projets immobiliers. Il a peut-être supprimé Randy pour m'atteindre, estime Daïquiri.

— Nous allons bientôt l'interroger à Pointe-à-Pitre, et croyez-moi, on va tout mettre en œuvre pour le coincer. Merci de tous ces éléments. Pensez-vous à autre chose ? Déjà, qui est-il exactement ? D'où vient son argent ?

— Il ne s'en vante évidemment pas, mais on raconte ici ou là que ce métis descend de gens de maison de grandes familles békés. Alors comment a-t-il trouvé de l'argent pour acheter un terrain et faire construire ses premières « cases » à touristes ? Mystère. Lui raconte qu'il s'est fait tout seul. Je n'en crois pas un mot. Pour moi, c'est de l'argent sale, lance Marie-Josèphe Le Bihan.

— Ils se connaissaient avec Belloiseaux ? poursuit Rochard.

— Oui, déjà avec les régates qui opposaient leurs enfants Malo et Médélice. Je ne sais pas pourquoi, mais Lenclume ne se cachait pas pour dire tout le mal qu'il pensait des Belloiseaux. Une véritable haine, un peu inexplicable. Comme s'il voulait faire payer quelque chose à cette famille, se venger. Mais pourquoi ? dit Daïquiri, sceptique sur les réponses à apporter.

— Merci, ça nous en fait des questions à lui poser et des pistes à explorer, pas vrai Capesterre ? lance Rochard en lui tapant généreusement dans le dos. Bon, on ne va pas quitter les Saintes sans trinquer autour d'un dernier rhum. Que prend-on ?

— Tournée de daïquiri, coupe Marie-Josèphe Le Bihan, hilare.

— Oui, mais alors des doubles, des « papa doble » !

VIII

« Et merde, j'ai encore oublié de tirer les rideaux en me couchant », grogne Rochard, réveillé dès six heures du matin par les rayons d'un soleil prometteur.

Bien décidé à se voter une rallonge de sommeil, le commissaire effectue difficilement les quelques pas le séparant des rideaux de sa vaste chambre du *Tropical Beach*, à Gosier, près de Pointe-à-Pitre. Avant de faire le noir, Rochard remarque une activité inhabituelle en baie, normalement si paisible au lever du jour.

En désormais bon marin averti, le commissaire ne part plus enquêter sans ses jumelles. En sortant sur la terrasse, Rochard est ébloui par la généreuse lumière. « Comme les chats, je vais attendre que mes pupilles se rétractent », se dit-il, se rêvant souvent félin avant de croiser un miroir qui le ramène à des réalités plus pachydermiques.

À gauche de l'îlet du Gosier, Rochard aperçoit un multicoque lancé à pleine balle. Ses étraves fument comme l'on dit, c'est-à-dire qu'elles soulèvent des gerbes d'eau sous l'effet de la vitesse, un peu comme les skieurs dans la poudreuse.

Le commissaire ajuste la focale et zoome sur le voilier. C'est le premier des Ocean Fifty. Il profite d'un alizé assez fort, plus orienté sud-est, qui permet au trimaran de 50 pieds de faire route directe sur la ligne d'arrivée, en choquant les écoutes et en lâchant les chevaux.

On frappe à la porte.

— Putain, mais qui a l'audace de venir m'emmerder en plein spectacle de Route du Rhum ? tonne Rochard.

Derrière la porte, c'est Capesterre. Le lieutenant antillais, en short et en maillot, vient proposer un footing matinal et quelques brasses dans la mer avant le petit-déjeuner.

— Capesterre, vous perdez la tête ! Je ne sais pas si vous êtes au courant, mais j'ai décidé de vivre vieux et en bonne santé. J'applique donc la règle churchillienne du *« no sport, never ! »*. J'ajoute que votre faute de goût est totale, car vous me priveriez du spectacle de l'arrivée du premier Ocean Fifty de la Route du Rhum, en direct de ma terrasse. Alors, allez donc enlever cette ridicule tenue de jogger, de runner comme vous dites, et revenez avec des jumelles et du café.

Le lieutenant Capesterre semble groggy, K.O. debout, face aux arguments « imparables » du commissaire Rochard.

— Bon, compris commissaire. Je vais mettre une chemise à fleurs et remonter du café, des croissants, des pains aux raisins, des jus de fruits et de la bière fraîche, car je sais que vous n'allez pas tarder à vous plaindre du soleil. Je vous entends déjà marmonner des « putains, ça cogne » en vous essuyant le front.

Rochard le fixe, un sourire de satisfaction et de gourmandise en coin.

— Eh bien, voilà, Capesterre. Vous retrouvez un peu de sens commun. Si jamais les œufs brouillés vous semblent dignes d'être dévorés, je ne serais pas contre une petite assiette.

Les deux enquêteurs profitent du spectacle en terrasse. Le trimaran Ocean Fifty *Ambitious* du Britannique Alex Simson avale les milles à plus de 25 nœuds. Connu pour son caractère intrépide, le Gallois, pourtant largement leader dans sa classe, navigue à fond, le pied écrasé sur la pédale d'accélérateur. D'autres auraient réduit un peu la toile par sécurité, d'autant plus que des rafales accompagnent l'alizé fort du jour. Ce n'est vraiment pas le genre d'Alex Simson. Il ne choque jamais, même dans les surventes. Son trimaran lève la patte, et son flotteur au vent haut dans les airs fait le bonheur des photographes.

Le trimaran de 50 pieds fond littéralement sur la ligne d'arrivée. Sans harnais, le skipper joue à l'équilibriste sur le flotteur tribord pour installer dans les haubans un grand pavillon gallois. Ce sera l'image de l'arrivée, quand son trimaran coupe la ligne, tout dessus, sous pilote automatique ! Quelle classe décidément cet Alex Simson !

Le spectacle nautique est brusquement interrompu par un appel de la commissaire Lamentin.

— Rochard, j'ai enfin réussi à joindre Félix Lenclume. Je l'ai convoqué à 14 h pour qu'on l'interroge ensemble. Comme c'est un coriace, ce serait bien que vous veniez avec le lieutenant Capesterre.

— J'allais vous le proposer, ment Rochard, qui préfère mener les interrogatoires en solo. Les joutes verbales, les parties d'échecs, de poker menteur, des gardes à vue sont ce qu'il aime le mieux dans son métier de flic.

En raccrochant, Rochard se tourne vers Capesterre :

— La commissaire Lamentin vous réclame pour interroger Lenclume. Je vais finir par croire qu'elle tient beaucoup à vous, suggère, en frisant de l'œil, Rochard.

Capesterre sourit un peu bêtement. Cache-t-il maladroitement ses sentiments naissant pour Lamentin, avec cette mimique un peu niaise d'adolescent? Ou se fout-il royalement des allusions intrusives de son supérieur? « Peut-être les deux », se dit Rochard.

Le vaste bureau de type colonial de la commissaire Lamentin semble être dans son jus depuis de longues années. Les couleurs bleues et blanches des murs sont défraîchies. De petites plaques de peinture s'écaillent ou craquellent. Au plafond, les grosses pales en bois de deux ventilateurs, comme il ne s'en fait plus, coupent l'air moite en cadence.

Le mobilier est à l'unisson. Un bureau en bois exotique foncé, des chaises en rotin. Aux murs, d'improbables croûtes naïves, plus ou moins librement inspirées d'un douanier Rousseau caribéen, représentent des scènes de ce qu'était supposée être la vie traditionnelle en Guadeloupe. Elles jouxtent des posters touristiques vantant les charmes et les atours de Gosier, des chutes du Carbet, de la Soufrière ou encore de la pointe des Châteaux. Sans oublier une immense carte de la Guadeloupe, du type de celles qui ornaient les classes du temps où on redoublait sa 8e et non son CM1.

Derrière son vaste bureau, la commissaire Lamentin est entourée, à droite de Rochard, toujours près de la fenêtre en été et du radiateur en hiver, et à gauche de Capesterre, immobile et l'air studieux.

Face aux trois policiers, Félix Lenclume a le défaut d'avoir une tête, peut-être pas de coupable, mais en tout cas pas de l'honnête citoyen à qui on donnerait le bon Dieu sans confession.

Félix Lenclume est un métis de taille moyenne et de corpulence râblée. La petite cinquantaine, il a les traits épais, voire bouffis. Ses cheveux crépus grisonnants affichent un début de calvitie. Un gros collier en or et un bracelet du même métal ornent une chemise blanche sans doute achetée avant les kilos amassés ces derniers mois. Elle s'entrebâille entre les boutons, laissant entrevoir les bourrelets de son ventre replet.

Avec un air pincé et un brin dégoûté, la commissaire Lamentin attaque cash en lui tendant une photo. On y voit le corps sans vie de Jean-François Belloiseaux dans le bateau de son fils à Saint-Malo avant le départ de la Route du Rhum. On distingue sur son visage de nombreux signes de kenbwa, le vaudou guadeloupéen.

Félix Lenclume sort de sa poche une paire de lunettes demi-lune. Puis prend le temps d'examiner longuement le cliché.

— Très intéressant, madame la commissaire. Mais ne me dites pas que vous m'avez convoqué uniquement pour me montrer cette photo. On frise la procédure abusive là, non ?

Félix Lenclume dégage d'emblée une impression désagréable. Son air méprisant s'accompagne d'un phrasé mêlant ironie et agressivité à peine contenues.

Ne souhaitant pas rentrer dans son jeu, la commissaire Lamentin lui tend tranquillement un autre cliché. La photo est désormais celle de Randy, le père de Moumoune, retrouvé assassiné aux Saintes, après une manifestation organisée par Marie-Josèphe Le Bihan contre un projet immobilier défendu par Lenclume et ses associés.

Lenclume rougit, signe à peine voilé d'un début de colère.

— Encore ! Les gendarmes des Saintes ont déjà essayé de me coller ce meurtre sur le dos. Ils ont évidemment dû abandonner sans aucune charge contre moi, proteste le métis.

— Je le sais, répond doucement Lamentin. Mais l'assassinat de Jean-François Belloiseaux constitue selon moi un élément nouveau. Si vous regardez bien, monsieur Lenclume, les signes kenbwa, autour du corps et sur le visage, sont exactement les mêmes que ceux retrouvés sur Jean-François Belloiseaux.

— Après le meurtre des Saintes, vous voulez me coller maintenant celui de Saint-Malo ? éclate Lenclume dans un gros rire faux et feint.

— Non, mais notre métier est d'enquêter, coupe Rochard. Et les signes de kenbwa ne sont pas les seuls points communs entre ces deux meurtres. Il y a aussi la personnalité des deux victimes. Dans les deux cas, vous ne les portiez pas dans votre cœur. Tout le monde connaît l'aversion, voire la haine, que vous nourrissiez pour le patron des rhums Belloiseaux. Quant à Randy, on est au courant de votre mépris pour les immigrés de la Dominique. Alors quand, en plus, ils ont l'outrecuidance de s'opposer à vos projets immobiliers, autant penser à les éliminer, non ?

Lenclume se renfrogne. Les veines de son gros cou ramassé grossissent à vue d'œil.

— N'importe quoi, proteste-t-il. Vous êtes venus de France juste pour me débiter de pareilles conneries. Pour votre info, commissaire, le jour du meurtre de ce pauvre Belloiseaux à Saint-Malo, j'étais à Saint-Barth à la convention des promoteurs de la Caraïbe. J'ai au moins 200 témoins.

— Et alors ? réagit Capesterre, jusque-là silencieux. Qui vous dit que l'on vous accuse d'être celui qui a physiquement commis le crime. Un assassinat, ça peut aussi se commanditer, surtout pour quelqu'un de votre rang. On ne se salit pas les mains dès que l'on est riche, qu'on a pignon sur rue. On préfère payer quelqu'un dont c'est le métier. C'est très courant, vous savez.

Rouge de fureur, Lenclume pianote sur son smartphone.

— Que faites-vous mons… ?

La commissaire Lamentin n'a pas le temps de terminer sa phrase que Félix Lenclume se met à engager une conversation téléphonique.

— Allo, Maître Cavard ? Félix Lenclume à l'appareil. Pouvez-vous venir en toute urgence au commissariat central de Pointe-à-Pitre ? Je suis entendu par trois policiers sur toute une série de meurtres. C'est totalement délirant et, je suppose, illégal […]. D'accord, maître, je garde le silence jusqu'à votre arrivée.

Félix Lenclume affiche un sourire forcé d'une incroyable arrogance en éteignant son smartphone.

— On a dix petites minutes à perdre. Vous m'offrez un ti-punch commissaire ? Je suis certain que ça fera plaisir à vos collègues français. Des amis des Saintes les ont vus l'autre soir. Ils ne crachent pas sur le rhum visiblement, surtout avec leur intime, la si bien dénommée Daïquiri.

— Sortez Lenclume, ordonne Lamentin. Mais nous nous reverrons, soyez-en certain.

— Ce sera toujours avec plaisir, commissaire.

— Ne faites pas trop le malin, le vent de l'enquête pourrait bien tourner, lui lance Lamentin, toujours aussi calme et maîtresse d'elle-même, contrairement aux mauvaises sorties théâtrales de Félix Lenclume.

Une fois le promoteur sorti du commissariat, les trois enquêteurs s'interrogent longuement du regard. Capesterre rompt le silence.

— Moi, je crois que Moumoune a raison. Ce sale type n'est vraiment pas clair et il a tout de la grande gueule incapable d'assumer ses actes, sauf avec son fric.

— C'est-à-dire lieutenant? questionne Lamentin, avec des yeux que Rochard croit être de biche.

— Il est tout à fait capable d'avoir engagé un tueur guadeloupéen, lequel aura commis l'erreur de signer les meurtres de la même piste kenbwa. Une fois, ça peut brouiller les pistes. Deux fois, ça devient un indice.

— Pas bête, Capesterre, juge Rochard. Pas bête.

— Et si on allait faire un tour chez les Belloiseaux, propose Lamentin. Une petite visite surprise, histoire de croiser les infos et de nourrir nos intuitions?

— Excellente idée, commissaire, se réjouit Rochard. Prenez vos maillots de bain, ça va chauffer plage de Bananier, plaisante-t-il.

La commissaire Lamentin feint de sourire et prend le combiné de son téléphone fixe.

— Vous avez déjeuné? demande-t-elle à Rochard et Capesterre.

— Non, mais bien petit-déjeuné, oui, renseigne Rochard.

— Des acras, ça vous va?

Capesterre acquiesce avec une joie non feinte. Rochard fait la moue.

— Y a pas des sandwichs? réclame-t-il.

— Si, je crois, sandwich à quoi Rochard?

— Bah, classique, un *Garde à vue*!

— Un quoi? s'étrangle Lamentin.

— Un *Garde à vue*, commissaire. Poulet-avocat, classique quoi! Vous ne connaissez pas?

On pénètre dans l'immense parc de la distillerie Belloiseaux par une grande et très élégante porte grillagée en fer forgé. Les lettres bleues du nom Belloiseaux, en fer également, sont joliment brodées sur la grille.

Les pelouses sont d'un vert tendre. Les jardins copieusement boisés et fleuris. On remarque un alignement d'arbres du voyageur autour du chemin de terre. Et moult palmiers et cocotiers.

Puis les visiteurs du jour croisent un grand moulin parfaitement conservé, avec un toit en ardoise et des voiles d'un blanc immaculé.

— Classieux tout ça, admire Capesterre. Ça rapporte le rhum !

— Oui, quand il est bon et c'est le cas du Belloiseaux, surtout les ambrés et les rhums vieux, indique Lamentin. Et puis la distillerie attire de très nombreux visiteurs, tant elle a été bien conservée. Cela participe aussi de sa réussite commerciale.

Sur le côté droit du chemin, une ancienne locomotive rouge est posée sur la pelouse. Elle arbore le nom et le logo bleu du rhum Belloiseaux. De grandes barriques et des fûts en bois, d'un bleu profond, sont disposés devant les différents bâtiments du domaine. Il y a la vaste et haute demeure des propriétaires, de la famille. Puis la distillerie, un écomusée et enfin une grande boutique. C'est beau, propre et accueillant.

Les commissaires Lamentin et Rochard se font annoncer au secrétariat du pavillon de direction. Le lieutenant Capesterre a, lui, pour mission d'aller flairer un peu partout, en jouant les touristes.

Ghislain Belloiseaux, le frère cadet de Jean-François, reçoit les enquêteurs dans son vaste bureau. Accompagné de son épouse, Marie-Béatrice, l'homme est physiquement l'exact opposé de son frère Jean-François. Autant l'homme retrouvé mort assassiné dans le voilier de son fils Malo était grand, large d'épaules, doté d'un visage charmeur, carré et généreux sous une épaisse tignasse brune, autant son petit frère Ghislain est frêle, presque malingre. Son visage est long et triste. Ses rares cheveux déjà gris ajoutent au côté presque déprimant du personnage.

Sa femme, Marie-Béatrice, qui le tient fidèlement par le bras, a tous les atours de la grande bourgeoise. Un tailleur chic de marque. Des bijoux, beaucoup de bijoux, qui ne viennent pas d'un manège de grande surface. Marie-Béatrice a l'air pincé et la moue réprobatrice. Avec ses fines lèvres, à peine soulignées d'un rouge discret, elle semble prête à jauger et à juger tous ses contemporains, à les rabaisser, à les trouver peu dignes de sa compagnie, à railler leurs fautes de goût, de style. Un seul regard et une pareille moue veulent tout dire de son mépris de classe, de son aristocratie des grands de Guadeloupe et de métropole.

— Monsieur Ghislain Belloiseaux, la mort criminelle de votre frère a dû être terrible pour votre famille, pour votre entreprise. J'imagine que ce doit être difficile de faire face, débute la commissaire, tout en diplomatie respectueuse.

L'entame de la discussion, tout en respect des convenances, arrache un léger sourire de contentement à Marie-Béatrice Belloiseaux.

— Je ne vous cache pas que la période est particulièrement pénible, avance Ghislain Belloiseaux avec une petite voix de fausset. Mais dans notre famille, nous avons pour tradition de faire face avec fierté et humilité. Depuis des siècles et surtout depuis que les Belloiseaux ont élu domicile dans cette île des Antilles.

Marie-Béatrice serre un peu plus fort le bras de son mari. Comme pour lui signifier sa satisfaction de l'avoir entendu parler comme doit le faire un homme de son rang.

— Je comprends, dit la commissaire Lamentin, d'un air compassé en baissant les yeux et le visage.

Rochard la fixe sans laisser deviner ses sentiments. « Comment elle assure en les endormant », se félicite-t-il intérieurement.

Marie-Béatrice Belloiseaux, ragaillardie par autant de bonnes manières et de respect, surtout venant d'une policière de couleur, se lance dans la discussion.

— Commissaire, mon mari et moi n'avons eu aucune nouvelle de l'enquête. J'imagine qu'elle doit être au point mort sinon vous n'auriez pas manqué à votre devoir d'informer les proches de ce pauvre Jean-François ?

Rochard commence à bouillir. Cette Marie-Béatrice Belloiseaux représente à peu près tout ce qu'il déteste. Il l'enverrait bien paître avec ses grands airs, mais son instinct lui dicte de laisser la commissaire Lamentin continuer de distraire l'adversaire à coups de phrases creuses compassées, de petits hommages et révérences faits à « nos bons maîtres », comme quand la couleur noire était celle de l'esclavage. Rochard appelle ça la technique du baiser ottoman. On embrasse gentiment et ensuite on entoure de ses bras l'adversaire, puis on serre, doucement, mais sûrement et surtout fortement.

— Madame Belloiseaux, l'enquête est effectivement compliquée. Nous suivons de premières pistes, de possibles suspects.

La commissaire Lamentin reste volontairement floue, pour laisser venir Ghislain et Marie-Béatrice Belloiseaux.

— Une amie du préfet m'a dit l'autre soir au cercle que cet affreux Lenclume a été entendu à votre commissariat. Cet homme est abject, souffle-t-elle avec dégoût. Vous le soupçonnez ?

— Nous n'avons pas d'éléments tangibles pour avoir des soupçons, mais il fait partie de la liste des protagonistes dont nous pensons qu'ils sont liés, plus ou moins étroitement, à la mort de votre beau-frère, chère madame, répond la commissaire Lamentin d'un ton posé, toujours aussi respectueux.

— Oui, mais ce Lenclume, tout de même, reprend Marie-Béatrice, avant que son mari, très discret à ses côtés, presque effacé, ne la coupe.

— Ma chère amie, laissons ces gens de la police poursuivre sereinement leur tâche. Je ne doute pas qu'ils retrouveront vite l'homme qui a eu la lâcheté de faire couler le sang d'un Belloiseaux.

C'est le moment que choisit Rochard pour jouer le flic bourru et sans gêne après la délicieuse commissaire Lamentin.

— Dites-moi, on raconte que vous n'étiez pas d'accord avec les méthodes de votre frère Jean-François à la direction de la rhumerie Belloiseaux. On dit encore que vous le trouviez trop social, trop proche des employés. Au-delà de la perte d'un être cher, sa disparition va au moins vous permettre de reprendre les rênes de l'entreprise de manière, disons, plus conventionnelle. Pas vrai ? conclut le commissaire de façon volontairement directe et provocatrice.

La maîtresse des lieux le dévisage avec dégoût. Comment a-t-il osé ! Elle en parlera dès demain à ses amies du préfet. Ghislain Belloiseaux se racle la gorge et s'adresse d'une petite voix compassée, avec un phrasé assez proche de celui de Balladur répondant à la journaliste Claire Chazal. Ces deux-là, on s'imaginait à chaque fois qu'ils prenaient le thé, devisant entre belles intelligences face aux manants vissés devant leur petit écran, occupés à manger leur steak haché avec des frites décongelées.

— Monsieur le commissaire, je ne crois pas que ces considérations hasardeuses de management aient quelque chose à voir avec votre enquête, rétorque avec morgue Ghislain Belloiseaux. Je vous prie donc de vous en tenir aux faits et de laisser notre famille tranquille.

Rochard ne se laisse pas démonter.

— Pas la peine de prendre vos grands airs, monsieur. J'ai quarante ans de métier derrière moi, et j'en ai vu des petits meurtres entre amis dans la famille. Que ne ferait-on pas pour le pouvoir et surtout pour de l'argent, qui corrompt jusqu'à la conscience des hommes comme disait le sphinx de l'Élysée. Alors, oui, on va tout examiner, y compris l'intérêt que vous auriez pu avoir à être débarrassé de votre frère pour diriger la rhumerie.

Marie-Béatrice Belloiseaux fulmine de rage. Elle lance un regard désespéré à son mari. Il n'est pas difficile de le traduire : « Vire-moi ce misérable policier de notre demeure, je t'en prie », lit-on dans ses yeux.

— Monsieur Rochard, considérez cet entretien comme terminé, lance Ghislain, d'un ton glacial. Je vous enjoins de quitter prestement cette demeure. Et n'y revenez pas !

Jugeant que le petit numéro tout en férocité de Rochard a porté ses fruits et a assez duré, la commissaire Lamentin fait un signe à son collègue métropolitain. Il est temps de sortir.

Lamentin et Rochard retrouvent discrètement Capesterre sur le parking, face à la boutique des rhums Belloiseaux.

— Alors lieutenant, vous avez pu en savoir un peu plus auprès des employés ? demande Rochard.

— Ah oui, je suis tombé sur une gorge profonde dans la partie écomusée, avance fièrement Capesterre. C'est un ancien qui travaillait à la distillerie. Ghislain l'a sanctionné en le mutant à l'écomusée.

— Et pourquoi ? veut savoir Lamentin.

— C'était le représentant du personnel. C'est avec lui que Jean-François Belloiseaux travaillait à améliorer le sort des employés, les salaires et les conditions de travail. Un sacrilège aux yeux de Ghislain et Marie-Béatrice Belloiseaux.

— Ah OK, je comprends mieux. Et que disent les autres ? interroge Rochard.

— Ceux qui veulent bien parler disent tous la même chose. Je cite : « L'ambiance devient pourrie et c'est de la folie d'avoir muté l'ancien distilleur. C'est lui la mémoire des lieux, le savoir-faire ancestral. Le vieux patriarche Belloiseaux, aujourd'hui disparu, lui vouait une admiration sans borne».

En voiture vers le commissariat de Pointe-à-Pitre, Capesterre demande presque timidement à Lamentin, au volant de sa berline, de bien vouloir faire un détour par le vieux centre-ville de Capesterre-Belle-Eau. Du côté de l'ancienne case familiale, celle de ses grands-parents.

— Lieutenant, vous pourriez m'indiquer le chemin de votre ancienne maison ? lui demande la commissaire Lamentin avec infiniment de gentillesse dans la voix.

— Oui, il faut remonter vers le nord, du côté de la rivière du Pérou où ma grand-mère lavait le linge. Il y avait là une rue très populaire avec des cases modestes, mais solidement arrimées sur des fondations en pierre.

En pénétrant dans cette rue, on aperçoit effectivement un alignement de cases bâties en planches de bois, surmontées d'un toit en ferraille rouge, ou plutôt rouille désormais.

Capesterre demande à sortir et à rester seul un petit moment. Il n'est pas revenu depuis fort longtemps, et malheureusement, la rue est dorénavant sans vie, les maisons abandonnées, dans une atmosphère lugubre.

Très ému, Capesterre se dirige vers la troisième case. Il caresse une planche en bois de la modeste façade brisée par le temps, le soleil, le vent et les grains d'alizés. Sur les trois fenêtres, une est restée ouverte. Celle qui donnait sur la cuisine, là où sa grand-mère lui préparait d'exquis petits plats simples après les bains de mer ou les plongeons dans la rivière du Carbet. Dans la pénombre, Capesterre ne revoit que le sol en terre battue, et la vieille table dont le formica a éclaté. Le lieutenant jette ensuite un regard bien triste sur la toiture en simples tôles rouges. La rouille a définitivement gagné la partie et ne protège plus grand-chose.

Regardant la rue déserte, Capesterre se souvient des jeux avec les voisins. De l'ambiance chaleureuse et solidaire quand les hommes rentraient des champs de canne à sucre, avant le coucher du soleil. Quand les femmes revenaient du marché où elles vendaient les quelques légumes des jardins environnants. Sa grand-mère était la spécialiste reconnue de la patate douce. Tous ces jours simples, certes pauvres, mais tellement heureux sont désormais en ruines, comme l'est l'âme du lieutenant à cet instant.

La commissaire Lamentin décide à ce moment de prendre les choses en main. « L'action libère de l'angoisse », se dit-elle.

— Et si on allait à l'embouchure de la grande rivière de Capesterre et de celle du Pérou. On pourrait s'y baigner, propose-t-elle. L'eau y est d'une pureté légendaire. On raconte que Christophe Colomb y a séjourné en 1493, précisément pour y remplir moult tonneaux d'eau pure. Il y avait aussi laissé plusieurs couples de cochons pour qu'ils s'y reproduisent. Au début, les Indiens l'ont plutôt bien accueilli. Mais à son retour, c'est à coups de flèches empoisonnées que son équipage a été reçu. Les Indiens caraïbes avaient entendu parler des massacres perpétrés plus au nord dans les Grandes Antilles, notamment du côté de Saint-Domingue.

— Pas de risque de marcher sur une de ces flèches empoisonnées en se baignant, s'inquiète Rochard d'un rire gras et sonore.

— Allez savoir Rochard ? Mais au bout de cinq siècles, on peut raisonnablement penser que la substance active du poison a perdu de son efficacité. Vous devriez survivre !

Une fois de retour à Gosier et au *Tropical Beach*, Rochard a la surprise d'apercevoir la capitaine Vézin à la réception de l'hôtel.

— Vous vous êtes finalement décidée à venir, Agnès ?

— Oui, commissaire. Je suis Malo sur la cartographie du site de la course. Je veux vivre avec lui son arrivée à Pointe-à-Pitre, vous me comprenez ? Même si les billets et l'hôtel ne sont pas donnés en cette période.

— Plaie d'argent n'a jamais été mortelle, Agnès, répond en souriant Rochard. Mais comme dit la chanson, chagrin d'amour peut durer toute la vie.

— Vous êtes un amour commissaire, se réjouit la capitaine Vézin, en le serrant dans ses bras.

Capesterre, Rochard et Vézin ont décidé de se retrouver au bar de plage de l'hôtel pour faire le point sur la course en général, et sur la progression de Malo Belloiseaux et des Class40 en particulier.

— Vous voyez commissaire, le petit point bleu en bas, c'est le bateau de Malo.

— Et où est celui de Médélice Lenclume ? interroge Capesterre.

— C'est celui en rouge, plus haut, plus au nord, dit Agnès Vézin, pour qui les cartographies de courses n'ont plus aucun secret.

— Et qui est le plus proche de l'arrivée en Guadeloupe ? s'inquiète Capesterre.

— Pour le moment, Médélice a une cinquantaine de milles d'avance. À 400 milles de l'arrivée, on pourrait croire qu'elle a course gagnée, explique la capitaine.

— Et ce n'est pas le cas ? avance Capesterre, dans un élan d'espoir pour Malo.

— Pas tout à fait, lieutenant, dit Agnès dans un petit sourire. Malo, beaucoup plus au sud, bénéficie d'alizés plus forts. Et surtout, il a un meilleur angle au vent. Médélice est vent arrière, et doit empanner plusieurs fois par jour.

— Empanner ? questionne Capesterre. C'est-à-dire ?

— Changer la bôme, la grand-voile et le spi de côté. Ce sont des manœuvres difficiles en solitaire, dans la grosse mer du large. Ça fatigue et prend du temps.

— Et on peut savoir leur vitesse sur votre truc ? demande Rochard.

— Oui, en cliquant sur le bateau. Là, Médélice marche en moyenne à 9 nœuds. Malo, lui, progresse à plus de 11 nœuds. Si ça tient, il peut rattraper Médélice avant l'arrivée à la pointe nord de la Guadeloupe. Ce serait génial, s'enthousiasme Agnès Vézin, en joignant les deux mains comme si elle priait le Dieu de la voile.

— Et l'arrivée est prévue pour quand ? se renseigne Capesterre.

— Après-demain, lieutenant.

— Génial, ça nous laisse le temps de faire un tour en Dominique demain, comme nous l'ont proposé Marie-Josèphe Le Bihan et son marin Moumoune. Vous seriez de la partie capitaine ? lui demande Rochard. Ce sont des êtres exquis et il paraît que Portsmouth en Dominique est un paradis vert et sauvage avec des rivières indiennes et d'anciens territoires indiens encore peuplés de Caraïbes.

— Génial, commissaire ! Je vous suis.

Le rendez-vous est fixé le lendemain matin à 6 h à la marina Bas-du-Fort, au ponton d'accueil devant la capitainerie. Le commissaire Rochard a bien tenté de grogner et de gagner une heure ou deux de sommeil, rien n'y a fait. Marie-Josèphe Le Bihan est restée ferme sur l'horaire. Un aller et retour dans la journée à Portsmouth en Dominique demande de quitter Pointe-à-Pitre aux premières lueurs du jour.

Même si Daïquiri s'est fait prêter pour l'occasion une puissante vedette catamaran, ultrarapide et très marine. Elle est déjà sur le pont avec son fidèle Moumoune, à attendre son équipage d'un jour.

— Joli bolide, complimente Rochard, les yeux encore rouges de sommeil. Daïquiri, Moumoune, je vous présente la capitaine Agnès Vézin, qui nous a rejoints pour passer quelques jours de vacances.

— Tenez Marie-Josèphe, je vous ai ramené une bouteille de rhum vieux pour vous remercier de nous faire naviguer jusqu'en Dominique, dit Capesterre, en tendant le précieux flacon brun.

— Merci, Capesterre. C'est adorable, mais on va peut-être attendre notre retour ce soir pour le déguster, car la mer et l'alcool ne sont pas des amis très sûrs, répond Daïquiri.

Le catamaran quitte doucement la marina. Ses fines étraves ne soulèvent quasiment aucune vague. Le sillage est élégant et discret. Aussitôt sortie du port, Daïquiri pousse les manettes des deux puissants moteurs. Le speedomètre affiche rapidement une vitesse de 36 nœuds (environ 70 km/h).

— On a l'impression que le bateau ne force pas, remarque Rochard. Et pourtant nous allons vraiment vite !

— Oui, on va bientôt déjà longer Capesterre, se félicite le lieutenant qui porte le même joli nom guadeloupéen. La côte défile à une sacrée vitesse, ajoute-t-il, admiratif.

— Ces catamarans à moteur, aux flotteurs aussi bien dessinés que les meilleurs des catamarans à voile sont très efficaces. Surtout par mer calme comme ce matin. Les étraves sont fines. Les frottements sont moins forts avec la mer, contrairement aux vedettes classiques qui ont tendance à « pousser de l'eau ».

— Du coup, à quelle heure serons-nous à Portsmouth ? demande Agnès Vézin.

— Dans un peu plus d'une heure, précise Moumoune. Il y a quarante milles, mais c'est vite avalé à cette vitesse.

Alors que le soleil monte tout doucement dans l'Est au-dessus de la pointe des Châteaux et de l'île de la Désirade, l'équipage du catamaran quitte la côte de Basse-Terre, cap sur la Dominique dont on distingue déjà très clairement ses hauts pitons, et notamment le plus élevé d'entre eux, le morne Diablotins, qui culmine à 1 447 mètres.

En passant la pointe du Prince Rupert, Capesterre observe Moumoune, silencieux à l'avant du bateau. Le visage fermé de l'adolescent ne parvient pas à masquer l'intense émotion que ressent le fils adoptif de Marie-Josèphe Le Bihan. Au pied de cette île sauvage, brute, incroyablement verte et imposante, Moumoune revoit les images cauchemardesques du cyclone qui ravagea l'île et sa famille. C'était il y a treize ans. Pourtant âgé de seulement trois ans, Moumoune se souvient de cette journée d'apocalypse. Tout d'abord des trombes d'eau qui tombaient dans la salle de vie de la petite case en bois et surtout du toit en mauvaise tôle ondulée. Son père, Randy, et sa mère, Victoria, faisaient tout pour le rassurer, le serrant dans leurs bras. Puis il s'est mis à faire nuit en plein jour. Le ciel zébré d'éclairs incessants ajoutait à l'angoisse, comme l'écho des coups de tonnerre dans la montagne. Le passage du cyclone, interminable, semblait toutefois se calmer quelque peu. Les rafales paraissaient moins dévastatrices, dans la forêt, près de la rivière indienne où la famille de Moumoune vivait. Et c'est là, à cet instant précis, qu'un arbre énorme s'est abattu sur leur maison dans un vacarme ahurissant. Si Randy et Moumoune s'en sont miraculeusement tirés avec quelques grosses égratignures, Victoria est morte, écrasée par une énorme branche.

C'est là, près des sentiers menant à la rivière indienne, que Daïquiri, venue, comme beaucoup, en aide au peuple dominiquais, a trouvé Randy prostré devant la sépulture en terre de sa femme. Moumoune était en larmes à ses côtés. Avec son cœur gros comme ça, Daïquiri n'hésita pas à leur proposer de venir habiter avec elle aux Saintes, le temps de retrouver goût à la vie, le temps aussi que la Dominique panse ses plaies.

Daïquiri n'eut aucune parole jusqu'à la manœuvre d'accostage au ponton. Ce n'est qu'après qu'elle alla serrer Moumoune dans ses bras, le couvrant de baisers. Elle lui chuchota quelque chose aux oreilles. Quelle blague a-t-elle inventée pour arracher un éclat de rire à Moumoune ?

— Cette femme est vraiment formidable, dit, admiratif, Rochard à Capesterre et Vézin. C'est grâce à des gens comme ça qu'on continue à croire dans l'humanité, malgré tout.

La capitaine Vézin remarqua un éclair de tendresse dans les yeux de Rochard. Elle en sourit.

— *Man, you have to smoke kaya, it's good for your meditation.*

Un des jeunes boat boys aux allures de parfait rasta lance cette tirade en la chantant à Moumoune. C'est John. Il accueille les voiliers de croisière en baie de Portsmouth et leur propose excursions, gardiennage ou encore cochon grillé sur la plage, quand ce n'est pas un petit sachet de ganja.

Aujourd'hui, c'est en ami qu'il va accompagner Daïquiri, Moumoune et les autres dans la rivière indienne. Ce sera à bord de sa pirogue creusée directement dans un gros tronc d'arbre.

La rivière indienne est un endroit fascinant, popularisé par plusieurs scènes de *Pirates des Caraïbes*. La végétation y est parfois étouffante, parfois plus clairsemée, laissant passer une lumière par petites touches. Magique.

Le film est d'ailleurs très controversé en Dominique. Il a remis en lumière la polémique autour du cannibalisme supposé ou bien réel des Indiens caraïbes. Des premiers conquérants espagnols à des figures fantasques françaises, comme l'anonyme de Carpentras ou le Père Breton, les témoignages ont fleuri sur la « sauvagerie » des Indiens caraïbes. Venus de Guyane, de l'embouchure du Maroni ou de l'Oyapock, ils auraient massacré et chassé les Indiens arawaks, décrits comme de gentils pacifistes qui vivaient de la cueillette et de la pêche dans les Petites Antilles. Sans oublier d'en faire leur menu ! Depuis, des anthropologues et des historiens avancent que les allégations de cannibalisme doivent être comprises comme une forme de propagande coloniale, sans réel fondement.

— Moi qui ai longuement étudié la question, je pense que les cas de cannibalisme étaient rares et exceptionnels, explique Marie-Josèphe

Le Bihan, après la visite effectuée avec son équipage du jour dans la réserve caraïbe, appelé aussi Territoire Kalinago, à l'est de la Dominique.

— C'est-à-dire ? relance Rochard, curieux.

— On confond cannibalisme et rituel anthropophagique. Il s'agissait non pas de se nourrir, mais bien de s'approprier la force de son ennemi. Ça n'a rien à voir. Et ces rituels ont bel et bien existé, affirme Daïquiri.

— Bah moi, celui qui a tué mon père aux Saintes, je donnerai son cadavre aux chiens, lâche Moumoune.

La sortie guerrière de l'adolescent au visage pourtant angélique jette soudain un froid dans la voiture qui les ramène à Portsmouth.

Capesterre lui sourit et le prend dans ses bras.

— Je te comprends petit frère, mais c'est à nous policiers de le retrouver, comme celui qui a tué Jean-François Belloiseaux. Et ce sera ensuite à la justice de décider de leur sort. Crois-moi, une société basée sur la vengeance n'engendre que haine et malheur. Et ça ne fait pas revenir les victimes en plus.

— On en reparlera, lui dit tendrement Daïquiri, en l'embrassant. Mais le lieutenant a raison. Tu dois grandir et trouver la force d'être meilleur que ton ennemi.

Lors du retour vers Pointe-à-Pitre, le visage de Moumoune semblait plus apaisé. Comme si cette journée en Dominique, ce retour sur les lieux où sa maman a trouvé la mort, ces conversations opposant vengeance et justice, avait commencé à calmer son cœur volcan.

IX

Au lendemain de la virée express et envoûtante en Dominique, la petite troupe se retrouve au grand complet, à l'heure du petit-déjeuner, sur la terrasse du *Tropical Beach*.

— Commissaire Lamentin, je vous présente Agnès Vézin. Elle est officiellement en congé, mais son flair et sa bonne humeur nous seront nécessaires. De plus, elle est, disons, très proche de Malo Belloiseaux, dont l'arrivée est prévue cet après-midi en Class40.

La commissaire adresse un large sourire à Agnès Vézin en guise d'accueil.

Le lieutenant Capesterre s'approche de la table, un verre de jus de goyave en main.

— Bah alors, Capesterre, panne d'oreiller ? moque Rochard. Vu votre petite mine, je parie que vous avez jeté un sort aux mignonnettes de rhum du minibar. À moins que ce ne soit une de ces séries addictives de Netflix ?

— Tout faux commissaire, tacle Capesterre d'un ton très assuré. Je lisais mes mails et j'ai sans doute du nouveau.

— De quoi s'agit-il ? demande Lamentin, coupant l'herbe de la conversation sous le pied de Rochard.

— Un autre message anonyme, laconique et énigmatique, comme celui que j'avais reçu en métropole et qui nous a emmenés à Porto Santo.

— Et que dit-il ? coupe rapidement Rochard, comme pour garder la maîtrise du dialogue, de son équipe et de l'enquête.

Lamentin s'amuse de cette poussée un peu maladroite de marquage de territoire testostéroné. Tactique vaine, car Capesterre annonce la lecture dudit mail en fixant la commissaire.

— « Lieutenant, vous avez fait fausse route en allant importuner la famille Belloiseaux. Votre escale d'hier en Dominique vous ramène sur la bonne voie si vous suivez la piste des souvenirs et celle du destin du père de Moumoune ».

Un long silence s'installe.

— Visiblement, l'auteur de ces messages nous connaît et nous suit à la trace, remarque, interloquée, Lamentin.

— Étrange oui, poursuit Rochard. La piste évoquée est clairement celle de Félix Lenclume, soupçonné d'avoir fait assassiner Randy, le père de Moumoune. Mais nous n'avons pas le début de la moindre petite preuve.

— Si on le convoque à nouveau, son avocat risque fort de ne pas nous rater. Tout comme le procureur, renchérit Lamentin.

— S'il ne peut pas encore se mettre à table, je propose que ce soit nous qui le fassions ce midi avant d'aller accueillir Malo Belloiseaux et les Class40, lance Rochard, hilare. La parole est désormais à la dépense !

— C'est-à-dire ? questionne, amusée, la commissaire guadeloupéenne.

— Langouste pour tout le monde au resto de plage de l'hôtel, annonce, très fier, Rochard.

— La faillite, nous voilà, s'amuse Capesterre. Vous avez vu les prix ?

— Non, car c'est vulgaire, Capesterre. Et on prendra le meilleur vin de la carte, aussi vrai que l'argent liquide est fait pour être bu !

— Moi, je vote pour, lance, enthousiaste, Agnès Vézin, déjà heureuse à l'idée de déguster une langouste après un bain face à l'îlet du Gosier.

Après un aller et retour au commissariat central de Pointe-à-Pitre, Lamentin retrouve ses collègues à l'élégant restaurant de plage du *Tropical Beach*. La vue sur l'îlet du Gosier et le volcan de la Soufrière est imprenable.

— Alors les touristes, pas trop dur ? demande-t-elle à la cantonade.

— Prenez donc un verre de cet excellent punch coco au lieu de tenter de nous culpabiliser, invite Rochard.

— Sans façon, commissaire. Nous allons en mer cet après-midi pour accueillir les premiers Class40, aussi je préfère rester sobre. Alcool et navigation sont de faux amis !

— Peut-être, mais nous ne serons pas à la manœuvre. En simples passagers, nous avons droit à l'ivresse du large, se réjouit Rochard, en se servant une sérieuse rasade de punch coco.

— Attention, commissaire, il n'y a rien de plus traître que ce breuvage. Il se boit comme du petit-lait, ensuite, bonjour les dégâts.

— Mais arrière les procureurs, les inquisiteurs zélés de la nouvelle ligue de vertu que devient notre civilisation, théâtralise Rochard. Je bois du punch coco si je veux et quand je veux, non, mais ! Si vous avez envie d'être esclaves de la dictature sanitaire, c'est votre problème. N'oubliez pas vos cinq fruits et légumes par jour, les 6 000 pas quotidiens pour le cœur, quelques exercices de respiration pour chasser le stress et les tensions. Vous finirez par mourir guéris et tellement vieux que c'est votre cerveau qui sera parti en fruit et légume. Moi, je préfère jouir de la vie et rendre le dernier soupir debout ! Non, plutôt allongé en me balançant dans mon hamac.

Fort heureusement pour les autres convives, Rochard est interrompu dans son improbable plaidoirie par un élégant serveur en costume de lin blanc. Il amène les langoustes sur la belle table en bois exotique, à l'ombre d'une tonnelle, rafraîchie par l'alizé.

— Elles sont succulentes, grillées à point, félicite Lamentin.

À l'heure du café, mâtiné de rhum pour Rochard, une alarme un peu ridicule et très sonore retentit.

— Mais c'est la musique du *Bal masqué* ça ! s'exclame Rochard.

Le lieutenant Capesterre, un peu gêné, peine à éteindre la sonnerie.

— C'est encore un mail de ma gorge profonde anonyme, annonce-t-il, tout à coup plus sérieux.

— Merci de nous le lire à haute voix, réclame Lamentin.

— « Pas vu un seul policier ce midi à l'agence de promotion immobilière de Félix Lenclume. Pourtant c'est à Gosier, à deux pas de votre hôtel. Vous avez peur de vos supérieurs ou quoi ? De son avocat ? Vous me décevez. Puisqu'il faut vous tenir par la main, je vous aiderai ce soir avec un document accablant ».

Vexée du ton de l'informateur, la commissaire Lamentin se justifie.

— Il est marrant votre gars, Capesterre. Nous n'avons que des suspicions contre Lenclume. Ce ne sont pas les mobiles qui manquent pour l'accuser des meurtres de Jean-François Belloiseaux, de l'étudiant nantais Lionel Michaud ou de Randy. Mais nous n'avons aucune preuve tangible.

— Attendons son prochain message, rassure Rochard. Nous le vérifierons. Soit c'est de la pure manipulation, soit les documents promis seront fiables. Dans les deux cas, l'enquête progressera.

Loin de toutes les péripéties de l'affaire, les policiers retrouvent leur suspect, Félix Lenclume, en train de parader, comme si de rien n'était, sur les pontons de la marina Bas-du-Fort. Il a loué une superbe vedette pour aller accueillir sa fille Médélice. Le bateau, au nez agressif de requin, est couleur argent, sa couleur préférée. Le soleil s'y reflète, aveuglant.

— C'est vraiment un kéké ce type, juge Capesterre d'une moue méprisante, en montant à bord du modeste bateau suiveur affrété pour les spectateurs.

— Vous avez raison, lieutenant. Tout dégouline de mauvais goût et d'arrogance. Il n'y aura que la fin de triste pour lui, prédit la commissaire Lamentin.

La marina s'assombrit d'un coup. Tout le monde se réfugie au centre du bateau pour tenter de se protéger du grain qui balaie le port. Le ciel est devenu noir en cinq minutes et la visibilité ne dépasse pas deux cents mètres. Seul sous la pluie battante, Rochard reste sur le pont à découvert.

— Le punch coco et le rosé me protègent, clame-t-il. Dit-on ici aussi que la pluie ne mouille que les cons ?

La commissaire Lamentin regarde Rochard avec ce sourire tendre et désolé devant ses facéties de grand adolescent.

— Tous les chemins mènent au rhum, à condition de ne pas s'y perdre, disait mon grand-père, avertit Capesterre.

— Vous n'êtes vraiment que des petits joueurs, conclut Rochard.

Entre Trois-Rivières, au sud de Basse-Terre, et les Saintes, les bateaux spectateurs voient débouler le Class40 *Caraïbes Immobilier* de Médélice Lenclume. Après la pointe du Vieux-Fort, l'alizé n'est plus bloqué par l'île et surtout le volcan. Il souffle puissamment, aussi le bateau reprend de la vitesse et de la gîte, pour le plus grand bonheur des photographes.

Malo Belloiseaux est en deuxième position, à environ un mille derrière Médélice Lenclume. La course en Class40 a été dominée de bout en bout par les deux régatiers guadeloupéens. Avec cet alizé fort et les grains, la jeune Médélice est quasiment assurée de la victoire.

Elle enchaîne les bords, suivie de près par la vedette de son père. Le bateau *Rhum Belloiseaux* apparaît à son tour dans le champ de vision, entre le Vieux-Fort et les Saintes.

Du vent et du soleil. Les images sont superbes. Les étraves des deux voiliers fendent la houle en de jolies gerbes d'écume.

— Vous devriez vous mettre à l'abri, conseille pourtant le capitaine du bateau à ses passagers.

Alors que tout le monde regarde les voiliers et le sud, il recommande de jeter un œil derrière, du côté où souffle le vent. Le ciel est à nouveau très noir sur Pointe-à-Pitre. Un grain s'approche et le rideau blanc tombant du nuage à la mer annonce une averse copieuse.

On voit d'ailleurs Médélice Lenclume marcher sur le pont de son voilier et s'affairer au pied du mât et de la grand-voile.

— Elle va très certainement réduire la surface de sa voile en prenant un ris, explique fièrement Capesterre, désormais très au fait des techniques et du vocabulaire marin.

Toutefois, les choses semblent plus compliquées que prévu pour la navigatrice guadeloupéenne. Elle multiplie les allers et retours entre le pied de son mât et le cockpit, à l'arrière du bateau. Elle s'installe au « piano », où reviennent toutes les drisses, à côté des gros winches servant à hisser ou border les voiles.

— Il y a quelque chose qui cloche, poursuit Capesterre. Une drisse ou un bout doit être coincé, car la manœuvre est anormalement longue et compliquée.

Pour Médélice Lenclume, la situation, déjà stressante, devient chaotique. Les premières rafales et gouttes du grain balaient le pont. On la voit en pied de mât tirer de toutes ses forces sur la grand-voile. Elle cherche à l'affaler, mais la drisse semble bel et bien coincée.

Tout à coup, le vent redouble de violence. Son bateau penche énormément et sa grand-voile claque violemment dans la rafale. En mer comme à terre, les emmerdements volent en escadrille. Le pilote automatique décroche subitement. Le bateau remonte à cet instant dans le lit du vent. À l'avant du voilier, le génois se met aussi à battre dangereusement. Et puis, alors que Médélice Lenclume court sur le pont pour revenir à la barre, un bruit sourd, puissant et sinistre se fait entendre.

La bôme vient de se casser en deux et de tomber lourdement sur le pont. Quelques secondes plus tard, la grand-voile se déchire. Rapidement, elle n'est plus que lambeaux de toile.

À bord de sa vedette, Félix Lenclume fait des grands gestes. Il semble appeler au secours. Tous les bateaux se rapprochent du Class40 de sa fille Médélice. La navigatrice se tient l'épaule. Son tee-shirt blanc est maculé de sang.

Toutefois, elle fait signe au bateau de la direction de l'épreuve de ne pas l'aborder. Courageusement, elle tient à finir sa course sans assistance.

Alors que les dernières gouttes du grain lui cinglent le visage, Médélice Lenclume parvient à rétablir son génois et remet le cap vers la ligne d'arrivée, toute proche. On la voit sur le pont tenter d'amarrer et de sécuriser les bouts de bôme en carbone noir. La manœuvre est périlleuse. Elle essaie aussi d'étouffer les morceaux de grand-voile avec des cordages.

La vitesse du bateau a évidemment beaucoup diminué. Malo Belloiseaux fond sur elle. À pleine puissance, son Class40 file vers la ligne d'arrivée.

Rhum Belloiseaux passe à quelques mètres au vent du bateau à passagers. Pour la première fois depuis Porto Santo, Malo Belloiseaux et Agnès Vézin échangent un regard complice, passionné et visiblement très amoureux. La scène n'échappe pas à Rochard. Son sourire est empli d'un bonheur paternel.

— Il va gagner, s'enthousiasme le commissaire en regardant Vézin.

À peine a-t-il fini sa phrase que Malo Belloiseaux surprend tout le monde en opérant un demi-tour à quelques mètres de la ligne d'arrivée. Face au vent, il affale sa grand-voile et roule son génois. Son bateau est désormais immobile, tournant le dos à une victoire facile.

Déjà surréaliste, la scène devient émouvante. Malo Belloiseaux monte sur le pont de son voilier et se met à applaudir sa concurrente en train d'arriver sous génois seul. Il souhaite clairement la laisser gagner.

— C'est vraiment un type bien, glisse Rochard à Vézin. Quelle classe !

La corne de brume du bateau comité salue la victoire de Médélice Lenclume.

Interrogé en direct par les journalistes de Guadeloupe 1re à l'aide d'un micro placé au bout d'une longue perche, Malo Belloiseaux explique son geste.

— Ce n'est pas réfléchi, avoue-t-il. Mais je trouvais ça tellement injuste pour Médélice après sa superbe course. Elle ne pouvait pas perdre à cause d'un problème mécanique. Et avant de faire de moi un héros ou un loser pathétique, n'oubliez pas que, de toute façon, elle aurait gagné, car j'ai une pénalité de six heures due à mon arrêt à Porto Santo. C'était donc inutile de la priver de sa victoire sur le plan d'eau.

Sur la ligne, Médélice Lenclume se retourne vers Malo Belloiseaux, le pouce levé et le sourire complice.

L'émotion gagne tous les spectateurs. Les deux régatiers guadeloupéens viennent d'offrir un moment unique dans l'histoire de l'île et de la course au large. Quel fair-play ! Quel respect entre ces deux navigateurs que tant d'affaires et de rancœurs familiales pourraient pourtant opposer !

Capesterre, presque gêné de troubler l'intensité de la scène, montre son smartphone à Rochard et Lamentin. Le mail promis par l'informateur anonyme vient d'arriver.

— Il y a un enregistrement audio, sans doute une écoute téléphonique. Et puis des photos et un courrier manuscrit, indique Capesterre.

Les photos montrent Félix Lenclume sur le tarmac d'un aéroport en grande discussion avec un inconnu en costume gris et lunettes noires.

— C'est l'aéroport de Trinidad et Tobago, s'exclame Lamentin. Et le type est un tueur professionnel bien connu des services de police de tout l'arc antillais. C'est Ricardo Valdez, un Vénézuélien activement recherché. Mais il échappe à tous les pièges tendus, pire qu'une anguille.

— Et l'autre photo ? demande Rochard en se penchant vers le smartphone de Capesterre.

— Un courrier écrit à la main et signé Félix Lenclume proposant à Valdez un contrat sur la tête de Jean-François Belloiseaux.

— J'envoie ça tout de suite à la scientifique pour une analyse graphologique, annonce Lamentin. Et l'enregistrement audio, que dit-il lieutenant ?

— Un peu la même chose. Félix Lenclume propose un contrat pour éliminer Randy aux Saintes.

— Bon, il va nous falloir vérifier et authentifier tous ces éléments, mais on ne peut pas prendre le risque de laisser filer Lenclume, explique la commissaire Lamentin. Je demande à mon équipe de l'arrêter au ponton et on le mettra tout de suite en garde à vue.

— Ça ne va pas passer inaperçu sur le quai d'arrivée de la Route du Rhum, prédit Rochard. Vous devriez dire à vos hommes de la jouer discret, sinon on va faire l'ouverture de tous les journaux télévisés. J'espère qu'on ne se fait pas balader.

— C'est un risque à prendre, Rochard, tranche Lamentin. Et ne vous inquiétez pas, je vais demander à mon équipe de serrer Lenclume sur le parking, loin des caméras.

Les deux voiliers de Médélice Lenclume et Malo Belloiseaux arrivent symboliquement ensemble au ponton de la Route du Rhum à Pointe-à-Pitre. Ils sont suivis des bateaux presse et spectateurs. L'ambiance est à la fête, aux pétards de carnaval et aux feux de Bengale. Et il y a foule sur les quais.

Félix Lenclume, sous les spots des projecteurs du ponton, a juste le temps de féliciter sa fille au pied de son bateau, de la serrer dans ses bras, que deux policiers lui demandent, sans ménagement, de les suivre, menottes au poignet.

— Ce que vous faites est ignoble, lance-t-il, devant les caméras qui retransmettent l'arrivée en direct. M'humilier ainsi alors que ma fille vient de traverser l'Atlantique et de gagner la Route du Rhum ! Vous et votre commissaire Lamentin le paierez très cher. Vous vous acharnez à me soupçonner de faits odieux alors que j'ai déjà prouvé mon innocence. C'est dégueulasse, hurle-t-il, hors de lui. Ce soir, toute la Guadeloupe est en fête et vous gâchez tout. Vous devriez avoir honte !

La scène jette un froid dans le début d'une nuit chaude à Pointe-à-Pitre.

— Lamentin, vous auriez pu convaincre vos artificiers d'agir plus discrètement, se plaint Rochard.

— Mais c'est ce que j'avais demandé, commissaire. De le serrer au bout du ponton, sur le parking. Mais ce con de Rousseau a encore fait du zèle. Ce flic venu de Guyane est ingérable. Il se croit toujours à jouer les cow-boys et à traquer les orpailleurs en pleine jungle.

— Oui, mais c'est peu de dire que notre affaire va être ultramédiatisée. Va falloir gérer toute cette écume maintenant, se désole Rochard.

La voiture de police part sous les sifflets. Elle démarre en trombe et parvient à s'extirper de la foule qui commence à s'amasser. Les noms d'oiseau volent, tout comme les coups de pied dans les portières. Les radios et les télés relatent l'événement en boucle, rendant la population furieuse. Non pas que Félix Lenclume soit particulièrement aimé ou connu, mais c'est le père de Médélice Lenclume, première navigatrice, premier marin guadeloupéen à remporter la Route du Rhum dans sa classe. Son arrestation est, au mieux, considérée comme un crime de lèse-majesté et, au pire, comme un acte agressif de répression du pouvoir blanc de métropole, teinté de racisme.

La voiture de police roule à tombeau ouvert, toutes sirènes hurlantes, sur la quatre voies pour rejoindre le commissariat central. Des vitres des véhicules doublés sortent des doigts d'honneur.

Mais les choses s'enveniment sur le rond-point jouxtant le CHU. Un comité d'accueil barre la bretelle menant à la route de Chauvel. Le fameux Rousseau, le cow-boy venu de Guyane, est au volant. Il fait mine de foncer dans la foule, freinant au dernier moment. Son attitude provocatrice ajoute à la tension ambiante.

À cet instant, les coups de pied pleuvent sur la carrosserie de la voiture de police.

— Vous le libérez tout de suite, sinon, votre voiture va rôtir. On a de jolis cocktails Molotov comme allume-feu, dit l'un des manifestants.

— Chef, je demande des secours par radio ? bredouille l'un des jeunes policiers venus de métropole.

— Rien du tout, répond sèchement Rousseau. Je vais régler ça à ma façon.

Et le lieutenant Rousseau, au physique de Chuck Norris, de sortir avec deux armes de poing.

— Barrez-vous maintenant, on a assez joué. Et rentrez dans vos cases, bandes de macaques !

Le plus balaise des manifestants s'avance alors encore plus près.

— Espèce de raciste de merde, de mercenaire de métropole, je vais t'exploser la tronche, lui lance-t-il, presque front contre front.

Sans se démonter, Rousseau fait feu et tire dans le pied de son adversaire, sans aucune sommation. Ce dernier chute lourdement sur le bitume, en hurlant de douleur.

Rousseau tire ensuite plusieurs coups en l'air, avant de mettre les autres manifestants en joue.

— Y a d'autres clients pour recevoir un peu de plomb dans la tête ? Ça vous ferait le plus grand bien, provoque-t-il, avant de jouer du flingue, tout près de la foule.

Les manifestants finissent par s'écarter. Rousseau tire une dernière fois juste devant eux, pour les faire fuir. Puis démarre sur les chapeaux de roues en faisant fumer le moteur et les pneus. Il prend la bretelle puis fonce vers le commissariat central, tout proche.

— Voilà comment on règle les problèmes. Prenez-en de la graine, les jeunes !

À l'arrière du véhicule, un tout jeune policier se risque à un commentaire.

— Mais vous n'aviez pas le droit de faire usage de votre arme ? La commissaire et le préfet vont nous allumer…

— Dis petit, on est d'accord, ce sont eux qui nous ont menacés avec des fusils. Et nous n'avons fait que nous défendre. OK ?

Face à l'absence de réponse, Rousseau hurle à nouveau :

— OK ?

Deux timides OK ont répondu à sa demande.

— Et ça vaut pour toi, Lenclume. Sinon je t'arrangerai le portrait dans ta cellule cette nuit.

— Tu peux toujours rêver, lâche Lenclume entre ses dents.

La commissaire Lamentin a le masque des mauvais jours en ouvrant la porte de « son » commissariat. Elle a dû se frayer un passage au milieu de manifestants très excités. Les slogans sur la violence et le racisme de la police « de Paris » sont hurlés à quelques mètres des cellules de dégrisement. Des tas de pneus sont incendiés. Le feu, spectaculaire en ce début de nuit, noircit avec sa fumée âcre les murs blancs du vieux bâtiment colonial. Le tout devant les objectifs des journalistes qui n'en perdent pas une miette.

La commissaire passe près du bureau du lieutenant Rousseau, responsable de tous ces débordements. Sans lui jeter un regard, elle lâche : « Dans mon bureau, tout de suite ».

— Rousseau, vous n'avez respecté aucun de mes ordres, attaque-t-elle, froidement. Vous avez joué au cow-boy, faisant de nous la risée de toute la Guadeloupe, et même de la France. Vous me le paierez très cher. En attendant, vous êtes mis à pied. Rendez-moi votre arme et votre plaque.

— Mais, commissaire, laissez-moi vous expliquer…

— Pas question. Vous raconterez vos salades aux bœuf-carottes. Rousseau, vous êtes un con de la pire espèce. Non seulement vous n'avez que deux petits pois qui se battent en duel dans ce qui vous fait office de cerveau, mais en plus vous tenez à prouver l'immensité de votre connerie au monde entier en vous lançant dans des initiatives imbéciles et perdues d'avance. On chercherait à mettre une tête de con à la place de Marianne, vous auriez votre buste dans toutes les mairies de France et de Navarre.

Rousseau sort du bureau de Lamentin, la queue basse et la tête dans les épaules. Rochard et Capesterre le croisent, le sourire moqueur et le regard réprobateur.

— Commissaire, je viens de prendre une soufflante du directeur de cabinet de la ministre des Sports, souffle, hilare, Rochard.

— Et ça vous fait rire, s'étonne Lamentin. J'admire votre détachement.

— Il est tellement con qu'on ne peut qu'en rire ! Il m'a fait le coup de la police raciste et misogyne, qui a délibérément gâché la victoire d'une navigatrice noire. Commissaire, saviez-vous que nous mettons gravement en péril le vivre-ensemble en Guadeloupe ? En plus, il m'a envoyé son charabia par mail en écriture inclusive. Un con chimiquement très pur, je vous assure.

— Décidément, les cons pullulent en ce moment. À croire qu'ils sont en période de reproduction, constate, désabusée, Lamentin.

— Pourquoi dites-vous ça ? s'étonne Rochard.

— Bah, Rousseau sort de mon bureau. Et lui, c'est un mètre étalon. On pourrait l'exposer au musée de l'Homme !

Capesterre, un peu perdu au milieu de cette aimable digression autour de la connerie, montre son smartphone à la commissaire Lamentin.

— Encore un mail de votre informateur ? demande-t-elle.

— Non, mais un du directeur de cabinet du préfet. Il souhaite que vous le rappeliez de toute urgence.

— C'est un cauchemar, je vais finir par me réveiller, lance Lamentin, exaspérée.

Rochard, pensif, reste assis devant la télé, qui diffuse en boucle les images assez désastreuses de l'arrestation de Félix Lenclume et des manifestations face à l'entrée du commissariat.

— Vous avez l'air songeur, Rochard ? s'inquiète Lamentin.

— Oui, je réfléchis à la meilleure façon de faire passer Lenclume à table.

— Et alors ? Comment disposeriez-vous les couverts, commissaire ?

— Je pense que la bonne tactique serait de faire monter Capesterre seul au front dans un premier temps. Il se méfiera moins que si nous chassons en meute.

— Bonne idée, en plus Capesterre inspire confiance. Il ne joue pas des ficelles habituelles du métier, note Lamentin.

— Vous vous méfiez de l'expérience des vieux flics ? réplique, amusé, Rochard.

— Non, même si mon vieux père aime à répéter que l'expérience est un cadeau finalement assez inutile de la vie, comme le meilleur des peignes que l'on reçoit une fois qu'on est devenu chauve.

— Un vrai philosophe monsieur votre père, souligne Rochard en haussant les sourcils.

Félix Lenclume est installé dans la salle d'interrogatoire. Le suspect semble étonné de l'aspect neuf et moderne de la pièce, en comparaison du reste du bâtiment et du mobilier de style colonial.

Capesterre branche les systèmes automatiques de prises de vue et d'enregistrement.

— Vous avez gagné au Loto dans la police ? ironise Lenclume. On croirait un vrai studio de télé.

Capesterre ne relève pas.

— Nom, prénom, adresse, profession, demande le lieutenant, zen et très détaché.

L'attitude de Capesterre tape dans le mille, car Félix Lenclume ravale ses sarcasmes et se plie presque de bonne volonté aux premières questions d'usage. Le calme avant la bourrasque de l'évocation du contenu du mail reçu par Capesterre.

— Reconnaissez-vous être l'auteur de ce courrier manuscrit adressé à monsieur Ricardo Valdez, lui proposant un contrat pour éliminer Jean-François Belloiseaux ?

Félix Lenclume rentre immédiatement dans une sainte colère. Il est encore dans la tenue de voileux enfilée pour accueillir sa fille. Il porte une chemise rose trop serrée d'un mauvais goût très sûr. C'est plutôt un panneau publicitaire avec le nom de tous les sponsors de Médélice, sans oublier un gros logo « *Caraïbes Immobilier* ». Son short est à l'avenant, bariolé de pubs.

Avec cette maudite clim en panne, Félix sue à grosses gouttes. La chaleur humide sans doute et surtout l'irritation de se voir accusé d'avoir commandité plusieurs meurtres. Autant dire qu'il joue gros pour sa réputation et sa crédibilité, deux éléments essentiels dans le monde fermé de la promotion immobilière.

— C'est n'importe quoi ! hurle-t-il, à s'en faire péter les veines du front, tout en frappant la table avec sa grosse gourmette en or. C'est évidemment un faux grossier.

— Et pourtant l'analyse graphologique confirme que vous en êtes bien l'auteur.

— Vous savez comme moi qu'il existe désormais des logiciels capables de tout imiter, à la perfection.

— Logiciels que la police scientifique sait parfaitement détecter, rétorque, calme et précis le lieutenant Capesterre.

— Ça ne prouve rien, il y a bien des faux Rembrandt plus vrais que nature, et vous n'y voyez que du feu depuis des siècles, aboie-t-il, à en faire rougir son visage épais et bouffi. Alors, vos preuves n'en sont pas. Et de toute façon, je suis totalement étranger à vos affaires.

— Et les photos avec Valdez à Trinidad et Tobago, un hasard aussi sans doute ? relance Capesterre.

— Absolument, c'est un pur hasard comme vous dites. Cet homme est venu me parler, parmi plein d'autres. Il faisait partie de la délégation qui m'accueillait là-bas. J'y étais pour affaires. Dans ce genre de pays, ils sont toujours une ribambelle de vautours à vouloir rôder autour de votre argent. Alors, lui ou un autre…

— Et cet enregistrement où vous lui demandez d'assassiner Randy aux Saintes, après la manifestation convoquée par Marie-Josèphe Le Bihan contre votre nouveau projet immobilier ? Là encore, un faux grossier selon vous ? Mais, une nouvelle fois, la police scientifique vous a formellement identifié. Et la voix, c'est un petit peu comme les empreintes digitales, c'est infalsifiable !

— Vous rigolez, s'emporte Lenclume. Des synthétiseurs et l'intelligence artificielle font parfaitement l'affaire. Et je ne vous parle pas des imitateurs. Vous savez reconnaître Laurent Gerra de Johnny ou de Gainsbourg ? Pas moi !

Derrière le miroir sans tain, Lamentin se tourne vers Rochard.

— Ça va être à nous d'entrer en piste. Il va falloir le pousser dans ses retranchements. Le bonhomme est solide sur ses dénis, explique Lamentin.

Capesterre se lève et se recule au fond de la pièce, laissant Rochard et Lamentin s'attabler face à Lenclume.

— Monsieur Lenclume, il n'y a pas que des preuves matérielles dans ce dossier. Il y a aussi un mobile, dit Rochard avec calme et autorité. Vous détestiez Jean-François Belloiseaux, c'est de notoriété publique. On a même des mains courantes d'insultes et de menaces que vous avez proférées à son encontre. Devant un jury de cour d'assises, ça fera parfaitement l'affaire, pour compléter les preuves matérielles que vous contestez.

Dans son coin de table, Félix Lenclume encaisse le coup. On dirait un boxeur groggy après un violent uppercut, le souffle court. Il réfléchit, semble hésiter. Puis se lance :

— OK, je n'ai jamais aimé Jean-François Belloiseaux. Ses grands airs de père la morale m'ont toujours énervé. C'est facile quand on est né avec une cuiller en argent dans la bouche de donner des leçons de lien social, d'augmenter ses employés, de jouer les grands princes généreux. Mais de là à le faire tuer, c'est du grand n'importe quoi. En plus, je n'ai rien à y gagner ! Je vais me retrouver maintenant avec son frère et sa femme. Ils sont encore pires que ce pauvre Jean-François. Eux, ils méprisent les métis comme moi. À leurs yeux, on est juste bons à ramasser leur canne à sucre et à leur servir de larbin.

— Et Randy ? En l'éliminant, vous touchiez votre adversaire numéro un aux Saintes ? Là aussi le mobile est évident, avance la commissaire Lamentin.

Lenclume lève les yeux au ciel.

— N'importe quoi, la mairie avait déjà accordé le permis. C'est du cirque pour s'acheter une bonne conscience tout ça.

À quelques kilomètres de là, Médélice Lenclume et Malo Belloiseaux répondent aux questions des journalistes sur la vaste terrasse du bar *La Route du Rhum*.

Dans un premier temps, plombée par l'arrestation spectaculaire et musclée de Félix Lenclume, l'ambiance est revenue à la fête du côté de la marina Bas-du-Fort.

Victorieuse en catégorie Class40, Médélice Lenclume est fêtée par tout le peuple guadeloupéen et répond désormais aux questions de la presse.

La navigatrice a retrouvé son large sourire. Elle raconte cinq fois, dix fois sa stratégie de course, prudente au départ, puis son choix de la route nord sur l'Atlantique, plus difficile, plus froide, mais, au final, payant. Elle rend aussi un hommage appuyé à son concurrent Malo Belloiseaux.

— J'ai vraiment été touchée par son geste à l'arrivée, confie-t-elle. Même s'il ne changeait rien au classement, compte tenu de sa pénalité, je l'ai trouvé d'une très grande classe. Il faut être un très grand sportif pour arriver à un tel niveau de fair-play. C'est si rare !

À une chaise d'elle, Malo Belloiseaux lui envoie un baiser de la main.

Inévitablement, Médélice Lenclume est interrogée sur l'arrestation de son père. Sur la forme, elle condamne cette « police spectacle », jugeant incroyable qu'on n'ait pas attendu quelques heures pour éviter une « scène humiliante et choquante ».

Sur le fond, Médélice se dit certaine de l'innocence de son père.

— Je le connais par cœur. Ce n'est pas un ange, concède-t-elle. Je sais qu'il peut être dur en affaires, mais il est incapable de ce dont on l'accuse.

Sa vie est une revanche contre le destin qui l'a vu naître au bas de l'échelle, avec la mauvaise couleur de peau, croyait-il à tort. Depuis il joue au Monopoly, c'est tout. Je ne dis pas qu'il en respecte toutes les règles, mais il est innocent, je le sais au fond de moi. J'en suis certaine.

Pressé à son tour de questions, Malo Belloiseaux redit sa «joie» de ce doublé guadeloupéen en tête de la Class40 et donne rendez-vous dans quatre ans pour «sa revanche et sa victoire» dans la prochaine Route du Rhum.

Le jeune skipper ne s'attarde pas et élude la plupart des questions. Sa tête, et surtout son cœur, sont déjà ailleurs.

Avec Agnès Vézin, il retourne à bord de son bateau retrouver un peu de calme. On les voit tendrement enlacés sur le pont du Class40. Malo l'amène dans le cockpit, à l'arrière du bateau, entre la barre et les winches.

— Tu vois, glisse-t-il d'une voix douce, durant toute la course, je me suis forgé, à cet endroit du bateau, une certitude : celle de t'aimer et de t'emmener au bout du monde en voilier. Celle de rêver une vie avec toi, à admirer les mêmes étoiles, les mêmes houles, les mêmes soleils couchants sur l'horizon, les mêmes poissons volants. Si tu le veux, on ira s'abriter de la folie du monde et des hommes dans les plus beaux mouillages de la planète, en Patagonie, en Corse, à Altea, aux Grenadines, aux Glénan, aux Açores et dans plein d'autres paradis, l'océan et la terre sont si grands.

Muette d'émotion, Agnès Vézin fait oui de la tête. Une larme baignée de la lumière de la lune coule sur ses joues.

Au commissariat de Pointe-à-Pitre, Félix Lenclume continue de nier en bloc.

— Je ne vous dirai plus rien avant l'arrivée de mon avocat, prévient-il, les traits tirés.

— Soit, c'est votre droit, concède Rochard. Mais la menace de l'avocat, vous nous l'avez déjà faite. C'est un pistolet à un seul coup quand tous les faits vous accusent. Je vous conseille de trouver de meilleurs arguments devant la juge d'instruction quand elle vous notifiera votre mise en examen pour avoir commandité trois assassinats.

Félix Lenclume fixe Rochard, l'air désespéré.

— Puisque je vous dis que je ne suis pour rien dans ces histoires. Croyez-moi, bon Dieu ! Je vous le jure sur la tête de ma fille Médélice, sur ce que j'ai de plus cher.

— Gardez vos salades pour la cour d'assises, lâche sur un ton méprisant Rochard.

De retour dans sa cellule, Félix Lenclume, prostré sur son banc, semble dévasté, comme pris au piège.

Capesterre rejoint Lamentin et Rochard dans le vaste bureau de la commissaire.

— Il faut rappeler d'urgence la procureure, madame la commissaire.

— Capesterre, laissez tomber le madame, voyons. Ça ne se fait pas entre Guadeloupéens, sourit-elle en prenant le combiné de son téléphone fixe.

— Ah commissaire, je voulais vous avoir avant de faire fuiter des infos dans la presse, annonce la procureure. Que répond Félix Lenclume à toutes ces preuves ?

— Il nie farouchement, mais sans véritable argument convaincant.

— Je m'en doutais. Je vais balancer l'info au chef de rédaction de *France-Antilles* à Pointe-à-Pitre. Je vais lui annoncer une très probable mise en examen. Ça va faire hurler son avocat, mais c'est le seul moyen de calmer la colère des gens sur l'île.

— Bien madame la procureure, quand souhaitez-vous convoquer Lenclume ? s'inquiète Lamentin.

— Demain matin à la première heure, commissaire. Il nous faut agir vite pour éteindre l'incendie né de cette arrestation beaucoup trop spectaculaire. Je sais que vous n'y êtes pour rien, aussi j'ai demandé au préfet d'accélérer un rapatriement de ce satané Rousseau en métropole.

— Enfin une bonne nouvelle dans cette très longue journée, soupire la commissaire Lamentin.

Rochard affiche un large sourire de vainqueur.

— Ça y est, on le tient notre coupable, se félicite-t-il. C'est la vraie grande et bonne nouvelle de la journée, Lamentin. Ça s'arrose, non ?

— Ce sera sans moi, Rochard. Je suis exténuée et ma satisfaction sera complète quand Lenclume passera aux aveux, rétorque la commissaire.

— Sans moi aussi, ajoute Capesterre. Je veux absolument creuser le passé de Lenclume. On y trouvera peut-être d'autres éléments à charge. Je suis par exemple particulièrement curieux de savoir comment il a réussi à démarrer dans la promotion immobilière. Il a prétendu que c'était grâce à son travail. Je n'en crois rien. Un jeune métis sans formation n'accumule pas les sommes suffisantes pour se lancer dans ce genre de business. Sauf si l'argent est aussi sale que son propriétaire.

— Vous ne croyez pas que vous en faites un peu trop là, Capesterre ? On a suffisamment d'éléments accablants, non ? réplique Rochard.

— Non, moi je suis d'accord avec le lieutenant, rétorque Lamentin. J'en parlerai à la juge demain. Plus le dossier est solide, mieux c'est.

— Bon, en ce cas je vais réfléchir à tout ça au bar de l'hôtel, lâche Rochard, rigolard, en se levant. Tous les chemins de la vérité mènent au rhum !

— J'ai l'impression qu'une enquête sur fond de Route du thé vers l'Inde ou de Route de l'ananas vers la Côte d'Ivoire vous aurait beaucoup moins inspiré que celle du rhum, pas vrai Rochard ? s'amuse la commissaire Lamentin.

— Et pourquoi pas une Route de la camomille pendant que vous y êtes ? Quel cauchemar, réplique Rochard, faussement indigné.

X

Pointe-à-Pitre se prélasse. Comme tous les samedis matin, la ville fait la grasse matinée. La majorité des quelques promeneurs sont des touristes venus exhiber les coups de soleil attrapés la veille sur les plages. On les retrouve du côté du marché, près de la darse, sur le port.

À quelques pas, la place de la Victoire commence à peine à s'animer. Mais les voies adjacentes sont désertes, comme la rue Dugommier qui abrite le tribunal judiciaire. Les bureaux sont tous fermés, sauf celui de la juge d'instruction. Elle attend le transfert de Félix Lenclume pour lui notifier sa mise en examen. La nouvelle sera tout sauf une surprise. Elle barre déjà en gros caractères gras la Une du journal *France-Antilles*.

Désirée Massabielle, la juge d'instruction, aurait préféré attendre le lundi, mais la chancellerie et la préfecture en ont décidé autrement. Toujours dans le même objectif de ramener le calme après les scènes de protestations, parfois violentes, de la veille, au port et près du commissariat central.

Le fourgon de police n'a aucun mal à se garer juste devant l'entrée du tribunal, aussitôt suivi par la voiture de Me Cavard, l'illustre avocat de Félix Lenclume.

Malgré les protestations, vives du suspect, et de pure forme de l'avocat, Lenclume est mis en examen pour avoir commandité le meurtre de trois personnes.

— C'est une instruction totalement à charge, se plaint Me Cavard.

— Vous vous trompez maître, rétorque la juge Massabielle, ce n'est pas l'instruction qui est à charge, ce sont les faits. Ils sont accablants pour votre client.

— Je suis innocent. Jamais je n'ai commandité de meurtre à votre Ricardo Valdez, lance, toujours aussi furieux, Félix Lenclume.

La juge considère Lenclume avec calme et une moue de dédain tranquille.

— Vous voyez maître, votre client n'a que des protestations à émettre pour sa défense. Pas de faits, pas de preuves pouvant l'innocenter.

En plus de la mise en examen, la justice décide aussi de l'incarcérer, dans l'attente de son procès. Ce sera à la prison de Baie-Mahault, de l'autre côté de la Rivière Salée. Autant dire que Félix Lenclume est bien parti pour passer de longues années à l'« ombre ».

Lamentin, Rochard et Capesterre se retrouvent en fin de matinée au commissariat central pour débriefer leur soirée mouvementée et les décisions judiciaires.

Le commissaire Rochard est exubérant et de fort belle humeur ce matin.

— En venant, j'ai écouté la radio. Le ton a changé, se félicite-t-il.

— C'est-à-dire ? demande, curieuse, Lamentin.

— Bah, hier soir, nous étions de vulgaires racistes, coupables de l'arrestation injuste du père de la championne guadeloupéenne de la Route du Rhum. Et ce matin, nous sommes une équipe d'enquêteurs efficace qui a rapidement réussi à mettre sous les verrous un dangereux meurtrier. J'avoue que la nuance n'est pas pour me déplaire, savoure Rochard.

Assis à un autre bureau, Capesterre reste silencieux derrière un écran d'ordinateur. Par instants, il pianote nerveusement sur le clavier.

— Cachez votre joie, Capesterre, s'agace Rochard.

Le lieutenant lève les yeux au-dessus de son PC.

— Oui, oui, bien sûr, la mise en examen de Félix Lenclume est une super nouvelle, rassure Capesterre. Mais je trouve des trucs bizarres en traçant les débuts de sa carrière dans la promotion immobilière.

— Dites-nous en plus lieutenant, réclame Lamentin.

— J'ai retrouvé une Société civile immobilière basée à Anguilla. Elle possédait un terrain aux Saintes. Il y a aussi un autre compte, dans la même banque offshore, qui a eu une très confortable somme d'argent. Le magot a ensuite été transféré sur un compte détenu par Félix Lenclume en Dominique.

— Et vous avez trouvé qui était derrière cette SCI et les comptes bancaires ? poursuit Lamentin.

— Pour le moment, non, c'est très opaque, répond Capesterre.

— Normal, c'est un des plus vieux paradis fiscaux des Antilles. Anguilla est une petite île située à quelques kilomètres au nord de Saint-Martin, territoire que la France partage avec la Hollande, précise Lamentin.

— Alors, comment faire pour retrouver l'origine de l'argent ? Vu les origines modestes de Lenclume, il provient soit d'actions criminelles, soit de généreux donateurs, explique Capesterre.

— La seule façon d'avancer est de se rendre là-bas, annonce Lamentin. Vous irez voir James Ivory, le gouverneur. Il me doit une fière chandelle après le démantèlement d'un trafic de drogue lié à Anguilla.

— Et j'y vais quand ? s'enquiert Capesterre.

— Le plus tôt possible. Prenez un vol vers Saint-Martin, et ensuite, c'est soit un petit avion, soit un bateau. Dans les deux cas, c'est très rapide, les deux îles ne sont séparées que de sept kilomètres, conseille Lamentin. Et puis je vais demander à maître Richardson, le plus célèbre avocat rasta de Dominique, de venir vous aider. Il vous sera très utile pour suivre la piste du compte de Lenclume et pour vous y retrouver dans les méandres et les incohérences du droit britannique.

— Un avocat rasta ? s'étonne Capesterre.

— Oui, en costume, et en robe quand il plaide, mais avec sans doute les plus imposants dreadlocks qui m'a été donné d'admirer.

— Dread quoi ? feint d'ignorer Rochard.

— Dreadlocks, commissaire. Ça veut dire « mèches de la peur », explique Lamentin. Ce sont des mèches de cheveux soigneusement emmêlées. Les rastas jamaïcains les ont adoptées dans les années 70. C'était très mal vu à l'époque, car porté par les jeunes rebelles du mouvement reggae. Maintenant, ça passe mieux, même si ça reste rare chez les notables comme les avocats. À ma connaissance, Me Richardson est le seul avocat rasta de toute la Caraïbe.

— Très bien, coupe Rochard. Je vous laisse bosser sur tout ça, moi j'ai rendez-vous sur le port avec nos deux jeunes tourtereaux, Malo et Agnès.

— Bref, à nous le boulot, et à vous le resto, résume Lamentin. Jolie répartition des tâches !

— J'aime bien la formule, rigole Rochard en quittant la pièce.

Rochard se perd un peu dans la marina de Pointe-à-Pitre, à la recherche du bar-restaurant le *Grand cacatois*, où Agnès et Malo l'ont invité à déjeuner.

Bien connu des voileux, le *Grand cacatois* se situe au bord d'une petite darse luxueuse réservée aux vedettes.

Rochard finit par trouver le resto, avec son immense terrasse ombragée et ventée. De loin, il aperçoit Malo et Agnès, tendres et complices, en train de siroter un de ces énormes jus de fruits. Vu leurs baisers langoureux, il y a fort à parier que les fruits sont de la passion.

Avec sa barbe poivre et sel très fournie et son tee-shirt à l'effigie des Frères de la côte — une tête de mort blanche sur fond noir et deux os derrière formant une croix — le patron donne le ton de l'établissement : à la bonne franquette et pas ennemi du folklore des pirates antillais. Le nom *Grand cacatois* est celui d'une voile carrée placée au-dessus du perroquet dans la mâture, du temps de la flibuste.

— Bienvenue moussaillon, apostrophe le tenancier en le priant de rejoindre les deux jolis cœurs. Un petit apéritif vous ferait plaisir ?

— Pourquoi petit, répond Rochard, d'un ton de reproche.

Le Frère de la côte a l'œil qui frise.

— Je sens qu'on va bien s'entendre moussaillon !

— Alors, après une mauvaise nuit, j'ai l'habitude de me doper, précise-t-il au patron du resto. En Bretagne, c'était le THB, thon, huîtres et vin blanc. Ici, j'ai opté pour l'APCC.

— Qu'est-ce donc que cela, matelot ?

— Rien de plus simple : acras, punch et colombo de cabri. Mais le tout en large quantité, de quoi rafraîchir et rassasier un honnête homme !

Le patron à la tête de mort éclate d'un rire sonore.

— Capitaine, je sentais que je ne serais pas déçu avec vous ! Vous ne voulez pas rajouter un « r » à votre formule.

— Pourquoi ? s'étonne Rochard.

— R pour le rosé, pardi !

— Le rosé, c'est comme le pichet d'eau, il se doit d'être sur la table, pourvu qu'il soit corse ou de Provence. En revanche, le punch, il me serait agréable qu'il vienne vite, tant il fait grand soif dans votre pays. Attention, ce n'est pas un ordre, même si je suis passé de moussaillon à capitaine en peu de temps. J'ai gagné du galon !

— Oui, mais n'oubliez jamais qu'un Frère de la côte n'a aucun ordre à recevoir de quiconque. Les jeunes, vous restez au jus de fruits de la passion ?

— Non, mettez-leur aussi un punch. Pourquoi pas du jus de betterave et une salade de quinoa tant qu'on y est ? Autant aller déjeuner à l'hospice tout de suite !

— Ça marche, amiral, lance le taulier en repartant derrière son bar.

Rochard se retourne vers Malo et Agnès :

— Qu'avez-vous choisi ?

— On prend une salade caraïbe, patron, indique Agnès.

— On est en période de jeûne, de carême, de ramadan ? ironise Rochard.

— Non, mais on a envie de déjeuner léger. On part naviguer sur un voilier de croisière de 50 pieds cet après-midi, se justifie Malo.

— Vous venez d'arriver d'une Route du Rhum, et vous avez déjà envie de repartir en mer ! Vos ancêtres étaient galériens ?

Le skipper sourit de la gentille provocation « rochardesque ».

— Commissaire, glisse doucement Agnès. Malo m'a fait l'agréable proposition de m'emmener en croisière vers les Grenadines, en jetant l'ancre chaque nuit dans plein de petits paradis antillais. Ça ne se refuse pas !

— Non, en effet, rétorque Rochard, un brin jaloux.

— Je vous explique le programme commissaire, dit Malo. On va d'abord s'arrêter ce soir à Marie-Galante, du côté de l'île du Vieux Fort. Il y a des plages désertes et paradisiaques. Ensuite, cap sur la baie de Portsmouth en Dominique, que vous connaissez déjà. Puis les Anses-d'Arlet en Martinique, Rodney Bay à Sainte-Lucie, au pied des deux pitons. Ensuite Bequia, Union et surtout l'îlot du Petit Tabac aux Tobago Cays. C'est là que Jack Sparrow avait été abandonné avec la belle Elizabeth. La fameuse île du bout du monde paradisiaque où l'on rêve de partir seul ou en couple.

— Et vous ne cherchez pas un vieux moussaillon ? tente Rochard.

— Une prochaine fois promis. Mais laissez-nous le temps de nous découvrir, de nous apprivoiser, commissaire, glisse Malo, très diplomate.

— OK, même si j'ai le sentiment que l'apprivoisement est en très bonne voie, rigole Rochard en finissant son punch, avant d'attaquer les acras et le rosé !

Le lieutenant Capesterre sourit en entendant l'unique hôtesse du petit coucou bimoteur annoncer la bienvenue à « l'aéroport international Clayton J.Lloyd » d'Anguilla. Le hall a les dimensions d'une supérette et le tarmac est moins épais qu'une bretelle d'autoroute parisienne.

Le parking est à l'avenant, avec trois voitures qui se battent en duel. Mais l'une d'entre elles retient l'attention de Capesterre. Un magnifique coupé Triumph de collection, d'un rouge très seventies. Et que dire du conducteur ! Un élégant black d'une cinquantaine d'années, aux dreadlocks poivre et sel, vêtu d'une veste noire de belle étoffe, couvrant un tee-shirt noir dont le logo est une feuille de ganja verte, avec la mention « *Good for your meditation* ».

« Pas de doute, c'est l'avocat rasta Me Richardson », se dit le lieutenant guadeloupéen. Pour lever toute ambiguïté, le chauffeur de la décapotable écoute du Jimmy Cliff à un niveau de décibels inconnu dans nos contrées.

Yeah, man, reggae night, you live and you love, so turn on your light, make it shine bright, now listen to this jam it.

— *Jam it*, reprend en chantonnant Capesterre près de la voiture de Richardson.

— *Yeah man, give me five,* lui lance l'avocat, avant de démarrer en trombe.

Les notes reggae sortant de la Triumph décapotable animent les coquettes petites rues de The Valley, la capitale d'Anguilla.

— Où va-ton ? hurle Capesterre, pour couvrir la voix de Bob Marley, dans le légendaire *Pimper's Paradise.*

— Vous avez vu la série *Starsky et Hutch* ?

— Oui, chez mes grands-parents, il y a très longtemps. Pourquoi cette question ? s'étonne le lieutenant guadeloupéen.

— Alors en ce cas vous vous souvenez d'Huggy les bons tuyaux. Eh bien là, on va chez Huggy. C'est le couteau suisse local. Il est officiellement conseiller en placements financiers, mais joue aussi à l'occasion les détectives privés, quand il n'est pas indicateur pour le gouverneur. Il est aussi célèbre pour dénicher les meilleurs rhums vieux de la Caraïbe. Du coup, tout le monde l'appelle Huggy les bons tuyaux !

Capesterre regarde en souriant son nouveau et très pittoresque compagnon d'enquête. Au volant de son bolide de collection, il a un peu la dégaine de Guy Marchand dans le film *Coup de torchon*. Un côté aventurier british avec ses vêtements coloniaux et son chapeau dans le plus pur style Kipling du *Livre de la jungle*. De Guy Marchand, il a également la distance ironique et un look de loser magnifique, dans *Nestor Burma*. Bref, la grande classe.

Richardson gare sa voiture auprès d'une maison coloniale entourée d'un jardin très propret, au gazon impeccablement tondu.

— Salut, Huggy, je te présente le lieutenant français Capesterre, un homme de confiance.

Huggy, un grand black habillé plus à l'antillaise que Richardson, a la poignée de main virile et le regard malicieux.

— Entrez, je vous prie.

Dans le coin bureau d'un vaste salon richement meublé se tient un jeune aux allures rasta comme Richardson.

— Rich, tu connais John, je crois ?

L'avocat opine du chef, gratifiant le jeune rasta d'un large clin d'œil.

— Lieutenant Capesterre, je vous présente John. Il va vous aider à retrouver ce qui se cache derrière la SCI et les comptes de Félix Lenclume à Anguilla. J'en réponds comme de moi-même, ce voyou est capable de pénétrer les systèmes informatiques les mieux protégés. La face cachée des comptes offshore n'a aucun secret pour lui. Je vous laisse lui donner tous les renseignements en votre possession pour commencer les recherches. Richardson et moi allons faire un tour au club du gouverneur James Ivory, histoire de le mettre au parfum de notre petite enquête. Lui, il faut toujours l'avoir dans la poche, pas vrai Richard ?

— *Yeah man*, et je veux que tu me retrouves le rhum jamaïcain qu'on a siroté la dernière fois avec lui. Tu sais celui avec un marin et le drapeau pirate !

— Ah oui, le *power of paradise* ! Un des tous meilleurs, avec une note de vanille en retour de bouche. Une pure merveille. Il y a en a au club, *man* !

Quand Huggy et Richardson reviennent de leurs joyeuses mondanités avec les autres notables bons vivants de l'île, ils entendent de puissantes notes de reggae devant la porte de la maison. Puis un chant.

— Richard, ce n'est pas la *Marseillaise*, ça ? demande Huggy, intrigué, tout en sortant son trousseau de clés.

— Bah, ça y ressemble, oui, confirme l'avocat rasta en se marrant. C'est plus cool en reggae.

— C'est John qui chante. Tu sais, il a tous les dons ce gosse. Il est le bassiste et le chanteur du groupe Death Valley, en référence au nom de notre capitale. C'est le meilleur band de reggae de l'île. Leur titre phare, c'est*Anguilla is not Jamaica, but here are the kings of the rastas*. Tout un programme !

— J'adore, savoure Richardson.

En entrant dans le salon, les paroles se font plus distinctes :

*Entendez-nous dans vos campagnes, mugir ces féroces soldats, ils viennent dans vos bras, égorger vos fils et vos compagne*s.

Huggy les bons tuyaux se fait traduire les paroles.

— Vous êtes des sauvages en France, lance-t-il à Capesterre. Heureusement que le reggae adoucit ces mœurs barbares !

— C'est de Serge Gainsbourg. Un batteur jamaïcain me l'a fait découvrir. En français, il y a aussi un très bon morceau de reggae, souligne John. C'est *Stand the Ghetto* de Bernard Lavilliers.

Et John de commencer à chanter en s'accompagnant à la basse :

— *« C'est spécial le reggae, infernal le reggae, ça commence à cogner, comme un cœur régulier ».*

— *Good*, j'adore, apprécie Richardson en se balançant dans le tempo.

— Attends la fin, elle est dédiée à Huggy pour qu'il finisse par accepter de m'augmenter.

Et ça donne :

— *« But it's so hard to feed my kids, but it's so hard to stand the ghetto ».*

Huggy se marre.

— John, t'as pas de gosse à nourrir et avec ce que tu me voles, tu pourrais ouvrir une banque à l'autre bout de l'île. On est loin de tes délires de ghetto, *man*. Et à part ça, qu'ont donné vos recherches sur les comptes de Lenclume ?

— Vous aviez raison, monsieur Huggy, John pourrait percer les défenses de la Nasa ou de la CIA, se félicite Capesterre. En une demi-heure, il a tout retrouvé !

Au téléphone, Capesterre s'empresse de raconter la même histoire à Rochard.

— Et ça donne quoi, concrètement ? s'impatiente le commissaire.

— Vous n'allez pas me croire, explique Capesterre. C'est Édouard Belloiseaux, le père de Jean-François et Ghislain, qui était derrière ces fonds déposés il y a plus de trente ans.

Rochard, que rien ne surprend jamais, en tombe sur le cul.

— Vous êtes sûr de cette info, Capesterre ?

— Certain, on a vérifié trois fois, comme les marins, rassure le lieutenant.

— Alors là, je ne comprends plus rien. Comment et surtout pourquoi la famille Belloiseaux a financé le début de carrière de ce jeune métis qu'était Lenclume ? Achat de terrain aux Saintes, transfert d'argent ? Tout ça pour se haïr copieusement ensuite ? On va devoir creuser, Capesterre, car le mystère est aussi épais que ma gueule de bois le matin du départ de la Route du Rhum à Saint-Malo.

Les élucubrations du commissaire sont stoppées net par l'arrivée en trombe de Lamentin.

— Ah ! c'est vous Lamentin. Vous n'allez jamais me croire. Capesterre a trouvé…

Rochard est coupé dans son élan par la commissaire Lamentin. Elle veut le tenir informé d'une nouvelle urgente de la plus haute importance.

— Quoi, Félix Lenclume s'est évadé ? Mais comment est-ce possible ?

— Il a été libéré par des complices lors d'un transfert entre la prison et le tribunal, raconte Lamentin. Un commando fortement armé et très pro a attaqué le fourgon de la pénitentiaire. Ils ont tous disparu dans la nature, sans laisser de traces.

Passée la sidération de la nouvelle de l'évasion de Lenclume, Rochard a eu le temps de raconter l'incroyable fruit des recherches de Capesterre, John et Huggy les bons tuyaux.

— La famille Belloiseaux ? Il y a trente ans ? Donc du coup, c'était le patriarche Édouard, le père de Jean-François et de Ghislain, qui était derrière ces versements à Anguilla au profit de Lenclume. Ça paraît incroyable, tant il n'avait pas la réputation d'être un philanthrope, surtout avec les métis ou les noirs, s'étonne Lamentin. Les mystères s'épaississent !

Pendant ce temps, plus au sud dans l'arc antillais, Malo et Agnès goûtent au bonheur de nager avec des tortues dans la Grande Anse d'Arlet, en Martinique. Le soleil couchant rougeoie sur l'horizon, la lumière est magnifique dans ce petit coin de paradis, bordé par une plage de sable fin, des palmiers, des cocotiers et des bars colorés d'où sortent des titres de reggaeton colombiens. Agnès Vézin se sent tellement légère et accomplie avec tant de bonheur en si peu de temps.

En Guadeloupe, Lamentin et Rochard ont décidé d'aller à nouveau interroger Ghislain Belloiseaux et son épouse, tout en faisant vérifier les termes du testament du patriarche Édouard Belloiseaux.

— Commissaire, je ne peux pas croire une seconde à la véracité de vos allégations, s'enflamme le pourtant toujours calme et placide Ghislain Belloiseaux. Ce soi-disant versement en faveur de ce margoulin de Lenclume est à l'évidence un faux grossier. Nous n'en avons aucune trace dans notre comptabilité, dans nos écritures et même dans les dernières volontés de mon père.

— Détrompez-vous, monsieur Belloiseaux, rétorque la commissaire Lamentin. Tout laisse à penser au contraire que les versements de feu votre père au profit de ce Lenclume sont bien réels. Les meilleurs experts scientifiques et financiers de la police sont formels.

— Au lieu de nier l'évidence, essayer de chercher quel aurait pu être l'intérêt de votre père d'agir ainsi de la sorte, s'agace Rochard.

— Mais enfin, commissaire, vous voyez bien que notre famille n'a rien en commun avec ce Lenclume, s'emporte à nouveau Ghislain Belloiseaux. Nous ne sommes pas du même monde, ça saute aux yeux, je pense. Vous feriez mieux de rechercher cet assassin en cavale au lieu de nous importuner. Je vais de ce pas appeler le préfet pour lui signifier mon très vif mécontentement. Je ne vous raccompagne pas, vous connaissez le chemin. Il faudrait d'ailleurs penser sérieusement à l'oublier.

Sur la route du retour, Lamentin et Rochard décident de faire un crochet par l'aéroport du Raizet pour chercher Capesterre qui rentre d'Anguilla via Saint-Martin.

— Ce Ghislain Belloiseaux est toujours aussi suffisant et insupportable, mais je dois reconnaître que je n'arrive pas à m'expliquer le lien entre ce patriarche, Édouard Belloiseaux, et Félix Lenclume, admet Rochard.

— Lui seul a sans doute la clé de l'énigme, encore faut-il le retrouver, soupire Lamentin.

Au niveau des arrivées, Capesterre court à grandes enjambées en direction de la voiture de Lamentin.

— Bah, alors, lieutenant, je n'imaginais pas que nous vous manquions à ce point-là, s'amuse Rochard.

Capesterre ne relève même pas le trait ironique de son supérieur.

S'adressant à Lamentin, le lieutenant montre son smartphone en s'écriant : « Vous avez vu vos mails ? »

Sans répondre, la commissaire a compris l'urgence et se met à « checker » frénétiquement ses messages de service.

— Rochard, Lenclume ne nous livrera jamais la clé de l'énigme.

— Pourquoi dites-vous ça, Lamentin ?

— Parce que les gendarmes viennent de le retrouver mort dans un de ses cabanons de vacances, à Marie-Galante, du côté de Saint-Louis.

— Assassiné lui aussi ? s'inquiète Rochard.

— *A priori,* non. Les premières constatations font état d'une mort naturelle. Une crise cardiaque. Mais je veux en avoir le cœur net, si je puis dire. Une vedette de la gendarmerie nous attend avec la médecin légiste pour aller sur place.

Lamentin, Rochard et Capesterre retrouvent, dans une darse du port de Pointe-à-Pitre, l'équipage de la vedette de la gendarmerie maritime.

— Je peux essayer de prendre la barre, demande Capesterre, une fois la manœuvre de quai réalisée.

— Pas de problème, lieutenant. Mais n'oubliez pas qu'ici, les règles de balisage sont inversées par rapport à la métropole.

— C'est-à-dire commandant ?

— Ici, en sortant du chenal, les bouées vertes sont à droite, et les rouges à gauche, précise le commandant.

— J'ignorais leur position en métropole, s'excuse Capesterre.

— En ce cas, le plus simple est encore de viser entre les rouges et les vertes, où qu'elles soient, s'amuse le commandant. Et à la sortie du chenal, vous mettrez cap au sud-est, au 142. Nous sommes à vingt milles de Saint-Louis à Marie-Galante. À une vitesse de croisière de quinze nœuds, nous y serons dans une heure et vingt minutes.

Après avoir traversé un grain et une belle averse en longeant l'îlet du Gosier, la vedette de la gendarmerie maritime navigue désormais sous un généreux soleil. La longue houle de l'alizé, venant de travers, berce l'équipage. Seuls quelques bancs de sargasses, ces algues un peu trop envahissantes, viennent salir l'image de carte postale paradisiaque.

Capesterre, concentré, est sérieux comme un pape en tenant la barre à roue. Rochard, assis dans le carré, semble proche de l'endormissement, pendant que la commissaire Lamentin profite de la navigation pour resserrer les liens entre la police et la gendarmerie, toujours un peu compliqués depuis des lustres.

— C'est la Dominique que l'on voit au fond, commandant, se renseigne une jeune recrue de métropole.

— Absolument. Entre Marie-Galante, droit devant, et les Saintes, à droite. Ce que l'on voit le plus clairement de la Dominique, c'est le morne Diablotins, qui culmine à 1 450 mètres. C'est le plus haut sommet de toutes les Antilles, dit sur un ton assez docte le commandant de la vedette.

— À côté, Marie-Galante paraît très plate, remarque le jeune homme.

Le commandant se réjouit et se pousse du col, trop content de pouvoir étaler sa science encyclopédique de la topographie des Petites Antilles.

— On la surnomme la « grande galette », plate et ronde, informe le commandant. Son sommet, le morne Constant, dépasse à peine les 200 mètres. C'est plutôt la patrie des moulins, il y en a plus de cent, et surtout de la culture de la canne à sucre, donc du rhum.

À l'évocation de ce mot, Rochard soulève une paupière pourtant bien lourde.

— Et pas n'importe quel rhum, lance le commissaire. La plupart font 59 chevaux, 59 degrés quoi. Ce sont plutôt des boissons d'homme, comme disait le grand Lino !

En arrivant en baie de Saint-Louis à Marie-Galante, Capesterre, toujours à la barre de la vedette, est surpris de la simplicité du lieu.

— Il n'y a pas de port, commandant ?

— Non, c'est un mouillage lieutenant. On va s'amarrer à l'unique digue, en face du clocher jaune. Tout le monde croit que c'est l'église, mais en fait c'est la mairie. Et, chose amusante, l'église, elle, n'a pas de clocher.

Dans son coin, Rochard lève les yeux au ciel. Le souci du détail du commandant, dit sur un ton professoral et monotone, commence visiblement à le lasser.

Les couleurs de la baie, alors que le soleil se met à descendre sur l'horizon, sont splendides. Les façades en bois des maisons créoles ressortent bien à côté des palmiers tout au long de la plage. Il y a bien une cinquantaine de voiliers à l'ancre, et de nombreuses barques de pêche, elles aussi au mouillage ou remontées sur le sable.

L'équipage descend sur la digue. Cap sur la gendarmerie, distante d'une cinquantaine de mètres seulement. Capesterre admire le monument aux morts, tout de suite à gauche après le quai. C'est un soldat peint en bleu, avec son barda et son fusil de couleur marron. Comme à Houat ou Hoëdic en Bretagne, ces statues de soldats de la Première Guerre sont magnifiques. Celle-là a été érigée en mémoire des nombreux jeunes de Saint-Louis morts pour la France durant la Grande Guerre.

Alors que le commandant de la vedette allait frapper à la porte de la gendarmerie, un homme en sort, un trousseau de clés à la main.

— Ah ! bonsoir commandant, c'est vous qui venez pour l'affaire Lenclume, dit le militaire en saluant comme il se doit son supérieur en grade. On verra tout ça demain matin. Ici, on se couche avec les poules et on se lève avec le soleil.

— On peut peut-être en parler autour d'un verre, se risque Rochard.

— Ah ! ça, ce n'est pas de refus, répond le gendarme bedonnant. On va aller au bouilleur du cru, au bord de la plage. Il a les meilleurs rhums de l'île. En plus, vous pourrez y manger un morceau avant d'aller à votre pension.

— Vous ne voulez pas dîner avec nous ? propose Lamentin.

— Ah ! non, ma doudou m'attend avec le dîner prêt. Si je reviens à pas d'heure, elle risque de m'accueillir avec la machette, rigole le gendarme.

Le bourg de Saint-Louis, le plus ancien de Marie-Galante, a un charme fou. Quelques touristes se mélangent aux habitants. Les bancs ont fait le plein pour le spectacle du coucher de soleil, majestueux, derrière les Saintes. Les gens marchent lentement, et les rires les accompagnent au même rythme, indolent.

— Mettez-nous sept punchs, commande Rochard en essayant de redresser la table plantée dans le sable, à quelques mètres du rivage.

Puis Rochard se tourne vers la médecin légiste, une femme noire pétillante d'une quarantaine d'années :

— Alors comme ça Gustavine, vous êtes une amie d'enfance du lieutenant Capesterre ?

— Oui, commissaire, de petite enfance plutôt. Nos parents nous mettaient dans le même club pour gosses, plage de l'Anse à la Fontaine. Il y a pas mal de sable gris, donc ça faisait fuir les touristes, se souvient-elle.

La jeune serveuse interrompt ces souvenirs d'enfance.

— Ah bah ! carrément, une petite bouteille de rhum chacun, constate Rochard. Au moins, on ne mourra pas de soif !

— C'est la tradition, ici, explique le gendarme de Marie-Galante. Ils ont préparé le verre avec le sucre de canne roux et le jus de citron vert. À vous ensuite de vous servir en rhum. Et comme vous avez une petite bouteille, pas besoin de rappeler sans arrêt la serveuse. Mais mollo, le rhum du coin fait 59 degrés. Et comme c'est le meilleur de toute la Caraïbe, il peut vite vous couper les pattes et vous faire perdre la tête !

Tout en écoutant les conseils de modération du gendarme, Rochard surprend le regard plein d'émotion de Capesterre pour Gustavine.

— Alors Capesterre, on arrose vos retrouvailles avec votre amie de châteaux de sable. Santé ! lance Rochard en levant ostensiblement son ti-punch.

Capesterre en rougit presque. Hésitant et maladroit, il explique que lui et Gustavine se sont perdus de vue.

— On m'avait dit que tu t'étais mariée avec le fils de l'ancien maire, celui qui avait un nom de cours d'histoire. Charlemagne, c'est ça ?

Gustavine explose de rire.

— Capesterre, j'espère que t'es mieux renseigné dans ton métier. Tes infos datent un peu. Beaucoup même ! Charlemagne, c'était le choix de mes parents. Un beau parti comme me répétait ma mère. Sauf que Charlemagne, il a peut-être inventé l'école, mais pas le fil à couper la canne à sucre. En plus, je le trouvais vilain. Surtout à côté d'un beau garçon comme toi, flatte Gustavine.

— Il fallait vous marier avec Capesterre, provoque Rochard, devant le lieutenant de plus en plus mal à l'aise.

— Mais je n'aurais pas dit non, rétorque Gustavine, le sourire large et les yeux langoureux. Mais cet imbécile était déjà parti se geler les miches en métropole et, surtout, mes parents n'auraient jamais voulu d'un gars du peuple.

— Il suffisait de leur désobéir, s'étonne Rochard.

— C'est ce que j'ai fini par comprendre, mais trop tard. J'ai plaqué mes études de droit, les courtisans des amis de mes parents, tous plus coincés les uns que les autres. Je suis partie en Martinique. J'y ai mangé mon pain noir, car mes parents m'ont coupé les vivres. J'ai fait médecine et me voilà légiste ! Mon père est tellement prétentieux, qu'il raconte partout que je suis médecin spécialiste !

Capesterre boit ses paroles, sous le charme. Toujours aussi intimidé, il tente la question qui le taraude :

— Tu es mariée, je suppose ? Tu as des enfants ?

— Mariée, moi, rigole Gustavine. Ça va pas non ! J'aime trop ma liberté. Et je n'ai pas rencontré ma moitié de mangue, s'amuse-t-elle.

Elle est interrompue par Rochard, fredonnant un vieil air de Charles Aznavour :

— *Non, je n'ai rien oublié... On a souvent besoin d'un bain d'adolescence, c'est doux de revenir aux sources du passé.*

C'est maintenant au tour de Gustavine de ne pas réussir à cacher une émotion bien réelle en écoutant Rochard. Surtout que le gendarme, fan d'Aznavour, reprend de plus belle.

— C'est toujours le printemps quand nos vingt ans résonnent. L'heure court et déjà le café va fermer, oui, viens je te raccompagne à travers les rues mortes de Saint-Louis.

Rochard se lève, toujours aussi théâtral :

— Ah ! non, la petite promenade des retrouvailles, ce sera après le dîner. Je vais chercher le menu. N'oubliez pas, ventre affamé n'a pas d'oreilles. Ce serait dommage, tant vous avez de choses à vous dire et de souvenirs à partager.

Le lendemain matin, à l'heure où commence à chauffer la campagne sous le soleil de Marie-Galante, Rochard, le cerveau un peu embrumé par les rasades de rhum Biette de la veille, retrouve sa joyeuse petite troupe à la gendarmerie.

— Ah ! bonjour, commissaire, il ne manquait plus que vous, dit, bonhomme, le maître des lieux. Avec son ventre proéminent et sa bonne bouille, il a des faux airs de Michel Galabru. Je vous propose de vous emmener avec la commissaire Lamentin au cabanon où on a retrouvé le corps. Capesterre et Gustavine sont déjà partis à la morgue pour pratiquer une autopsie de Félix Lenclume.

— Ah ! la morgue. Ça fait longtemps que je n'avais pas entendu ce terme suranné et finalement assez poétique. Savez-vous qu'on nous interdit ce genre de mots maintenant en France hexagonale ? Les crânes d'œufs qui nous dirigent l'ont renommé Institut médico-légal, s'indigne Rochard.

Au bout d'une bonne demi-heure d'autopsie, Gustavine se retourne vers Capesterre, l'air désolé.

— J'ai beau chercher, je ne trouve pas de traces suspectes, renseigne-t-elle. C'est bel et bien une crise cardiaque.

Déjà beaucoup plus complices que la veille en embarquant sur la vedette de gendarmerie, les deux amis d'enfance se regardent en silence, vite rompu par la sonnerie du portable de Capesterre.

— Oui commissaire Lamentin, Gustavine a terminé. *A priori,* rien de suspect. Et vous, du côté du cabanon ?

— Rien à signaler non plus. Aucune trace d'effraction ou de violence. Félix Lenclume est mort paisiblement dans son gros fauteuil de cuir, sans doute s'en même s'en rendre compte, tant tout y a l'air paisible et tranquille, constate Lamentin. On se retrouve à la gendarmerie. Je vais appeler la procureure. L'affaire va être classée. Avec la mort de Lenclume, l'action juridique va s'éteindre sur sa culpabilité présumée.

— Commissaire, on ne peut pas gagner un peu de temps, implore Capesterre. Je n'ai pas d'éléments précis, mais au feeling, je ne crois pas à cette version. Surtout avec ce qu'on a trouvé à Anguilla sur l'origine des fonds de Lenclume. Que venait faire la famille Belloiseaux là-dedans ? Quel était son intérêt ? Tout ça n'est pas clair, et n'oubliez pas que la première victime est Jean-François Belloiseaux. Tout est lié, j'en suis certain.

— Peut-être Capesterre, mais le rôle de la police n'est pas de comprendre les nœuds de vipères des vieilles histoires de famille. Je vous le répète, sans élément nouveau et concret, l'affaire s'éteint avec le décès naturel de Lenclume.

Capesterre range son téléphone dans la poche de son jean, agacé.

— Gustavine, crois-moi. J'ai la conviction que Lenclume a été tué. Mon instinct ne me trahit jamais.

La médecin légiste, touchée par la pugnacité de Capesterre, acquiesce doucement. Tellement habituée à l'envie irrépressible de certains enquêteurs de ne surtout pas trop chercher de peur de trouver du travail en plus, elle se résout à tenter une ultime investigation.

Elle est d'ailleurs aidée par Capesterre qui rôde autour du corps de Lenclume, le regard aussi acéré qu'un aigle royal survolant sa proie.

— Regarde Gustavine, là, ces traces de piqûre autour de la cheville gauche.

La légiste s'approche, observe à la loupe.

— Capesterre, ce sont des piqûres de moustiques. De simples yen-yen, ceux qui attaquent au coucher du soleil, à l'heure de l'apéro.

— Tu sais comme moi que quand les yen-yen s'invitent à table, ils piquent partout. Aux chevilles et aux poignets. Or, il n'y a rien sur la cheville droite et aux poignets ? Pourquoi ? Ça ne te paraît pas bizarre ?

— Tu ne lâches jamais rien, toi, dit, impressionnée et un peu lasse, Gustavine.

La médecin légiste reprend son travail, minutieusement et patiemment, par respect pour l'enthousiasme de son ami dans la recherche de la vérité.

Au bout de quelques minutes, elle se retourne vers Capesterre, souriante.

— Tu avais raison. Ce ne sont pas des piqûres de moustiques. La principale a plutôt la taille d'une aiguille. J'ai ma petite idée, mais je veux tout vérifier à fond.

— Quelle petite idée ?

— Je te le dirai après. C'est tellement farfelu que tu risques de te moquer de moi. Maintenant, je te demande de me laisser seule pendant une petite heure. Va boire un café, j'ai besoin d'un silence absolu pour me concentrer. Je vais reprendre l'autopsie du cœur et des artères autour. Et surtout, ne me pose plus de questions !

Le lieutenant s'exécute et sort de la salle. Entre l'atmosphère climatisée de la morgue et la chaleur humide de la rue, le changement est radical. Capesterre choisit une petite table à l'ombre pour commander un café et un très grand verre d'eau.

Perdu dans ses pensées et les méandres de l'enquête, il ne voit pas passer le temps. Tout d'un coup, Gustavine apparaît, l'air radieux. Elle vient s'asseoir à sa table et l'embrasse sur la joue.

— Que se passe-t-il ? demande Capesterre, heureux, mais un peu gêné de cet élan de tendresse.

— Tu es un génie mon Capesterre ! C'était bien une piqûre d'aiguille. Et comme je n'ai trouvé aucune trace d'un poison ou d'une autre substance mortelle, j'ai repensé à une scène de film qui m'avait interloquée.

— C'est-à-dire ? presse Capesterre, curieux.

— Il suffit d'injecter une bulle d'air, sans aucun autre produit. Si le geste est bien réalisé, cela provoque une embolie mortelle qu'il est impossible de détecter sauf à effectuer un examen approfondi. Mais ça, on ne le fait que lorsque de valeureux policiers ne lâchent rien et suivent leur instinct !

— Et c'est le cas pour Lenclume ?

— Oui, Capesterre. J'en ai la preuve formelle, se félicite Gustavine. Appelle Lamentin et Rochard avant qu'ils ne demandent à la proc' et à la juge de classer l'affaire. À l'autre bout du fil, Lamentin n'en revient pas.

— Si on a tué Lenclume, c'est évidemment qu'il n'est pas le seul coupable. Grâce à vous, on reprend l'affaire, annonce la commissaire.

Heureux de l'info, Capesterre entend Rochard railler à côté de Lamentin :

— Tout ça pour ne pas rentrer en métropole et faire le joli cœur au soleil aux côtés de la belle Gustavine…

XI

Le meurtre de Félix Lenclume redistribue toutes les cartes de l'enquête. Alors que les feux de la Route du Rhum commencent à s'éteindre à Pointe-à-Pitre, les autorités locales et nationales aimeraient bien ne pas garder sur les bras médiatiques cette malheureuse série de faits divers liés à la course.

Afin d'explorer les nouvelles pistes ouvertes par la disparition criminelle du promoteur immobilier, la commissaire Lamentin convoque toutes ses troupes à un important point d'étape de l'enquête.

— Il nous faut repartir presque de zéro, résume-t-elle. La clé de l'affaire tient très certainement dans les rapports étranges noués entre Édouard Belloiseaux et Félix Lenclume. Il est désormais certain que le patriarche de la rhumerie a transféré de grosses sommes d'argent à ce jeune métis, alors sans moyens ni expérience dans les affaires. Il lui a aussi acheté un terrain constructible aux Saintes, pour réaliser son premier programme immobilier. Pourquoi a-t-il agi ainsi ?

La commissaire Lamentin profite de la présence de tous ses enquêteurs pour sonner la mobilisation générale.

— Questionnez toutes vos connaissances et nos indics les plus fiables pour réussir à faire le lien, réclame-t-elle. Il nous faut trouver une première petite aiguille pour espérer y voir clair dans notre grosse botte de foin.

Tout à coup plus autoritaire, elle désigne deux de ses hommes du doigt :

— Inspecteurs Laventure et Lhermitage, vous allez commencer par me faire une perquisition en règle chez Ghislain Belloiseaux et son épouse Marie-Béatrice. Ne prenez pas de gants, car, de toute façon, ils seront hautains, désagréables et vous menaceront d'appeler tous les notables de l'île. N'oubliez pas le mandat signé par la proc'.

Se retournant vers Rochard et Capesterre, Lamentin prend un air plus embarrassé.

— Mes amis, je vous ai réservé le meilleur pour la fin. C'est ironique bien sûr, car vous allez devoir m'accompagner à la préfecture pour un point avec toutes les autorités, avant une conférence de presse. Cachez bien votre joie !

Comme prévu par Lamentin, Laventure et Lhermitage sont accueillis comme des chiens dans un jeu de quilles par les époux Belloiseaux. Fort heureusement, le mandat signé en bonne et due forme joue le rôle de sésame ouvre-toi. Après avoir vidé tous les tiroirs et retourné tout ce qui pouvait l'être, les deux policiers n'ont rien trouvé d'intéressant. Laventure est toutefois intrigué par un cadre planté au-dessus d'une gazinière, dans la cuisine. Il s'agit d'une vieille photo en noir et blanc, un peu jaunie par le temps.

— Qui est ce solide jeune homme ? demande-t-il en désignant un grand gaillard au centre du cliché.

— C'est Édouard Belloiseaux, mon beau-père, indique Marie-Béatrice, l'épouse de Ghislain Belloiseaux.

— Et la jeune femme noire à côté, avec qui il échange un si beau sourire complice ?

— Elle, c'est Marie-Osange, qui servait à la maison, précise Ghislain Belloiseaux.

— Marie-Osange, comment ? poursuit Laventure.

— Aucune idée, on l'a toujours appelée Marie-Osange tout court.

— Et qu'est-elle devenue ?

— Elle a quitté notre service il y a une bonne dizaine d'années, rétorque Marie-Béatrice, l'air toujours aussi pincé. Comme elle était sans mari et sans enfant, elle est partie, je crois, au foyer des anciens de Capesterre. Mais je ne sais pas si elle est encore en vie.

En quittant l'habitation Belloiseaux, Laventure propose à Lhermitage d'aller faire un tour au foyer pour savoir ce qu'est devenue cette Marie-Osange.

— Qu'est-ce qui t'intéresse autant chez cette vieille servante, frère ? s'étonne Lhermitage. À part qu'elle a dû être traitée comme une chienne toute sa vie.

— Bah ! tu vois, justement, c'est ce sourire presque tendre entre elle et le patriarche Belloiseaux, alors jeune homme, qui me titille. Ce n'était pas vraiment le genre de ces maisons les mamours avec les employés. Et surtout de l'afficher sur une photo. Alors du coup, ça m'intrigue.

— Ouais, fait laconiquement Lhermitage.

— Merci de ta confiance ! On va quand même faire un tour. Le diable se cache toujours dans les détails !

— Moi, je serai toi, j'attendrai un peu et je passerai par la case Philomène, celle de l'accueil du commissariat. Sa mère est aussi au foyer des anciens de Capesterre. Et comme c'est la plus grande des pipelettes, tu auras plus de chances d'avoir toutes les infos et les commérages sur cette Marie-Osange. Philomène, elle a inventé le buzz avant même la naissance d'internet !

De retour au commissariat, les deux policiers font part de leur perquisition, infructueuse, tout en mentionnant le fameux petit détail sur la vieille photo jaunie.

— Qu'un riche béké sourit à une servante noire n'est pas si extraordinaire que ça, Laventure, tempère la commissaire. Je ne vois pas vraiment le rapport avec notre affaire.

Aux côtés de Lamentin, Rochard affiche une même moue sceptique. Capesterre semble, lui, concentré sur sa piste.

— D'un autre côté, qu'avons-nous comme os à ronger ? soulève, pragmatique, le lieutenant. Rien, nada ! Alors, autant suivre cette histoire de Marie-Osange avec l'aide de Philomène. Je m'en occupe si vous voulez.

— Si vous le souhaitez vraiment, concède Lamentin. Par ricochet, vous aurez peut-être aussi des potins sur votre famille dans ce foyer de Capesterre !

Derrière son comptoir d'accueil au commissariat, Philomène est l'exact opposé des mannequins en promo pour tous les régimes à la mode. Elle assume ses rondeurs et ses kilos avec un bonheur non dissimulé. Une tignasse bouclée surmonte un visage rond et charmant, des yeux rieurs et une bouche gourmande, dont les formes sont soulignées par une dose généreuse de rouge à lèvres.

— Marie-Osange ? Bien sûr qu'elle est toujours en vie, lieutenant.

— Vous la connaissez, ajoute, impatient, Capesterre.

— Je la vois deux fois par semaine, quand je vais rendre visite à Firmine, ma mère.
— Vous pourriez m'accompagner Philomène ? Je veux rencontrer Marie-Osange pour lui parler des Belloiseaux, en savoir plus sur cette famille.
— Avec plaisir, lieutenant Capesterre. J'avais prévu d'y aller cet après-midi. Mais je vous préviens, ce ne sera pas coton de faire parler Marie-Osange. C'est une femme très discrète, même secrète, que personne ne vient jamais voir. Vous en saurez beaucoup plus avec ma mère Firmine. C'est la plus grande commère de Guadeloupe ! Encore plus que moi, c'est dire, vante Philomène dans un grand éclat de rire sonore.

Le foyer des anciens de Capesterre est une jolie maison créole en bois avec, derrière le jardin, des dépendances plus modernes en béton blanc.
— Marie-Osange est l'une des rares pensionnaires à réclamer de rester dans l'ancien bâtiment en bois, explique Philomène. Elle ne supporte pas la climatisation ni le confort moderne. Elle tient à son vieux ventilateur en bois et au petit bidet ancestral dans la salle d'eau. Tout le contraire de ma mère, avec sa télécommande pour régler la température et sa box pour regarder je ne sais plus combien de centaines de chaînes !

Firmine a le même charisme, le même sourire que sa fille Philomène, les rides et les ans en plus. En revanche, elle est très sèche, presque trop maigre. Avec son cigarillo en bouche, on dirait un peu une vieille Cubaine au balcon d'une de ces demeures défraîchies et en ruine des quartiers populaires de La Havane.
— Capesterre ? Je me souviens de tes grands-parents, Dieu veille sur leurs âmes. Je les aimais beaucoup, glisse-t-elle au lieutenant. Et vos parents, toujours en métropole ?
— Oui madame, en région parisienne, répond presque timidement Capesterre.
— Ah ! pas de madame entre nous, gronde la pensionnaire. Tout le monde m'appelle Firmine ici !
Tout en examinant les recoins de la chambre, pour vérifier si le ménage a bien été fait, Philomène va droit au but.

— Maman, le lieutenant Capesterre est venu avec moi pour essayer d'en savoir plus à propos de Marie-Osange.

— Mais tu ne l'as pas prévenu ? Marie-Osange ne parle quasiment à personne. Ce n'est pas qu'elle n'est pas aimable, au contraire. Toujours un sourire, un bonjour, un comment allez-vous ? Mais elle ne parle jamais d'elle, de sa famille, ni de son passé. C'est peine perdue, mon jeune ami.

— Impossible ne fait pas partie du vocabulaire de Capesterre, Firmine, plastronne le lieutenant. Je vais quand même essayer. Je vous retrouve ici, Philomène ?

Firmine tire une longue bouffée de son cigarillo.

— Attends, mon ami. Avant d'aller te casser les dents, je vais te raconter deux ou trois choses qui se murmurent à propos de Marie-Osange, glisse Firmine, le regard malicieux.

Derrière elle, Philomène envoie un clin d'œil appuyé à Capesterre en levant le pouce. Manière de lui signifier « vous voyez bien que ma mère est une infatigable commère ».

— Je vous écoute, je suis tout à vous, assure Capesterre.

— Ah ! ne dis pas ça, car si j'avais quarante ans de moins, je te dévorerais tout cru, joli garçon !

— Maman ! s'écrie Philomène.

— Oh ! arrête de jouer ta vierge effarouchée. Y'a pas de mal à se faire du bien et je blaguais !

— Je vous écoute, répète tranquillement et calmement Capesterre, comme pour aider Firmine à se concentrer sur ses souvenirs.

— Alors, il se raconte que Marie-Osange a connu un drame dans sa jeunesse. Quand elle a commencé à servir chez les Belloiseaux, on murmure qu'elle a dû s'arrêter pendant trois mois pour une maladie, une sorte d'anémie. En fait, des amies m'ont raconté qu'elle avait plutôt un polichinelle dans le tiroir, si tu vois ce que je veux dire. Et ma tante Ursuline, qui travaillait à la maternité, m'a dit qu'une fille de chez les Belloiseaux avait accouché et abandonné son enfant, placé sous X.

— Et on sait ce qu'est devenu cet enfant ? demande Capesterre.

— Non, ma tante Ursuline m'a juste dit qu'il était plutôt vilain et clair de peau. Selon elle, son père devait être un métis ou un blanc. Je suppose qu'il a dû être placé à la DDASS.

— Et on a une idée de l'identité du père ?
— Non, et c'est interdit, un policier doit savoir ça !
— Oui, mais la rumeur, que dit-elle ? glisse d'un ton amical et presque complice Capesterre.
— La rumeur dit que c'est forcément quelqu'un de haut placé qui a obligé Marie-Osange à abandonner leur enfant. On n'avortait pas à l'époque !
— Merci beaucoup, Firmine, votre aide m'est très précieuse, se réjouit Capesterre.
— De rien mon joli, mais à quoi ça va te servir ces vieilles histoires oubliées ?
— Oh ! là, c'est une trop longue histoire. Philomène vous la racontera en long et en large, promet le lieutenant.
— J'y compte bien, tonne Firmine, toujours en quête de la moindre rumeur.

Capesterre retrouve Lamentin et Rochard au petit café-resto *Chaud bouillante*, près du commissariat.
— Je ne vous donne pas la carte messeigneurs, annonce la patronne. Ce serait un crime de ne pas goûter au plat du jour, un poulet boucané accompagné de riz et d'une purée de patates douces.
— Vous pouvez y aller les yeux fermés, c'est délicieux, rassure un policier assis à une autre table.
— Et depuis quand les plats sont « délicieux », ici ? raille Lamentin.
— Depuis que j'ai Inès. Elle doit être fille de pirate pour boucaner aussi bien. Et, si proche d'un commissariat, elle avait envie de travailler le poulet !
— Très fin, lâche Lamentin.
Se retournant vers l'arrière-cuisine, la patronne se met à hurler à l'adresse de sa nouvelle cheffe :
— Inès, viens voir des poulets encore vivants avant d'être cuisinés !
Apparaît alors une charmante et grande jeune fille, au sourire radieux. Sans prendre garde aux astuces foireuses de sa patronne à propos du poulet, Inès explique doucement et très clairement comment il faut procéder pour « boucaner » une viande.

— Il faut la faire mariner, la sécher puis la disposer sur une grille pour la cuire par enfumage. C'est une vieille recette de cuisson à l'étouffée inventée par les Indiens d'Amérique du Sud. La viande a un goût très particulier et peut être conservée plusieurs mois.

Les clients, sous le charme, écoutent Inès religieusement.

— Avec Inès, ton affreux bouclard va finir par obtenir une étoile au Michelin, lance un habitué à la patronne. Et son beau sourire nous change de tes varices et de ton triple menton.

— Tu t'es regardé ducon, réplique la patronne. Même Paul Préboist ou Booder ont des airs de Mister France à côté de toi. Commence par aller payer tes consos et va bosser, fainéant de métro !

La clientèle se marre du verbe haut de la patronne. Mais la commissaire Lamentin siffle la fin de la récré.

— Alors Capesterre, Marie-Osange vous a parlé ?

Capesterre raconte les souvenirs de Firmine, l'enfant abandonné de Marie-Osange puis le long silence dans lequel elle s'est murée depuis.

— Et si Félix était l'enfant d'Édouard Belloiseaux et de Marie-Osange ? Ça expliquerait bien des choses, non ? ose lancer Capesterre.

— En effet, mais il y a un grand « si » à lever, laisse tomber Lamentin, laconique.

— Il suffit d'aller fouiller les registres de la maternité, poursuit Capesterre, toujours aussi pugnace.

— Hum ! difficile, craint Rochard. Avec un accouchement sous X, je ne suis pas certain que la justice puisse avoir accès aux dossiers. En tout cas, on risque une procédure longue et compliquée.

— Dans ce cas, il suffit de comparer les ADN, poursuit Capesterre. On a ceux des Belloiseaux et celui de Félix Lenclume. Il faut demander gentiment à Marie-Osange d'effectuer un prélèvement, et le tour sera joué. On en aura enfin le cœur net !

— Oui, même si je ne suis pas certaine que ça soit bien réglo tout ça, dit Lamentin. Mais allons-y. En revanche, j'attends de vous la plus grande discrétion, Capesterre !

— Une tombe, promet le lieutenant.

Sans en toucher un mot à Philomène, la commère de l'accueil au commissariat, Capesterre repart au foyer des anciens.

Marie-Osange est assise dans un fauteuil roulant, sous les pales du vieux ventilateur, dans la pénombre de sa chambre. Comme si elle avait deviné la raison de la venue du lieutenant, la vieille dame regarde fixement Capesterre. Un regard intense, à la fois triste et paisible.

Quand le lieutenant lui demande la permission de prélever son ADN, Marie-Osange fait oui de la tête, tout en prononçant tout doucement le prénom de Félix.

— Pourquoi dites-vous Félix ? demande Capesterre.

— Parce que j'ai demandé à la sage-femme que le bébé s'appelle Félix, comme mon père. Car c'est bien pour le bébé que vous êtes là, n'est-ce pas ?

À son tour, Capesterre ne répond pas. Il se contente d'approuver d'un signe de la tête.

— Il n'a pas fait quelque chose de mal au moins ? s'inquiète la vieille pensionnaire.

— Non, non, rassurez-vous, tout va bien, ment Capesterre, plein d'humanité et de tendresse.

— Alors c'est Édouard qui a posé des problèmes avant que Dieu ne le rappelle à lui ? poursuit Marie-Osange.

Capesterre dément à nouveau. Il veut épargner l'ancienne servante des Belloiseaux. La directrice du foyer lui a expliqué que Marie-Osange n'avait plus que quelques semaines à vivre, atteinte d'un cancer généralisé.

— Rassurez-vous, Marie-Osange, c'est juste un problème de succession à régler. Vous savez, ils ne s'intéressent qu'à l'argent, les Belloiseaux, continue de mentir Capesterre.

Marie-Osange regarde Capesterre comme on regarderait un fils. Une larme coule sur sa joue gauche.

— Si vous saviez le bonheur que cela me procure de prononcer les prénoms de Félix et d'Édouard. Ça fait si longtemps que je vis avec tous ces lourds secrets. Je ne voulais pas mourir sans en parler…

Très ému de la dignité et de l'infinie humanité de Marie-Osange, Capesterre quitte le foyer et file à la scientifique pour faire « parler » les tests ADN recueillis sur Jean-François Belloiseaux, Félix Lenclume et maintenant Marie-Osange. S'ils « matchent », les deux premiers seront donc bien du même sang, du même père. L'expression « frères ennemis » en ce cas serait la mieux choisie.

L'attente n'est pas trop longue et la scientifique rend son verdict : Marie-Osange est bien la mère de Félix Lenclume et le père n'est autre qu'Édouard Belloiseaux !

— Bravo Capesterre, félicite Rochard. Depuis le début de l'enquête, vous multipliez les intuitions et les bonnes informations. Vous êtes un cadeau du ciel !

— C'est vrai lieutenant, vous faites un super boulot, ajoute Lamentin. Si vous effectuez une demande de mutation pour la Guadeloupe, j'en serais ravie et je l'appuierai, croyez-moi.

Capesterre lui adresse un large sourire. C'est vrai que cette idée de revenir sur la terre de ses grands-parents lui trotte dans la tête depuis un petit moment. Peut-être depuis ses tendres retrouvailles avec Gustavine, la médecin légiste.

— En fait, l'histoire est toute simple, résume Lamentin. Jeune, Marie-Osange travaillait au service des Belloiseaux. Édouard, le fils de famille, n'est pas resté insensible aux charmes de la nouvelle servante. Ils se sont plu, mais de cet amour impossible est né Félix qu'il fallait absolument cacher, tant il était impensable à cette époque qu'un riche béké épouse une fille noire, descendante d'esclaves.

— OK Lamentin, vous avez tout bon pour la partie romanesque de l'histoire, félicite Rochard. Mais il nous reste à écrire la partie policière. Car qui a eu intérêt à tuer ou faire tuer Jean-François Belloiseaux, l'étudiant nantais, Randy et Lenclume ? Qui ?

— Le premier et seul suspect sur la liste me semble être Ghislain Belloiseaux, dit Capesterre. On sait qu'il détestait les manières trop sociales qu'avait son frère Jean-François de diriger l'entreprise. Il avait aussi en sainte horreur la personnalité et les mauvaises manières de Félix Lenclume. La perspective de le voir apparaître dans la famille ne pouvait que l'effrayer.

— Certes, mais de là à faire tuer quatre personnes, ça fait cher le mobile, non ? s'interroge Rochard. Même s'il faut ajouter à toutes ces pistes celle du trésor « volé » par l'ancêtre Belloiseaux à la famille de Marie-Josèphe Le Bihan. Encore de l'argent à partager…

— Peut-être, mais on avance, coupe Lamentin. Je préviens la procureure et la juge. On va retourner chez Ghislain et Marie-Béatrice Belloiseaux, tout fouiller à nouveau et les placer en garde à vue pour tenter de les faire craquer et cracher le morceau ici, au commissariat.

La commissaire Lamentin a eu beau envoyer pas moins de six fonctionnaires afin de procéder à une nouvelle perquisition chez les Belloiseaux, aucun élément probant n'a pu être trouvé sur place. Et pourtant, les téléphones portables et les ordinateurs ont été auscultés dans les grandes largeurs. Rien de compromettant dans les cartes mémoire cachées ou les disques durs. Même en langage codé, rien qui fasse avancer l'affaire en cours.

Accompagné de Me Cavard, ce même avocat qui avait défendu Félix Lenclume, le couple Belloiseaux est installé dans la salle du « parloir » du commissariat central.

Lamentin, puis Rochard ont beau multiplier les questions insistantes, les pièges, les fausses infos prêchées pour tenter de connaître des bouts de vérité : rien n'y fait ! Les Belloiseaux ne lâchent rien.

C'est au contraire leur avocat qui porte l'estocade.

— Vous allez encore vous couvrir de ridicule, prévient Me Cavard en s'adressant à Lamentin et Rochard, droit dans les yeux. Ce fut déjà le cas avec Félix Lenclume dont vous avez fait un coupable idéal, tellement coupable qu'on l'a retrouvé mort, assassiné. De votre faute ! Alors si vous ne relâchez pas mes clients dans la seconde, je convoque la presse et adieu la Guadeloupe, commissaire Lamentin. L'erreur judiciaire répétée vous amènera peut-être dans d'autres îles. Vers Saint-Pierre-et-Miquelon, pourquoi pas ? Pensez à emporter des gros pulls !

Face à l'évidence, Lamentin décide de mettre un terme à la garde à vue des Belloiseaux.

— Putain ! on ne va jamais y arriver, hurle Rochard en cognant du poing sur l'un des murs du parloir. Cette enquête est diabolique ! Je l'ai senti dès Saint-Malo, avec ces signes de vaudou sur le frère Belloiseaux. Du ken, je ne sais plus trop quoi…

— Kenbwa, Rochard. Kenbwa, répète Lamentin sur un ton empreint de lassitude.

La lueur d'espoir va, une nouvelle fois, venir du lieutenant Capesterre, celui qui ne « lâche plus jamais rien », depuis son retour en Guadeloupe.

Gustavine, la médecin légiste qu'il revoit de plus en plus souvent, lui a glissé une information. Jean-Eudes Mornant, qui dirige l'office notarial de Capesterre avec son père, a réclamé de façon insistante des informations sur les sociétés de Félix Lenclume. C'était il y a environ un mois. Rien d'extraordinaire, si ce n'est que Jean-Eudes Mornant est marié à Marie-Thérèse Belloiseaux, la fille unique de Ghislain et Marie-Béatrice Belloiseaux. De plus, son père a été le notaire « historique » d'Édouard, le patriarche de la rhumerie.

— Tout ça doit bien nous cacher de jolis et vieux secrets, se réjouit d'avance Capesterre. Vous me permettez de rendre une petite visite à ce Jean-Eudes Mornant ?

— J'allais vous le demander, dit Lamentin.

Rochard approuve d'un signe de la tête.

— Du doigté et un zeste de fourberie, conseille Rochard. C'est notre dernier espoir !

— Ne vous inquiétez pas, j'ai été à bonne école, flagorne Capesterre.

Capesterre a choisi de prendre les Mornant par surprise, sans les avertir de sa venue. L'étude notariale tranche avec le style des cases créoles en bois du centre bourg. Avec ses trois colonnes que l'on devine en faux marbre, cette maison très bourgeoise ressemble plus à une de ces maisons ostentatoires de Miami qu'à une demeure traditionnelle de Guadeloupe. « Encore des prétentieux qui pètent plus haut que leur cul », se dit Capesterre.

La sonnerie est identique à celle qu'on entend, là encore, dans les séries américaines mettant en scène les riches familles des banlieues chics, loin des *downtown*.

Un jeune noir, richement habillé, vient lui ouvrir.

— Lieutenant Capesterre, je souhaiterais rencontrer Jean-Eudes Mornant, s'il vous plaît ?

— Ce ne sera pas possible avant une bonne heure, monsieur est en rendez-vous clientèle. En revanche, monsieur son père pourrait peut-être vous renseigner.

— Avec grand plaisir, dit Capesterre en articulant plus qu'à l'accoutumée. Sans doute pour imiter son interlocuteur au phrasé impeccable.

Le père de Jean-Eudes Mornant l'attend dans son vaste bureau. Auguste Mornant se lève, comme il se doit, pour venir accueillir son visiteur, avant de lui proposer de s'asseoir. Ces bonnes manières sont soulignées par la tenue de cet élégant septuagénaire. Il porte un complet de grosse étoffe, avec un gilet mangeant sa cravate en soie, alors que tout le monde sue à grosses gouttes avec la chaleur humide du jour.

— Que puis-je pour vous, lieutenant Capesterre ?

À cet instant, le policier se persuade de gagner du temps et de ne surtout pas griller ses cartouches avant de voir le fils, Jean-Eudes.

— Tout d'abord, merci de me recevoir, cher monsieur, attaque Capesterre tout en douceur. Je suis un des enquêteurs en charge de différents meurtres, dont celui de Jean-François Belloiseaux au départ de la Route du Rhum.

— Ah ! oui, ce pauvre Jean-François. J'ai appris cette terrible nouvelle. Je l'ai connu gamin, car j'étais le notaire de son père, Édouard. Qui a pu commettre ce crime odieux ?

— Je ne vous cacherais pas, cher monsieur, que l'enquête est compliquée, avec beaucoup de fausses pistes. Vous pensez que des gens en voulaient à Jean-François Belloiseaux. Avait-il des ennemis ?

— À ma connaissance, non. Il pouvait peut-être agacer certains avec ses, disons, postures très sociales et très proches des employés, ce qui n'est pas la tradition ici. Mais de là à le tuer, non, je ne vois pas.

L'échange se poursuit sur un même ton de courtoisie. Capesterre cherche à gagner du temps, car c'est surtout Jean-Eudes qu'il veut « cuisiner ».

Après une intéressante discussion sur les origines de la ville de Capesterre-Belle-Eau, et son histoire, Jean-Eudes apparaît dans le bureau de son père.

Beaucoup plus décontracté que son père, avec un pantalon de toile et une chemise de lin bleue, Jean-Eudes Mornant a le contact chaleureux.

Capesterre le rassure tout de suite. Sa visite ne concerne que la succession d'un homme retrouvé mort à Marie-Galante, Félix Lenclume. Et comme ce dernier était un adversaire notoire des Belloiseaux, peut-être que l'étude de notariat de la famille des rhumiers aurait quelques informations intéressantes.

— Connaissiez-vous ce Félix Lenclume ? demande Capesterre.

— De nom, vaguement, répond Jean-Eudes. Mais je ne crois pas l'avoir jamais rencontré. J'ai vu son nom dans le journal comme tout le monde quand il s'est évadé et ensuite, quand il a été retrouvé à Marie-Galante.

Jean-Eudes Mornant ment assez mal. Il surjoue le caractère évasif de sa réponse. Capesterre en est conscient et se dit que la pêche peut être bonne, à condition de savoir taquiner le gros poisson sans l'effrayer. C'est pourquoi il décide de continuer à prêcher le faux pour savoir le vrai, la tactique « fondamentale » sans cesse vantée par le commissaire Rochard.

— Que savez-vous des activités de Félix Lenclume ?

— Sincèrement, pas grand-chose. Je crois qu'il était dans le tourisme, l'hôtellerie ou quelque chose comme ça non ?

Capesterre sait que Jean-Eudes ment effrontément, lui qui a remué ciel et terre à la CCI de Guadeloupe pour avoir tous les renseignements sur les sociétés de Lenclume.

Le policier choisit de ne pas réagir et de continuer à endormir ses « clients ».

— Très bien, je me doutais que cette visite risquait d'être infructueuse, avoue Capesterre. Au moins m'aura-t-elle valu le plaisir de vous rencontrer, dans une si belle maison. Je vous souhaite une excellente journée.

— Plaisir partagé, je vous l'assure, dit Auguste Mornant en raccompagnant Capesterre sur le pas de la porte.

De retour au commissariat, le lieutenant raconte tout à Rochard, l'air fier et joyeux.

— Vous voyez commissaire, j'ai adopté la technique du baiser ottoman, telle que vous me la rabâchez depuis des semaines. Ils mentent. On va les convoquer et ils cracheront le morceau ici, sous le feu de nos questions qui seront beaucoup moins aimables, je vous le promets.

— Mon bon Capesterre, continue comme ça et tu vas me pousser à la retraite !

Lamentin convoque un conseil de guerre dans son bureau. La commissaire propose de se charger elle-même d'aller interroger « en douceur » Marie-Thérèse Mornant.

— Comme c'est la fille de Ghislain Belloiseaux, je vais essayer de lui tirer les vers du nez sans qu'elle alerte son père et les notables du coin. Pendant ce temps, convoquez Auguste et Jean-Eudes Mornant. Je pense que le mieux serait de les interroger séparément.

— Bien chef ! À vos ordres, ironise Rochard en la saluant militairement.

La commissaire Lamentin est reçue par Marie-Thérèse Mornant dans l'immense salon de sa maison de maître du plus pur style colonial. Habillée de manière assez stricte, la fille de Ghislain Belloiseaux a un physique plutôt austère, avec des cheveux noirs tirés en arrière et un chignon peu engageant. Assez bizarrement, Marie-Thérèse Mornant pousse assez régulièrement de tonitruants éclats de rire, ponctuant des phrases dont le caractère comique n'a pourtant rien d'évident. C'est ainsi qu'elle s'est mise à glousser après avoir indiqué à la commissaire Lamentin que sa demeure avait été offerte à Jean-Eudes par son grand-père Édouard Belloiseaux. « On m'avait prévenu qu'elle n'avait pas inventé la machine à cambrer les bananes, se dit Lamentin, mais c'est quand même au-delà de ce que j'imaginais. »

La commissaire l'interroge sur Félix Lenclume et l'affaire en cours. Elle semble ne rien y comprendre, relâchant régulièrement son attention pour s'adresser à son chat Célestin.

— Mais Célestin, voyons, tu n'as rien bu aujourd'hui ! Ta gamelle est pleine. Tu risques des ennuis aux reins, ton docteur te l'a déjà dit.

Lamentin ne sait pas s'il faut en rire ou en pleurer. Voilà maintenant qu'elle lui propose de sortir dans le parc rencontrer sa poule et son coq de compagnie, Édith et Marcel.

Alors que la policière lui demande si elle avait senti son oncle Jean-François soucieux avant de s'envoler pour Saint-Malo et le départ de la Route du Rhum, Marie-Thérèse Mornant ne trouve rien de mieux que de demander aux gallinacés de « dire bonjour à la commissaire ». « Soit c'est la meilleure actrice au monde pour réussir à jouer la parfaite idiote, et en ce cas elle mérite un Oscar, se dit encore Lamentin, soit c'est sa nature profonde. Comme la seconde option est la plus probable, il ne sert à rien de poursuivre cet interrogatoire tant cette femme est incapable d'être complice, même involontaire, du moindre crime. »

Au commissariat, Auguste Mornant et son fils Jean-Eudes sont placés dans des geôles différentes, selon le vœu formulé par la commissaire Lamentin.

Capesterre amène le fils en premier au parloir.

— Que fais-je ici lieutenant ? demande Jean-Eudes Mornant, tendu et ulcéré.

— Nous avons pensé que la mémoire vous reviendrait peut-être plus facilement au commissariat, ironise Capesterre.

— À propos de quoi ?

— De Félix Lenclume, Monsieur Mornant. Ce même Félix Lenclume que vous ne connaissez pas, et dont vous ignorez les activités exactes. Vous maintenez toujours vos propos ?

Jean-Eudes Mornant est de plus en plus fébrile. De grosses gouttes de sueur perlent sur son front.

— Je vous ai dit la vérité, lieutenant. Je le connais vaguement, c'est tout.

— Et c'est pour ça que vous avez remué ciel et terre à la CCI de Guadeloupe pour consulter les dossiers précis de toutes les activités de Félix Lenclume. Inutile de nier, nous avons les preuves. Alors, pourquoi nous avoir menti ?

— Lieutenant, après le meurtre de Félix Lenclume, j'ai eu peur de faire partie de la liste des suspects en vous révélant ce détail.

— C'est idiot, car c'est plutôt maintenant que vous figurez en tête de liste des suspects. Vous nous avez déjà menti, alors toutes vos prochaines déclarations seront sujettes à caution, vous comprenez. Qui a menti mentira, comme qui a bu boira, si on veut filer la métaphore.

Le fils Mornant se prend la tête dans les mains, abattu.

— D'accord, j'ai commis une erreur, se justifie-t-il. Mais je n'ai évidemment pas tué ce Lenclume. Je n'y avais objectivement aucun intérêt.

— Alors pourquoi vous êtes-vous renseigné sur lui et ses sociétés ?

— Tout simplement parce que j'avais surpris une conversation entre mon père et Jean-François Belloiseaux.

— Que disaient-ils ?

— Jean-François Belloiseaux disait qu'on l'aurait «dans les pattes» au conseil d'administration de la rhumerie. Ça m'a intrigué, d'où mes recherches.

— Et en quoi cela vous concerne, la gouvernance de la rhumerie Belloiseaux ?

— Mon beau-père, Ghislain, m'a fait entrer au conseil d'administration il y a deux ans. Il veut me préparer à en prendre la tête dans les prochaines années. Du coup je voulais en savoir un peu plus sur ce drôle d'oiseau de Félix Lenclume.

— Ça vous faisait un bon mobile pour l'éliminer, non, provoque Capesterre.

— Non, car j'imagine qu'il aurait été très minoritaire. Mais quand Jean-François Belloiseaux a été retrouvé mort à Saint-Malo, j'ai pensé que le problème Lenclume ne se posait plus.

— Mouais, fait Capesterre, pas vraiment convaincu. Le temps de vérifier deux ou trois choses, je vous ramène derrière les barreaux. Ne vous inquiétez pas, ce sera rapide.

— Je veux prévenir mon avocat, réclame Jean-Eudes Mornant.

— Vous le ferez, si ce simple interrogatoire de routine devient une garde à vue.

Capesterre rejoint Rochard dans son bureau, afin de le briefer sur les déclarations du fils Mornant. Quelle n'est pas sa surprise de voir Marie-Josèphe Le Bihan, la «Daïquiri» des Saintes, assise à côté du commissaire.

— Surprise du chef, s'exclame Rochard !

— Sympa de vous revoir, dit Capesterre à Daïquiri. Une petite escapade à Pointe-à-Pitre ?

Marie-Josèphe fait non de la tête, en montrant Rochard du regard.

— Non, Capesterre. Daïquiri est là comme pièce à conviction.

— Vous m'en dites trop ou pas assez commissaire, s'impatiente Capesterre.

— Lieutenant, postez-vous derrière la glace sans tain, vous ne serez pas déçu !

— Ah ! non, désolé, je veux rendre une dernière petite visite de courtoisie à l'épouse de Jean-Eudes Mornant.

— Tant pis pour vous, Capesterre, vous ne savez pas ce que vous perdez.

À son tour, Auguste Mornant, toujours aussi élégant et bien mis, s'installe au «parloir». Il répond à toutes les questions de Rochard avec une infinie courtoisie, dément tout don d'Édouard Belloiseaux à Félix Lenclume et toute conversation à ce sujet avec Jean-François Belloiseaux.

— Tout ceci n'est pas un jeu, mais je vais faire comme à la télé, le provoque Rochard.

— C'est-à-dire ? s'inquiète Auguste Mornant.

Rochard prend un air très solennel, puis lance au suspect :

— C'est votre dernier mot, monsieur Mornant ?

— C'est mon dernier mot Jean-Pierre, affirme, plus amusé, le notable septuagénaire.

À cet instant, le commissaire fait signe à Marie-Josèphe Le Bihan d'entrer dans la salle.

— Je vous présente celle qu'on surnomme Daïquiri aux Saintes. Elle vit de la pêche.

— J'en suis très heureux pour elle, mais quel rapport avec notre affaire, demande Mornant.

— Il se trouve que madame Le Bihan a fait la connaissance de Jean-François Belloiseaux. Elle a appris en retrouvant de vieux papiers près de la tombe de Chateaubriand, au large de Saint-Malo, que les ancêtres des Belloiseaux avaient spolié les siens d'un immense trésor du temps des corsaires.

— Et vous avez réclamé de l'argent à Jean-François, s'inquiète le notaire ?

Marie-Josèphe Le Bihan toise Auguste Mornant le visage fermé, l'expression dure, sans lui adresser le moindre mot.

— Non, madame Le Bihan est au-dessus de ça. Elle a plutôt refusé les propositions de Jean-François Belloiseaux, avant d'accepter une aide pour son fils adoptif, le Dominiquais Moumoune. Mais ça, je suppose que Jean-François Belloiseaux vous en a parlé. Vous êtes son notaire.

— Jamais de la vie, ment effrontément, mais avec une belle aisance Auguste Mornant. Vous pensez bien que je m'en souviendrais !

À cet instant, Rochard demande à son amie des Saintes de lui prêter son smartphone.

— Regardez, cher monsieur. Voici une très belle capture d'écran d'un document que Jean-François Belloiseaux projetait de transformer en un acte notarié très officiel. On y lit très clairement sa volonté de verser 300 000 € à Moumoune pour l'aider à financer son projet de base touristique écoresponsable à Portsmouth en Dominique, près de la rivière indienne. Plus embêtant pour vous, le document à en-tête de votre cabinet est signé de votre main et a été authentifié. Pourquoi nous avoir caché toutes ces informations ? Vous avez bien conscience que vos mensonges sont d'excellents mobiles pour vous accuser de meurtre ?

Sous le choc, Auguste Mornant blêmit.

— Oui, ce document est authentique, avoue-t-il, tremblant. Mais Jean-François Belloiseaux n'est jamais allé au bout de la démarche. Il n'en a pas eu le temps, après le grand malheur de Saint-Malo.

— Et pour Félix Lenclume ? poursuit Rochard, sur un ton très offensif.

— Quoi Lenclume ? interroge, hésitant, le notaire.

— Vous vous enfoncez, monsieur Mornant. Vous êtes sur la pente fatale qui va vous mener tout droit aux Assises.

— Et pourquoi ?

— Tout simplement, car on a lu la fin du document, ce que n'avait pas fait madame Le Bihan, tant elle ne prête aucun intérêt aux histoires d'argent. Et on y apprend un projet d'entrée de Félix Lenclume au capital de la rhumerie, car ce promoteur métis est le fils naturel d'Édouard Belloiseaux et de Marie-Osange. Révélation prouvée, une nouvelle fois, par des tests ADN. Un nouveau mobile pour éliminer, ou faire tuer, Félix Lenclume. À moins que ce ne soit en accord avec Ghislain Belloiseaux ?

— Ne mêlez pas Ghislain à cette histoire, il n'est au courant de rien, je vous en supplie, réclame, l'air étrangement sincère, Auguste Mornant.

— Je veux bien vous croire, cher monsieur, mais vous avez conscience qu'en le couvrant, ça fait de vous le seul suspect. Il nous restera à trouver le mobile, car j'ai encore du mal à comprendre votre intérêt dans toutes ces disparitions.

— Je n'ai jamais tué personne, glisse d'une voix faible et essoufflée Auguste Mornant.

— Vous expliquerez tout ça au juge d'instruction. Auguste Mornant, il est 16 h 14. Vous êtes officiellement placé en garde à vue dans le cadre des meurtres de Jean-François Belloiseaux, de l'étudiant nantais, de Randy et de Félix Lenclume. La même procédure concernera votre fils Jean-Eudes, que vous avez forcément tenu informé.

Auguste Mornant coupe vigoureusement Rochard :

— Non, j'étais le seul au courant de toutes ces histoires, avec Jean-François Belloiseaux bien sûr. Je n'ai mis personne d'autre dans la confidence, ni mon fils ni Ghislain.

— Nous vérifierons vos dires, monsieur. Vous n'en êtes pas à votre premier mensonge et vous ne seriez pas le premier à tenter de couvrir maladroitement des complices. Car c'est bien Ghislain Belloiseaux qui avait tout intérêt à empêcher son frère de faire une donation à Moumoune et surtout de laisser entrer Félix Lenclume au capital de la rhumerie familiale.

Pendant qu'Auguste Mornant est raccompagné vers sa cellule, Rochard résume à sa façon la situation à Lamentin et Capesterre :

— Y'a pas à tortiller du cul ! Soit c'est Ghislain Belloiseaux le seul coupable, soit il a mis son notaire dans le coup. J'vois pas d'autre solution. On les tient, se félicite-t-il.

XII

Capesterre connaît par cœur les rues de la ville de la Basse-Terre qui porte son nom. Il n'a rien oublié de ses vacances passées ici lors de son enfance, quand ses parents, partis vivre en région parisienne, revenaient aux sources de la vie guadeloupéenne. On dit parfois qu'on ne guérit pas de son enfance. Pour le lieutenant Capesterre, ce sont au contraire les souvenirs de son jeune âge, les odeurs et les couleurs de son île qui le font revivre.

Il retrouve sans problème l'imposante demeure coloniale de Jean-Eudes Mornant et de son excentrique femme Marie-Thérèse.

C'est d'ailleurs elle qui lui ouvre la porte, une serviette nouée dans le chignon et son désormais fameux coq Marcel dans les bras. Elle sourit au lieutenant avant de regarder son gallinacé.

— Tu reconnais le gentil lieutenant de police, n'est-ce pas Marcel ?

Le coq bouge la tête nerveusement, la crête tremblante, avant de lancer un tonitruant cocorico ! Sans toutefois décontenancer Capesterre.

— Bonjour, madame, je passais par là et votre mari m'a dit qu'il avait oublié des papiers importants dans l'imprimante ou la photocopieuse, tente le lieutenant, en se disant qu'avec ce genre de fofolle, plus c'est gros, plus ça risque de passer.

— Il est toujours à travailler avec vous au commissariat ? interroge, sans malice, Marie-Thérèse.

— Oui, on peut dire ça, indique Capesterre. Plus vite il aura ces papiers, plus vite il pourra rentrer chez vous.

— En ce cas, ne perdons pas une seconde, nous avons le curé à dîner et j'ai demandé à Anne-Rose de préparer un marlin. D'un autre côté, s'il est en retard, je donnerai sa part au chat Célestin, il raffole de ce poisson, dit-elle dans un grand rire en chasse d'eau.

Marie-Thérèse amène Capesterre à l'étage, dans un bureau plutôt sombre où trône une photocopieuse-imprimante-scanner numérique du dernier cri.

— Ce n'est pas demain qu'on aura ce genre de Rolls dans la police, se plaint Capesterre.

Il soulève fébrilement la vitre du scanner. Rien !

Ces appareils étant désormais de vrais petits ordinateurs, le lieutenant inspecte l'écran de la machine, à la recherche de l'item « travaux effectués ». Nerveusement, il fait défiler le menu en pointant la flèche vers le bas, jusqu'à trouver un dossier Lenclume/Bihan.

Capesterre dissimule son explosion de joie intérieure, de peur d'attirer l'attention de la maîtresse des lieux. Il n'y a toutefois pas vraiment de risque. Marie-Thérèse est pour le moment en train de montrer à son félin Célestin une vieille pochette d'un vinyle de Claude François, lequel a un chat perché sur l'épaule.

Tranquillisé par la maîtresse des lieux, en train d'essayer d'adopter la même pose avec son chat que Clo-Clo sur la photo, Capesterre prend tout son temps pour fouiller les archives de l'appareil.

Il vérifie le numéro d'où provient le dossier numérisé. C'est bien celui de l'étude notariale. Il contient plusieurs feuilles à en-tête du père, Auguste Mornant, adressées à Jean-François Belloiseaux. Il y est question, comme sur la capture d'écran de la Saintoise Daïquiri, des 300 000 € destinés à Moumoune, l'enfant adoptif de Marie-Josèphe Le Bihan, et du partage des titres de la rhumerie familiale avec Félix Lenclume, puisqu'il est l'enfant naturel du patriarche Édouard Belloiseaux et de la servante Marie-Osange.

Datée de début octobre, soit un mois avant le départ de la Route du Rhum à Saint-Malo, la version imprimée puis scannée comporte une annotation écrite au stylo. D'une écriture à l'encre bleue, on peut y lire : « Hors de question, plutôt crever ».

Rassuré par la folie douce de Marie-Thérèse, Capesterre va jusqu'à lui montrer la seule partie écrite à la main du document.

— Madame, je crois que j'ai trouvé. Vous reconnaissez l'écriture de votre mari ?

— Ah ! oui lieutenant, avec ces pleins et ces déliés, on dirait un cahier d'écolier tout droit sorti des *Choristes*. En revanche, que lui a-t-il pris d'être si vulgaire ? s'étonne, l'air pincé, Marie-Thérèse.

— Oh ! vous savez, ça arrive dans le travail, sous le coup de la pression et de l'énervement, rassure Capesterre.

— C'est bien les hommes ça, toujours à vous défendre et vous soutenir les uns les autres. Tous les mêmes, lance-t-elle, l'air sévère, en regardant bizarrement son chat.

Alors que Lamentin et Rochard se préparent à appeler la juge pour proposer la mise en examen de Ghislain Belloiseaux et d'Auguste Mornant, Capesterre débarque au commissariat.

— Alors, ils ont avoué ? lance-t-il à la cantonade.

— Non, mais ça ne saurait tarder, car tout les accuse, répond la commissaire Lamentin, un brin agacée par la question sans retenue de Capesterre.

— Je ne saurais trop vous conseiller d'attendre un peu avant de les envoyer chez la juge.

— Et pourquoi ça, lieutenant? demande Rochard, plus froid qu'à l'habitude, lui aussi un peu contrarié par l'assurance que prend son lieutenant.

— Parce que je vais interroger ce petit cachottier de Jean-Eudes Mornant, et, comme vous tout à l'heure, j'ai des pièces à conviction.

— OK, je viens le cuisiner avec vous, décide Rochard.

— Ah ! non, commissaire, postez-vous derrière la vitre sans tain, vous ne serez pas déçu !

— OK, OK, match nul, la balle au centre, concède Rochard, plus souriant. Je me place derrière la glace et vous admire dans vos œuvres.

En voyant arriver Capesterre d'un pas assuré et alerte dans la salle d'interrogatoire, Jean-Eudes Mornant perd de sa superbe. Il paraît tendu et inquiet, sentant sans doute que le lieutenant vient avec de nouveaux « biscuits ».

Derrière la glace, Rochard a un sourire satisfait, quasi paternel, tant il est heureux de voir le lieutenant Capesterre à la manœuvre, dynamique et bon flic, comme ressuscité d'entre les morts-vivants, d'entre les zombies des quartiers difficiles — aussi — pour les flics de base.

— Je vous présente mes sincères condoléances, monsieur Mornant, attaque Capesterre.

— Euh ! mais pourquoi ? bafouille Jean-Eudes Mornant, totalement déstabilisé par l'entrée en matière du lieutenant.

— Vous venez de perdre un membre de votre famille, n'est-ce pas ?

— J'ai peur de ne pas comprendre, lieutenant. Vous me parlez de Jean-François Belloiseaux, c'est ça ?

— Ah ! non, lui, le délai est dépassé pour présenter les condoléances.

Jean-Eudes Mornant est sonné, K.O. dans son coin de ring. Puis se ressaisit et feint la colère outragée.

— Mais enfin, lieutenant. Qu'est-ce que ça signifie tout ça ? On ne joue ni avec les morts ni avec le deuil !

— Monsieur Félix Lenclume est bien mort récemment ?

— Mais il n'est pas de ma famille, proteste Jean-Eudes Mornant.

— Mais si Lenclume est de votre famille, et vous le savez bien. Toutefois, pour vous, c'est hors de question, plutôt crever, c'est ça ?

Le gendre de Ghislain Belloiseaux blêmit. Comment le lieutenant peut-il prononcer ces mots qu'il a pensés si fort et qu'il a écrits sur les papiers volés à son notaire de père ?

— Bon, on arrête de jouer maintenant, coupe Capesterre, en montrant à Jean-Eudes Mornant les papiers notariaux, annotés de sa main. C'est en découvrant qu'il allait falloir partager la fortune acquise grâce à votre mariage que vous avez décidé de supprimer Jean-François Belloiseaux, puis les autres, devenus trop gênants et contrariants pour votre avenir doré. La seule question est maintenant de savoir comment vous avez agi et si votre père était complice.

Jean-Eudes Mornant craque soudainement, cachant mal ses yeux en pleurs avec ses mains.

Rochard et Lamentin en profitent pour entrer à leur tour dans le « parloir ».

— Jean-Eudes Mornant, lance d'une voix grave et posée Rochard, votre père m'a assuré tout à l'heure n'avoir communiqué à personne les informations contenues dans les documents que le lieutenant Capesterre a trouvés chez vous. Est-ce vrai ? Et si oui, comment les avez-vous obtenues ?

Le mari de Marie-Thérèse Belloiseaux continue de sangloter.

— Non, mon père n'a rien à voir avec tout ça. J'ai trouvé ces papiers en fouillant son bureau après avoir surpris la conversation qu'il a eue avec Jean-François Belloiseaux, disant qu'on aurait Lenclume « dans les pattes » à la rhumerie.

Comme un fruit d'une culpabilité trop mûre, les révélations tombent en cascade de la bouche de Jean-Eudes Mornant, sans que les enquêteurs n'aient plus le moindre effort à faire.

Revenu dans le bureau de la commissaire Lamentin, Rochard se sert une grande rasade de rhum vieux Belloiseaux.

— Qui en veut ? Ça va nous aider à reconstituer le puzzle après les aveux de ce jeune notaire de bonne famille, conseille Rochard.

— Avec une telle dose, je file directement dans le hamac, rétorque, un peu effrayée, la commissaire Lamentin.

— Je veux bien me laisser tenter, mais vous me servez la moitié de votre dose, demande Capesterre.

Rochard ne tient aucun compte de la remarque du lieutenant et lui remplit généreusement son verre, tout en vidant le sien cul sec. De quoi normalement avoir la bouche comme un dragon en feu.

— Bon, tout me paraît finalement assez clair grâce à ce vieux rhum, se vante Rochard.

— L'effet est immédiat, moque Lamentin.

Rochard ne relève même pas.

— Pour moi, Jean-Eudes a commencé à fomenter son macabre scénario en découvrant le pot aux roses. Les fleurs avaient trop d'épines pour ses rêves d'avenir de notable respecté et riche, à la direction de la rhumerie.

— Le rhum vous rend poète, commissaire, s'étonne Lamentin.

— En plus, il n'avait pas de concurrents pour le poste, remarque Capesterre.

— Et pourquoi ça ? interroge Lamentin.

— Jean-François et Ghislain Belloiseaux avaient prévu de partir assez tôt à la retraite, explique Capesterre. Du coup la voie était libre puisque le poste n'intéressait pas Malo Belloiseaux, trop épris d'aventures et de courses au large pour se laisser enfermer dans un bureau d'industriel.

— Alors, Jean-Eudes Mornant s'est forgé une conviction, poursuit Lamentin. Et c'est là qu'il a écrit sur les documents notariaux, « Pas question de partager » ou encore « Plutôt crever ». Mais comment un jeune notaire arrive à passer un contrat avec un tueur vénézuélien de la trempe de Ricardo Valdez ?

Rochard hausse les sourcils en silence devant la pertinence de la question soulevée par sa collègue guadeloupéenne.

— Je crois savoir, avance Capesterre. L'avocat rasta, Me Richardson, a eu une info par un contact. Jean-Eudes Mornant a retrouvé un ancien camarade d'école de commerce, dont il a su qu'il avait eu des démêlés avec la justice à Saint-Martin. Il était même mêlé à des affaires de grand banditisme. C'est lui qui a présenté Ricardo Valdez à Jean-Eudes.

— Excellent choix, ironise Lamentin. Ce truand collectionnerait les meilleurs avis si son activité de mafieux était en ligne sur Google.

— En tout cas, Valdez n'a pas fait dans la dentelle, note Capesterre. En premier, l'assassinat de Jean-François Belloiseaux à Saint-Malo, déguisé en crime satanique avec tous les signes de kenbwa. Puis la fausse piste de Lionel Michaud, le jeune étudiant nantais. Il y a eu ensuite les mails que j'ai reçus pour nous mettre sur la voie de Kingston, le préparateur de Malo Belloiseaux. Son plan était de faire porter tous les soupçons sur Félix Lenclume, coupable idéal. L'assassinat de Randy, déguisé, là encore, en meurtre kenbwa, avait le même objectif. C'était bien vu et ça a failli marcher.

Rochard se lève, fait quelques pas en direction de Capesterre, l'air martial.

— Oui, les crimes étaient presque parfaits, mais c'était sans compter sur votre flair Capesterre et votre obstination à chercher la vérité. Vous ne lâchez rien, une qualité qui fait les meilleurs flics.

Alors que Jean-Eudes Mornant quitte le commissariat pour rejoindre le tribunal, Marie-Josèphe Le Bihan croise son regard sur le trottoir. Puis l'interpelle :

— Pourquoi vous ne m'avez pas fait assassiner ? Moi aussi, je savais des choses potentiellement gênantes.

— Madame, on ne tue pas un cœur pur, répond solennel et digne Jean-Eudes Mornant. J'ai tout de suite compris que les hochets comme l'argent et le pouvoir, source de tant de haines, ne vous intéressaient pas.

Épilogue

— Ohé du bateau !

Rochard appelle la capitaine Agnès Vézin, toujours en croisière avec Malo.

— Ah ! bonjour commissaire, que me vaut le plaisir ? demande Agnès en feignant la bonne humeur. Le spectacle du coucher de soleil et des nuages rougis se reflétant dans la mer des Caraïbes méritaient, selon elle, calme et solitude.

— Ici, le capitaine Stubing, dit « Boule de billard ». Je voulais juste savoir si la croisière s'amusait toujours autant sur votre voilier qu'à bord de mon *Pacifique Princess,* le *Love Boat* ? rigole Rochard, avant d'entonner la chanson cultissime du feuilleton qu'il vient de citer.

D'une autre génération, Agnès Vézin ne comprend rien au délire de Rochard. Elle bascule son smartphone en mode haut-parleur, au cas où Malo pourrait l'aider à décoder. D'autant plus que Rochard se met désormais à chanter à tue-tête dans le combiné.

— *Love, exciting and new, come aboard, we're expecting you, Love Boat.*

Malo explose de rire :

— Ah ! je connais, c'est la chanson d'une série ringardissime que regardait le père d'un copain. *La Croisière s'amuse,* c'est ça ? À bord d'un paquebot de vieux et riches boomers ricains ?

— Exact, moussaillon, le *Love Boat*. Tu as gagné un point pour caresser l'espoir de partager la vie d'Agnès, ma grande fille de cœur.

La commissaire Lamentin met fin à la digression en demandant à Rochard de basculer son portable via le Bluetooth sur la « pieuvre » qui trône au milieu de son bureau.

— Agnès, on a du nouveau et même du définitif concernant notre affaire, se réjouit la policière guadeloupéenne, avant de raconter par le menu le dénouement de l'enquête. En insistant sur le rôle décisif de Capesterre !

— Alors Capesterre. Tu es le héros des crimes de la Route du Rhum, s'enflamme Agnès.

Le lieutenant guadeloupéen, tendrement enlacé dans les bras de Gustavine, baisse les yeux.

— Mais non, tu sais bien que c'est un boulot d'équipe, sous les ordres des commissaires Lamentin et Rochard.

— Ne fais pas le modeste, relance Agnès. Moi, je serais journaliste, j'écrirais que « seul un policier ayant le nom d'une des plus belles communes de Basse-Terre pouvait dénouer les fils si compliqués de cette affaire ». Pas trop jaloux, Rochard ? provoque la capitaine.

— Pff ! répond Rochard. La vanité des hommes m'est étrangère. Enfin, Capesterre aura quand même intérêt à arroser sa victoire dignement !

— Et vous, commissaire Lamentin ? poursuit Agnès.

— Moi, je suis la plus heureuse des commissaires. Je viens de gagner un nouveau lieutenant. Si en plus il est efficace et célébré par une jeune journaliste, que demande le peuple !

Capesterre la regarde, un peu incrédule.

— Vous voulez dire que c'est fait pour ma mutation, commissaire, bredouille-t-il.

— Le plus officiellement du monde Capesterre.

Gustavine l'embrasse goulûment pour fêter la bonne nouvelle.

— Bah ! alors, mon doudou. On ne se quitte plus ! C'est pour la vie maintenant !

— Bon, c'est fini l'eau de rose, tonne Rochard. C'est pire qu'à bord du *Love Boat* aujourd'hui ? Vous rentrez quand, les jeunes et jolis cœurs grenadine ?

— Demain, commissaire, indique Agnès. Ce soir, dernier mouillage à Portsmouth en Dominique, et on vous offre l'apéro à bord demain soir à la marina Bas-du-Fort. Allez, on va couper commissaire, car on entre dans la zone de mouillage de cette merveilleuse Prince Rupert Bay. On va devoir manœuvrer !

Agnès et Malo sont accueillis par des dizaines d'embarcations, menées par de jeunes rastas qui veulent leur vendre leurs services. Mais Kingston, préparateur de Malo, les rejoint à bord d'un gros canot pneumatique fortement motorisé. Du coup, les barques et pirogues de mer disparaissent comme une volée de moineaux.

— *Ready for the double R party ? Ron and reggae ?* hurle Kingston dans le vent.

— Nous allons fêter l'amour et le bonheur de vivre chaque jour, annonce à ses côtés une jolie blonde parlant parfaitement le français. La soirée est organisée à bord du bateau où ont été tournées des scènes de *Pirates des Caraïbes*. Regardez, il est mouillé un peu plus loin, près du Fort Shirley.

La coque noire et inquiétante du navire se découpe au pied de la verdure des deux monts Cabrit, culminant à plus de 150 mètres de hauteur.

La fête tient ses promesses, et même bien au-delà. Kingston ramène tous ses potes de la baie à bord. Le reggae, le rhum, l'amour et l'amitié coulent à flots. Les fêtards terminent la nuit en recréant à bord de pirogues non éclairées les scènes d'épouvante de *Pirates des Caraïbes* sur la rivière indienne. Mémorable !

Et le jour se lève enfin sur la plage, accompagné de danses plus douces et plus tendres. Malo et Agnès sont enlacés alors que Kingston interprète le poignant *Redemption Song* de Bob Marley : *Olds pirates, yes they rob, sold to the merchant ships.*

En envoyant la grand-voile et en remontant le mouillage, Malo salue une dernière fois Kingston et ses amis. Agnès s'est endormie dans le cockpit.

Le jeune navigateur a prévu une dernière étape de rêve, où peu de marins s'aventurent en raison des dangers d'échouage. Il met ainsi le cap sur les petites îles méconnues de la Petite-Terre, à quelques encablures de la Désirade et de la pointe des Châteaux.

Le mouillage est sauvage et difficile d'accès. Mais Malo connaît ces eaux turquoise comme sa poche. On croise dans ce petit paradis perdu des tortues marines et de magnifiques poissons.

C'est maintenant au tour de Malo de récupérer de la nuit de fête dominicaine. Il dort profondément sur un hamac accroché entre le mât et le bout d'un tangon hissé.

L'instant de félicité et d'éternité est troublé par le bruit sourd des gros moteurs d'un yacht. On le croirait tout droit sorti d'un film de James Bond.

Campés devant les hublots teintés, les hommes d'équipage ressemblent plus à des gardes du corps, avec leurs costumes et lunettes noires, qu'à des marins plus généralement vêtus de blanc à bord des yachts.

Intriguée autant qu'amusée, Agnès s'arme de la paire de jumelles du bord. Le yacht, immatriculé dans la partie hollandaise de Saint-Martin, attire son attention. Les propriétaires sont très discrets et sont surtout surveillés comme leur ombre par les bodyguards.

La réputation sulfureuse de la partie hollandaise de Saint-Martin, avec son lot de trafics de drogue, de mafia et d'affairisme, ne fait que renforcer la curiosité de la capitaine Vézin.

Tout à coup, un homme sort de la cabine en maillot de bain. À la jumelle, Agnès le distingue clairement sur la plage arrière en teck de la vedette. « Je suis certaine d'avoir déjà vu cet oiseau-là quelque part », se dit l'enquêtrice.

Agnès décide d'aller chercher, toujours le plus discrètement du monde, son appareil photo numérique. De zoomer sur le grand type brun et sec, prêt à plonger. Elle sourit en apercevant ses cheveux noirs gominés. « Pas du tout mon genre », se dit-elle, en voyant la tignasse bouclée de Malo, toujours endormi.

Elle décide de transférer la photo à Lamentin et Capesterre.

Son smartphone ne tarde pas à vibrer. C'est un message WhatsApp de Capesterre.

— Bingo Agnès ! lance Capesterre. Ton type, c'est Ricardo Valdez, notre tueur, dont Lamentin vous avait passé le portrait sur toutes vos boîtes mail. Quelle mémoire ! Ne bougez surtout pas avec Malo et n'attirez pas leur attention. Deux canots rapides des forces spéciales de la Marine et une vedette de la gendarmerie maritime seront très vite là, dans une grosse demi-heure, je pense. Ils ne pourront pas nous échapper.

Lamentin appelle Rochard en urgence.

— Où êtes-vous commissaire ?

— À la marina, au *Grand cacatois,* pourquoi ?

La commissaire guadeloupéenne raconte la grosse prise photographique d'Agnès.

— Rochard, allez tout de suite devant la capitainerie, on passe vous prendre avec la vedette de la gendarmerie maritime.

En arrivant à la capitainerie, Rochard croise une femme assez grande, très élégante, accompagnée d'un petit chiot adorable, un berger australien bleu merle. Elle s'approche du commissaire et lui demande où se trouve la navette à passagers pour l'îlet du Gosier.

— C'est juste à côté, sur le premier ponton, à 50 m, indique le commissaire d'une voix de velours, façon crooner argentin.

— *Ven aqui*, Silver ! lance-t-elle à son chien.

— Il est Espagnol ? demande, amusé, Rochard.

— Il a la double nationalité, française avec mon mari et espagnole avec moi.

— Pas banal, note Rochard. Lui s'appelle Silver, et vous chère Madame ?

— Susana.

— Quel joli prénom ! Ça me rappelle une super chanson sur laquelle je dansais frénétiquement du temps de ma splendeur.

Et Rochard de commencer à fredonner : *Susana, Susana, I'm crazy loving you.*

Un gendarme attendant la vedette lui demande de se tenir prêt à embarquer en urgence, bref à rester un peu plus « concentré ». Le commissaire n'en a cure.

— Votre mari n'est pas avec vous ? demande Rochard, le regard malin et coquin.

— Non. Journaliste à *Voiles et Voiliers*, il couvrait l'arrivée de la Route du Rhum. Il est soi-disant parti décompresser aux Saintes avec ses copains, la fameuse bande des quatre, journalistes eux aussi. Je dois les retrouver à l'îlet du Gosier. Je crains d'ailleurs de ramasser des zombies, car je connais leur façon de décompresser. Je pense que ça a dû se faire aux extraits de plante de canne à sucre, avec un zeste de citron vert. Genre ti-punch quoi !

Et la jolie Susana de partir rejoindre la navette, saluant les enquêteurs d'un large sourire, suivie du chiot, plus occupé à sauter et faire ses dents sur la laisse qu'à trottiner sagement sur le ponton.

— Adorable, commente Rochard.

— C'est vrai qu'ils sont tellement mignons ces petits bergers australiens, ajoute le gendarme.

— Non, moi je parlais de sa maîtresse, précise Rochard !

Les deux gros canots noirs des commandos d'intervention de la Marine nationale passent à fond dans le chenal, quand la vedette de la gendarmerie fait un arrêt express devant la capitainerie. Rochard y rejoint la commissaire Lamentin et le lieutenant Capesterre. La tension des gendarmes est palpable. Tous ont revêtu des gilets pare-balles.

Le temps d'avaler à grande vitesse les 25 milles séparant Pointe-à-Pitre des îles de la Petite-Terre, Agnès et Malo font tout pour éviter d'attirer l'attention de Ricardo Valdez et de son équipage bodybuildé. Ils minaudent tranquillement et innocemment sur le pont de leur voilier, comme deux amoureux lambda.

Les canots commando et la vedette de gendarmerie ralentissent et baissent le régime des moteurs, afin de ne pas alerter l'équipage du yacht, mouillé entre les deux petites îles.

Venant du large, l'armada des marins et gendarmes est invisible de Ricardo Valdez et sa suite. C'est donc en naviguant en silence, à pas de poissons-loups, que le commando avance.

Soudain, les deux canots de la Marine pénètrent bruyamment et à vive allure dans le mouillage. L'un par l'ouest, l'autre par l'est, pour bloquer les deux seules issues. La vedette de gendarmerie suit, toutes sirènes hurlantes.

Ricardo Valdez tente de fuir en scooter de mer. Aussitôt, un membre du commando vise le petit moteur de l'engin avec son fusil-mitrailleur. Le carton est parfait, le scooter s'arrête net, le moteur fumant. Face aux marins et gendarmes puissamment armés, Ricardo Valdez n'offre aucune résistance et se laisse menotter.

Alors que tout le monde se félicite sur le pont de la vedette de la gendarmerie maritime, Rochard sort son arme de service et tire à plusieurs reprises sur le scooter des mers, seul à la dérive au milieu du mouillage.

— Qu'est-ce qui vous prend, Rochard ? lui lance Lamentin.

— Oh ! rien de particulier, juste que je ne supporte plus ces engins de malheur très bruyants, ces gâcheurs de mouillage et de bord de plage. Tant qu'ils n'imposeront pas des moteurs électriques silencieux, je m'en tiendrais à ma ligne de conduite.

— C'est-à-dire, s'inquiète Lamentin.

— Pour moi, un bon scooter des mers est un scooter mort !

— Rochard, je ne vous surprendrais pas en vous rappelant que votre noble croisade est parfaitement illégale, lui signifie Lamentin.

— Très chère commissaire, sachez que plus rien ne peut me surprendre en ce bas monde depuis que je suis tombé un jour sur la définition du mot indéfinissable.

Se retournant vers le capitaine de la vedette, Rochard revient à ses fondamentaux :

— Où sont planqués les bons et vieux rhums, qu'on arrose la mise à l'ombre de Ricardo Valdez ? Cette affaire, décidément très épicée, m'a mis la gorge en feu !

La playlist du commissaire Rochard :

Bernard Lavilliers — *Rue de la soif*
Charles Aznavour — *Emmenez-moi*
Alain Chamfort — *Manureva*
Claude François — *Magnolias for Ever*
Alain Bashung — *La nuit je mens*
Barry White — *Let The Music Play*
La Compagnie créole — *Le Bal masqué*
Laurent Voulzy – *Belle-Île-en-Mer, Marie-Galante*
Compay Segundo — *La Negra Tomasa*
Les Visiteurs — *Enae Volare*
Jean Gabin — *Maintenant je sais*
Mozart — *Requiem In D Minor*
Sputnik — *Sputnik from Jamaica*
Vangelis — *1492 Conquest of paradise*
Freddie Mercury, Montserrat Caballé — *Barcelona*
Albéric Louison — *Ti moun mwen*
Véronique Sanson — *Amoureuse*
Marie-José Alie — *Caresse Moin*
Stromae — *Carmen*
Jacques Brel — *Voir un ami pleurer*
Eddy Mitchell — *J'ai vendu mon âme au rock'n'roll*
Jimmy Cliff — *Reggae Night*
Bob Marley & The Wailers — *Pimper's Paradise*
Serge Gainsbourg — *Aux armes et cætera*
Bernard Lavilliers — *Stand the Ghetto*
Starsky et Hutch
Patrice Hulman — *Marie-Galante*
Jack Jones — *Love Boat theme*
Pirates des Caraïbes
Bob Marley & The Wailers — *Redemption Song*

https://deezer.page.link/o6fjz98EBxM1u2vy8

Remerciements

L'auteur remercie celles et ceux qui, d'une manière ou d'une autre, ont accompagné l'écriture de *Rhum amer* :

Laurent Battarel
Yves Aumont
Alexandra Turcat
Didier Ravon
Bruno Auger
Susana Morales
Mico Bolo
Maurice Bourrigaud
Stéphane Besnier
Stéphanie Germain
Éric Chalmel
Serge Messager
Loic Bauduin
Francis Vallat

Et un grand merci à Olivier Porte.

Image de couverture : © Benoît Stichelbaut

Éditions **OUEST-FRANCE**

Éditeur Hervé Chirault
Coordination éditoriale Isabelle Rousseau
Collaboration éditoriale Laurie Baroudi
Conception graphique et mise en page
Studio graphique des Éditions Ouest-France
Photogravure Graph&Ti, Rennes (35)
Impression Sepec Numérique, Péronnas (01)

Édilarge SA, Rennes
ISBN : 978-2-7373-8769-2
Dépôt légal : octobre 2022
N° d'éditeur : 10864.01.3,5.10.22
Imprimé en France
editions.ouest-france.fr

IMPRIM'VERT®

PEFC 10-31-3532 / Certifié PEFC / Ce produit est issu de forêts gérées durablement et de sources contrôlées. / pefc-france.org